Frank Demant bei der Recherche für dieses Buch in Vang Vieng, Laos.

Berger Str. 261, D-60385 Frankfurt'Main
Internet: www.simon-schweitzer.de

Titelbild: Shirin Franzmann
Lektorat: Stefanie Reimann
Satz: www.coico.de
Druck: Prisma-Druck, Saarbrücken
1. Auflage

Opium bei Frau Rauscher

Fünfte Sachsenhäuser Kriminalepisode

von F. Demant

viel Spaß

Röschen-Verlag

Der Autor

Frank Demant, geboren 1959 in Frankfurt/Main, aufgewachsen im Stadtteil Fechenheim. Besuchte das Helmholtz-Gymnasium in Bornheim. Von 1984 bis 2005 Taxifahrer in Frankfurt. Seit Mai 2005 ist Demant freier Schriftsteller und schreibt außer Bücher gelegentlich Reportagen für das Frankfurter Fußballmagazin Zico. Spielte in der Jugend Fußball bei Eintracht Frankfurt, seit 1984 bis heute beim TSV Taras (TG Sachsenhausen).

Um die Glaubwürdigkeit von Simon Schweitzer, der ja viel babbelt, wenn der Tag lang ist, zu überprüfen, bin ich im Frühjahr dieses Jahres dem Herrn nach Nord-Thailand und Laos nachgereist. Selbstverständlich habe ich mich dort, wie es sich für einen Autoren, der ernst genommen werden möchte, gehört, am Opium vergriffen. Natürlich ist dies auch dort verboten. Aber was tut man nicht alles für die Wahrheit, die reine Wahrheit und nichts als die Wahrheit. Und genau wie Herr Schweitzer bin ich zu der ultimativen Erkenntnis gelangt, Opium ist für uns Frankfurter und Hessen nichts. Im Vergleich zu unserem guten alten Stöffchen Apfelwein schneidet dieses Rauschmittel ganz, ganz schlecht ab. Ja, man kann sogar sagen, und das sage ich jetzt sehr ungern, selbst eine Berliner Weiße hat bedeutend mehr Substanz. Und allen Skeptikern, die nun das Argument ins Feld führen, Robert De Niro habe aber in dem Filmklassiker „Es war einmal in Amerika" ganz schön schief aus der Wäsche geguckt nach seinem Pfeifchen, sei gesagt, nirgends in der Welt wird mehr übertrieben als in Hollywood. Und so ist es auch. Kann sein, das möchte ich hier an dieser Stelle auch gar nicht ausschließen, daß Opium in der Tat die Sinne zu trüben imstande ist, jedoch bräuchte man dazu eine gehörige Anzahl von Pfeifchen und, was noch erheblich relevanter ist, jede Menge Zeit. Gerade letzteres haben die wenigsten von uns. Man muß ja auch arbeiten oder ähnlichen sinnlosen Unsinn ausüben.

Und selbst wenn, guckt euch doch den De Niro bloß mal an in dem Film, mehr als ein debiles Lächeln kommt dabei nicht raus. Doch unser Apfelwein ... ein bis zum Eichstrich gefüllter 16er-Bembel, zu zweit konsumiert, hach, was kann man da die Sau raus lassen, obendrein lustig sein und zum Abschluß, wenn das Verhältnis zum Wirt stimmt, in aller Harmonie über den Tresen kotzen. Zudem ist der Apfelwein in unseren Breiten etwas handelsüblicher, und unsere Gaumen sind mit ihm vertraut.

Wer nach der Lektüre dieses Buches trotzig seine sauer verdienten Kröten in den Opiumhandel investieren möchte, der sollte sich in Leichtbierländer begeben, dort könnte noch was gehen. Ich empfehle hier, natürlich ohne Gewähr, die skandinavischen Staaten. Wer schon einmal Finnen oder Schweden zu Gast hatte, weiß, wovon ich rede. Nicht wenige von denen träumen davon, den Rest ihres Lebens im Apfelwein zu baden.

So, jetzt muß ich aber mit der Geschichte beginnen, die Zeit drängt.

„Und, wie war‘s?“ wollte Maria von der Heide wissen.

„Opium kannste in der Pfeife rauchen“, erwiderte Herr Schweitzer zweideutig und entkleidete sich. Der Selbstversuch war eindeutig in die Hose gegangen. Kein halluzinogener Trip, keine Bewußtseinserweiterung, nichts. Das heißt, fast nichts, denn sein Herz schlug ein wenig heftiger als sonst, geradenwegs so, als habe er eine Tasse starken Kaffees konsumiert. Die Verfügungsgewalt über den eigenen Körper war aber nach wie vor vorhanden. Und zwar vollständig. Er wurde den Verdacht nicht los, man habe ihn, den ehrbaren Bürger, kräftig über‘s Ohr gehauen.

Doch es war ein steiniger Weg gewesen, bis Herr Schweitzer zu der ultimativen Erkenntnis gelangen konnte, Opium könne man in der Pfeife rauchen.

Der Tag zuvor. Dostojewski hat einmal gesagt, der Mensch ist unglücklich, weil er nicht weiß, daß er glücklich ist. Das ist grober Unfug. Herr Schweitzer nämlich war unglücklich, weil er nicht wußte, wie er es anstellen sollte, von dem Jugendlichen dort drüben an der Ecke als potentieller Kunde wahrgenommen zu werden. In Houay Xai hatte er die Chance verpennt, hatte wie eine Reflexamöbe reagiert. No, thank you, war seine voreilige Erwiderung gewesen, als er während eines Spaziergangs in den Seitenstraßen, weit weg vom Mekong, der Mutter aller Wasser, von einem verwegen aussehenden Mopedfahrer angesprochen worden war. Und der ihm genau das verkaufen wollte, was er eigentlich haben wollte.

Jetzt, ein paar Tage später also, saß Herr Schweitzer in einem Café auf der Sakkarine Road und versuchte, die Rahmenbedingungen zu verstehen, die es ihm ermöglichen sollten, ins Geschäft zu kommen. Doch alles, was er bisher zu verstehen glaubte, war, daß offensichtlich nicht jeder als Kunde in Frage kam. Fünf Mal war der Knabe in der letzten Stunde mit einem Käufer hinter einem am Straßenrand geparkten, vermutlich fahruntüchtigen Armeelaster verschwunden. Nie länger als für eine Minute. Und immer hatte er sich dabei vorher nach allen Seiten umgeschaut. Aber Polizei und Militär waren in den Straßen von Luang Prabang sowieso so gut wie nie zu sehen. Herr Schweitzer bestellte bei der netten Bedienung einen weiteren Lao-Kaffee.

Eine Stunde und zwei zusätzliche Koffeinbomben später glaubte er, zumindest eine Struktur erkannt zu haben. Er zahlte und ging schlendernd über die kaum befahrene Straße. Herr Schweitzer passierte den jungen Mann mit den schulterlangen, glatten schwarzen Haaren und dem für diese Regionen typisch dunklen Teint. Doch wie vorauszusehen war, schaute dieser Herrn Schweitzer mit dem Arsch nicht an.

Als er das Zimmer im Sayo Hotel betrat, kam seine Liebste gerade aus der Dusche. Ihr nasses Haar hing in Strähnen herunter, und um die Hüfte hatte Maria ein Handtuch geschwungen. Herr Schweitzer trat ans Fenster und blickte auf Vat Sene, einen buddhistischen Tempel, in dem orangegewandete Mönche ihrem Tagewerk nachgingen. Einige waren unter einem Holzdach mit Schnitzarbeiten beschäftigt. Das Hämmern drang bis rüber in den ersten Stock des über hundert Jahre alten Hotels aus der Kolonialzeit. Von Maria wußte er, daß sie heute morgen bereits um vier Uhr mit riesigen Trommeln und anderen Rhythmusgeräten zu musizieren begonnen hatten. Er selbst hatte von all dem nichts mitbekommen, tief und selig war sein Schlummer.

„Du, Maria, ich muß heute abend unbedingt auf den Nachtmarkt. Am besten noch vor dem Essen.“

„Warum denn das? Ich dachte, wir wollten erst in Vientiane einkaufen. Wir haben doch noch mehr als zwei Wochen vor uns.“

„Ich brauch ein paar neue Klamotten.“

Maria nickte und ging ins Bad.

„Nein, Simon, so geht das nicht.“

Herr Schweitzer hatte sich nach dem Betrag erkundigt, „how much?“, und dann umgehend sein Portemonnaie gezückt.

„Du kannst doch nicht einfach den Preis bezahlen, den man dir nennt. Wir sind hier quasi auf einem Flohmarkt. Da muß man handeln. Hast du mal umgerechnet, wie viel hunderttausend Kip sind?“ Und mit der Endgültigkeit einer päpstlichen Bulle ergänzte Maria von der Heide: „Von jetzt an übernehme ich.“

Natürlich wußte Herr Schweitzer, daß hunderttausend Kip ziemlich exakt zehn Euro waren. Mathematik war schließlich eine seiner Stärken. Okay, zugegeben, der Umrechnungsmodus war recht einfach, man brauchte bloß vier Nullen der laotischen Währung zu streichen. Und läppische zehn Euro für eine Hose, das schien doch so gut wie ein Schnäppchen zu sein, oder? In Frankfurt jedenfalls müßte er locker das Doppelte dafür berappen. Manchmal verstand er seine Freundin einfach nicht. Trotzdem erhob sich

Herr Schweitzer und trottete ergeben hinter ihr her.

„Was willst du denn mit einer solchen Hose? Findest du nicht, du bist ein bißchen zu alt dafür?“

„Ich muß mich doch als Hippie verkleiden.“

Abrupt blieb Maria stehen und drehte sich zu ihm um. „Hab ich da eben richtig gehört? Als Hippie?“

„Yeap. Sonst verkaufen die mir kein Opium. Ich meine, die sind ja auch nicht blöd hier. So, wie ich rumlaufe, denken die bestimmt, ich sei ein ausländischer Polizeispitzel, der mit der hiesigen Drogenfahndung zusammenarbeitet.“

Maria hatte es die Sprache verschlagen. Von Kopf bis Fuß musterte sie ihren Freund.

Da sie nun schon seit mehr als vier Jahren ein Paar bildeten, erahnte Herr Schweitzer ihre Gedanken und erklärte: „Ich hab‘s doch versucht. Echt. Den ganzen Nachmittag lang. Der komische Straßenhändler kam nicht mal auf den Gedanken, mich anzusprechen. Zu guter Letzt bin ich sogar ganz langsam an ihm vorbeigeschlichen.“

Nach reiflicher Überlegung entgegnete Maria: „Also, ganz ehrlich, wenn ich Drogendealer wäre, würde ich dir ohne Bedenken die komplette Jahresernte verkaufen. So unbescholten, wie du dich kleidest ...“

„Hahaha. Sehr lustig.“

Es war nicht das erste Mal, daß Maria eine diesbezügliche Bemerkung nicht unterdrücken konnte. Was aber nicht an ihr lag, auch andere Frauen, zuweilen auch Männer, konnten sich bei Herrn Schweitzers Anblick ein Nasenrümpfen nicht verkneifen, zu abartig waren seine Kombinationen. Jackett zu Sandalen, blaue Krawatten zu grünen Hemden oder umgekehrt – immer wieder schockte er damit seine Umwelt. Und immer wieder war Maria gezwungen, korrigierend einzugreifen.

„Jetzt komm.“ Sie ergriff seine Hand und zog ihn hinter sich her, bis sie zur nächsten Seitenstraße kamen und Maria ihn hineinbugsierte.

„Paß auf, Simon, ich erklär dir jetzt die Taktik.“

Um des lieben häuslichen Friedens willen hörte er ihr aufmerksam zu und versprach abschließend, sich genau so zu verhalten, wie Maria es von ihm erwartete. Ihm selbst war es scheißegal, wie viel die Hose kosten sollte, Hauptsache, er hatte bald eine.

Als Aushilfsdetektiv war ihm unauffälliges Verhalten natürlich nicht fremd. So schlenderten dann beide scheinbar völlig desinteressiert an den feilgebotenen Waren vorbei, die fast alle auf Decken auf dem Asphalt der tagsüber für den Verkehr freigegebenen Sisavangvong Road dekorativ ausgebreitet waren und die Augen der zahlreichen Touristen in der alten Hauptstadt erfreuten. Es dunkelte, und an den Ständen wurden elektrische

Lampen angeknipst, deren Stromkabel teilweise recht abenteuerlich mittels Klebeband miteinander verdrahtet waren. Das Gedränge war inzwischen immens, so daß sich des öfteren Staus bildeten, vor allem dann, wenn etwas größere Reisegruppen eine Verkäuferin oder einen Verkäufer belagerten, und es einen Moment lang so aussah, als ginge gar nichts mehr. Und das, obwohl Laos noch vor Neckermännern und anderen Horden verschont war.

An der Kreuzung zur Setthathilath Road, beim Moung Markt, erfrischten sich Maria und Herr Schweitzer mit saftigen Ananasstückchen, die mit Chilipulver bestreut waren. Das mochte für europäische Geschmäcker vielleicht absonderlich anmuten, hier jedoch war es völlig normal, Obst mit diesem scharfen Gewürz zu verfeinern. „Hmm, lecker“, sagte dann auch Herr Schweitzer, der unter lecker normalerweise einen deftigen Schweinebraten verstand, aber man befand sich ja im fernen Ausland und wollte sich keine Blöße geben.

„Ja, hmm, lecker“, sprach dann auch Maria. Auch ihr stand der Sinn eher nach der heimischen Küche, bei der allenfalls Sahne und Zucker aufs Obst kam.

Ob der ungewohnten Schärfe – Schweiß perlte auf ihren Stirnen – tranken dann beide noch einen Papayasaft und dankten im Stillen Gott dafür, daß dieser ohne Chili serviert wurde.

Es dauerte dann auch nicht mehr lange, und Herr Schweitzer entdeckte zwischen chinesischen Kompassen und Wasserpfeifen gleicher Provenienz eine Hose, die so farbenprächtig war, daß dagegen selbst der bunteste Papagei allenfalls noch als graue Maus durchging. Wie der von Maria entwickelte Schlachtenplan vorsah, drückte Herr Schweitzer kurz ihre Hand. Daraufhin bückte sich seine Freundin, nahm eine Pfeife aus billigem Blech, oder Zinn, oder was auch immer in die Hand, begutachtete sie eher abfällig und fragte nach dem Preis, während Herr Schweitzer die Augen verdrehte, als sei er Marias wahllose Geldausgeberei einfach nur noch leid.

„Oh, Simon, look.“

Und Simon guckte.

„Ist das nicht eine hübsche Hose?“

Und wieder guckte Simon – auf seine Armbanduhr.

Sofort bekam Maria von dem jungen Mädchen, das sich pfiffig und verkaufsfördernd mit der Tracht der Hmong geschmückt hatte, die Hose gereicht. „Very cheap.“

„How cheap?“ erkundigte sich nun Herr Schweitzer. In England hätte ihn wahrscheinlich niemand verstanden. Doch hier hatte er mit seinem Pidgin-Englisch keinerlei Probleme. Zumindest bei der jüngeren Generation nicht, die seit der Grenzöffnung vor etwas mehr als zehn Jahren ihre

Zukunft immer mehr im zunehmenden Tourismus sah und fleißig Fremdsprachen lernte. Da Laos als Binnenland aber keinen Strand und die damit einhergehenden Aktivitäten zu bieten hatte, waren die Touristenströme natürlich bei weitem nicht so ausgeprägt wie etwa beim Nachbarn Thailand. Doch Laos war groß und die Einwohnerzahl gering, so daß das Verhältnis einigermaßen stimmte. Da es aber nur wenige ausgebildete Lehrer gab, war die Jugend gezwungen, ihre Englischkenntnisse sozusagen direkt am Mann auszuprobieren.

In unserem Fall war der Mann Herr Schweitzer, auch wenn er wegen der Hose, über deren Preis man gerade feilschte, eher der Rubrik Kasperle zuzuordnen war. Doch schien die ebenholzgesichtige Händlerin mit den großen Ohrringen noch recht frisch im Gewerbe zu sein, denn sie bediente sich eines Taschenrechners, um die Verhandlungsbasis kundzutun.

10.000 Kip las Herr Schweitzer. Und dafür vertrödle ich meine Zeit?

Maria aber war nicht so leicht zu beeindrucken wie ihr Freund. Leichthin erläuterte sie mit einfachen englischen Worten, daß man selbst im Hochpreisland Germany mit höchstens sechs Euro für eine Hose von minderer Baumwollqualität zu rechnen habe, und da wären ja immerhin schon Steuern, der Containertransport und Ladenmiete mit eingerechnet. „Also, how much?“

Ruckzuck halbierte die gefälschte Hmong-Dame ihre Forderung und bot Maria einen kleinen Schemel an, wohl zum Zeichen dafür, daß nun erst die richtige Verhandlungsrunde begonnen habe. Triumphierend nickte Maria Herrn Schweitzer zu und setzte sich.

Er war davon ausgegangen, Maria würde mit eins, zwei Worten ebenso viele Euros einsparen wollen. Doch daß er sich nun einem Verhandlungsmarathon ausgesetzt sah, der womöglich dem eines echten deutschen Tarifstreits der IG Metall in nichts nachstand, das war ihm doch des Guten zuviel. Herr Schweitzer wollte endlich mal Opium rauchen, und wenn der Umweg über eine teure, bunte Hippiehose führte, dann war dem eben so. Außerdem hatte er Hunger.

Zehn Minuten später war man noch immer nicht zum Ende gekommen. Der Taschenrechner wurde hin- und hergereicht und der Stoff mit den Fingerspitzen einer Qualitätskontrolle unterzogen, neben der selbst der gute alte deutsche TÜV als laxe Kontrollinstanz verblaßte. Obwohl die Hose wie angegossen saß, was an sich schon ein Wunder war, verlangte Maria noch nach anderen Größen. So könne ihr Freund doch unmöglich rumlaufen.

Aber selbst Herr Schweitzer hatte nicht vor, mit diesem Beinkleid in die Oper zu gehen. Und das wollte was heißen. Sich nur einmal ganz kurz als alternativer Drogenkonsument ausgeben, das wäre es gewesen. Die Hose vielleicht noch zum Rasenmähen in Marias Garten oben auf dem Lerchesberg anziehen. Wenn keiner hinguckte. Starräugigen Blickes verfolgte er das nervige Getue der beiden Damen, die anscheinend die Welt um sich herum vergessen hatten. Zumindest ihn hatten sie vergessen, dabei war er es doch, der mit der Hose rumlaufen mußte. Herrn Schweitzer wurde es zu bunt. Immer eindringlicher knurrte sein Magen. Selbst auf die Gefahr hin, damit eine Beziehungskrise auszulösen, raunte er: „Ich geh schon mal vor. Wir können uns ja in dem Restaurant treffen, wo wir gestern schon waren.“

„Jetzt sei doch nicht immer so ungeduldig. Wir sind gleich fertig.“

Selbst die Händlerin warf ihm einen mißbilligenden Blick zu.

Wenn ich jetzt einfach gehe, überlegte Herr Schweitzer, gibt‘s garantiert Ärger. Frauen sind nun mal so, daran ist nichts zu ändern. Wenn ich nicht gehe, falle ich spätestens in zwei Minuten vor Hunger um. Das nächste Mal werde ich mich alleine aufmachen, und Maria erzähle ich dann, dies oder das habe nur fünfzig Cent gekostet. Was war ich auch nur so naiv? Denken hätte ich‘s mir können. Trottel ich.

Doch kurz darauf war der Handel unter Dach und Fach. Hochbeglückt verabschiedeten sich die beiden Damen voneinander.

„Hast du gesehen, wie das geht? So einfach ist das. Für das Geld, das ich gerade eingespart habe, können wir dann in Vientiane noch viele hübsche Mitbringsel einkaufen.“

Daran mochte Herr Schweitzer gar nicht erst denken. Da werde ich mich dann wohl besser mit Malaria infizieren und das Bett hüten. „Oh ja, ganz toll hast du das gemacht. Wo lernt man so etwas?“

Nach dem Essen im Le Tam Tam, unweit des Nationalmuseums, verschwand Herr Schweitzer kurz auf Toilette, um die Hosen zu wechseln. Wenn‘s irgend ging, wollte er den Deal noch heute abend über die Bühne bringen. Mit der bunten Kasperlehose sah er aus, als sei ihm ein Platz in der Geschlossenen sicher. Dementsprechend waren auch die Blicke der anderen Gäste. Viele Münder standen vor Erstaunen offen. Maria, die mit ihrem Simon schon mehrere Stahlbäder durchschwommen hatte, dachte, eine einfache, vielleicht etwas abgerissene Lederjacke hätte es als Tarnung auch getan.

„Gehen wir?“

„Nichts lieber als das“, murmelte Herrn Schweitzers Freundin unhörbar für ihn.

Als man sich der Ecke näherte, mußte Maria vorausgehen. Nicht daß sie noch alles vermasselte. Doch es gab gar nichts zu vermasseln. Auch diesmal wurde er von dem Drogendealer ignoriert.

Zwanzig Meter weiter hatte er Maria wieder eingeholt. „Du, ich dreh noch mal eine Runde durch die Altstadt. Geh schon mal voraus. Es wird nicht lange dauern.“ Herr Schweitzer hoffte, bei der Konkurrenz mehr Glück zu haben.

Doch das Glück war ihm nicht hold. Zwar konnte er noch zwei schräge Typen ausmachen, die scheinbar gelangweilt herumstanden, aber einen Drogenkonsumenten sahen sie nicht in ihm, obschon sie seine waghalsige Aufmachung bewunderten.

Der zäh seine Bahn beschreibende Mond begleitete Herrn Schweitzer zurück ins Hotel. Der herbe Schicksalsschlag drückte auf‘s Gemüt.

Der 31. Januar war ein Mittwoch. Für zehn Dollar pro Person – in Laos konnte man in jeder der gängigen Währungen bezahlen – hatten Maria und er das Royal Ballet Pralak Pralam im Nationalmuseum besucht. Der zweite Teil der Vorstellung hatte unter Fackeln im Garten stattgefunden. Herr Schweitzer wollte einen letzten Versuch wagen, doch noch an Opium heranzukommen. Die Kasperlehose hatte er gleich am Morgen in den Mülleimer geschmissen, über Nacht hatte ihn nämlich der Realismus heimgesucht.

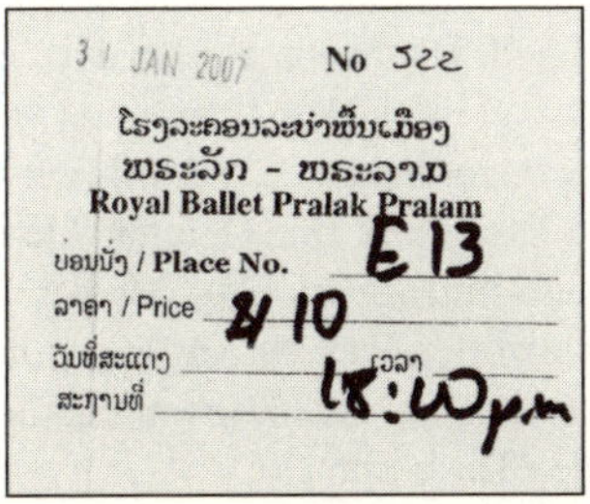
31 JAN 2007 No 522

ໂຮງລະຄອນລະບໍາພື້ນເມືອງ

ພຣະລັກ - ພຣະລາມ

Royal Ballet Pralak Pralam

ບ່ອນນັ່ງ / **Place No.** E13

ລາຄາ / Price $10

ວັນທີ່ສະແດງ ເວລາ

ສະຖານທີ່ 18:00pm

Diesmal stellte er sich weniger dabbisch an. Ging direkt und ohne Umschweife auf den Dealer zu. Und Worte wie auf Zehenspitzen entströmten seinem Munde: „I will buy opium. You have?“

So weit, so gut. Aber mit der Gegenfrage, ob er es grammweise haben wolle oder eine bereits fertiggedrehte Zigarette, hatte er nicht wirklich gerechnet. Umso erstaunlicher seine blitzschnelle Reaktion: „Two cigarettes, please.“ Für die andere Alternative hätte er sich noch eine Pfeife auf dem Markt kaufen müssen. Außerdem war er weder mit der Portionierung der Droge noch mit der Handhabung der Pfeife vertraut. Aber so eine Zigarette, überlegte er, das war schon ziemlich kundenfreundlich. Einfach anzünden, inhalieren und fertig war der Drogentrip. Und die acht Euro, die Herr Schweitzer zahlte, kamen ihm vor wie ein Freundschaftspreis.

Noodles – gespielt von Robert De Niro – lag ausgestreckt auf einer Pritsche im Hinterzimmer eines chinesischen Theaters in New York und nuckelte gierig an einer Opiumpfeife. Ganz in Schwarz gekleidete Bedienstete versorgten die Süchtigen mit Tee. Noodles Augen glänzten. Noch ahnte er nicht, daß mächtige Feinde mit geladenen Pistolen hinter ihm her waren.

Herr Schweitzer saß auf einer Bank am Ufer des Nam Khan Rivers, ein Nebenfluß des Mekong, und ging noch einmal die Szene aus dem Film Es war einmal in Amerika durch, die ihn mit Maria hierher geführt hatte. Es war ein Nachmittag im September des letzten Jahres gewesen, als seine Freundin ihm bei einer ihrer seltenen Auseinandersetzungen vorgeworfen hatte, er, Herr Schweitzer, werde immer träger und fauler und wenn er so weitermache, werde er sich überhaupt nicht mehr aus dem Bett bewegen. Erst war er recht bockig gewesen, hatte erwidert, daß selbst der große Churchill einmal hinterfragt habe, warum stehen, wenn man sitzen kann, und warum sitzen, wenn man liegen kann. Aber Herr Schweitzer war selbstkritisch genug, um einzusehen, daß Maria gar nicht mal so falsch lag. Und am Abend hatten sie dann gemeinsam und engumschlungen auf der Couch gelegen und sich besagten Film angeschaut. Da hatte er aber bereits darauf gelauert, es seiner Liebsten mal so richtig zu zeigen. Die Gelegenheit kam schnell. Die Szene mit De Niro in der Opiumhöhle war noch nicht vorbei, da hatte sich Herr Schweitzer vor Maria aufgebaut und mit erhobenem Zeigefinger doziert: „Das will ich auch. Das machen wir. Laß uns ins Goldene Dreieck in eine Opiumhöhle fahren, bevor‘s zu spät ist.“ Doch Maria hatte mit: „Alles klar, Kleiner, jetzt komm wieder zu deinem Schatz“ geantwortet, was ihn gar arg grummeln ließ. Aus lauter Trotz hatte Herr Schweitzer ihr am nächsten Tag die zwei Flugtickets nach Nord-Thailand auf den Tisch geknallt.

Und nun war er hier. Er, der Mann der Tat. Wie Robert de Niro kam er sich vor. Nein, noch viel heroischer. De Niro war ja bloß ein Schauspieler, während er das richtige Leben inszenierte. Unter ihm zerteilte ein Scheinwerfer die Nacht. Es war ein Moped, das über eine nur während der Trockenzeit aufgebaute hölzerne Brücke des Nam Khans fuhr. Dem Geknatter nach zu urteilen, war der Auspuff kaputt. Herr Schweitzer fühlte sich einfach nur großartig. Ich, dachte er, so weit weg von zu Hause, in einem Land, das nur wenige Touristen besuchen, und jetzt rauche ich gleich eine Opiumzigarette. Ha, alles nur Spießer, diese Frankfurter Junkies. Er wartete, bis der fette Europäer mit der zierlichen Asiatin, womöglich ein Katalogschnäppchen, an ihm vorüber waren.

Herr Schweitzer schnurrte wie eine Katze vor dem Kamin, als er das Feuerzeug entzündete. Da er das Rauchen nicht gewöhnt war, stellte sich schon beim ersten Zug ein Hustreiz ein, den er nur mühsam unterdrücken konnte. Verstohlen blickte er sich um, ob nicht doch von irgendwoher noch die Polizei auftauchte. Aber so, wie er da saß, sagte er sich, war er doch nichts weiter als ein unbescholtener Tourist, der ein bißchen rumhing, das Leben genoß und sich in einem großartigen Land eine simple Zigarette gönnte.

Mit gekreuzten Beinen erwartete er den Flash. Und wenn er dann einsetzte, brauchte er nur die Vat Sop Road raufzugehen und wäre im Hotel. Keine dreihundert Meter, so schätzte er. Da mochte die Wirkung auch noch so stark sein, nach Hause schaffe ich es immer. Doch das einzige, was wirkte, war das Nikotin, das seinen Körper entspannte. Er hatte keine Ahnung, wann und wie der menschliche Körper auf Opium reagierte. So wartete Herr Schweitzer und rauchte. Und wartete und rauchte. Zum Schluß sog er sogar sehr heftig an seinem Joint. In der Hoffnung auf das ganz große Kino.

Eine halbe Stunde später wunderte er sich über seine noch immer klaren Gedanken. Keine Farbkleckse vernebelten sein Hirn, er hielt sich nicht für einen Adler, der gleich auf Mäusefang geht, und auch die die Promenade säumenden Palmen tanzten keinen Foxtrott oder bewegten sich gefährlich auf ihn zu.

Eigentlich war die zweite Zigarette ja für morgen gedacht, doch angesichts der Ereignislosigkeit änderte Herr Schweitzer seinen Plan. Gründlich untersuchte er das Objekt. Das ölig glänzende Papier ließ darauf schließen, daß tatsächlich Opium auf den Tabak geträufelt war. Diesmal inhalierte er noch tiefer, behielt den Rauch bei jedem Zug mindestens eine halbe Minute in der Lunge.

Für so einen Scheiß fliege ich um den halben Globus, dachte Herr Schweitzer eine weitere halbe Stunde später. Völlig nüchtern und ernüchtert erhob er sich von der gußeisernen Bank und trottete von dannen. Noch immer promenierten Touristen und Einheimische durch das Weltkulturerbe Luang Prabang. Um sich ein wenig die Beine zu vertreten, folgte er dem Flußlauf bis zur Mündung in den Mekong. Tuk-Tuk-Fahrer vertrieben sich am Ufer die Wartezeit mit Boule, eine der vielen Hinterlassenschaften der einstigen Kolonialmacht Frankreich. Von einem der mit bunten Glühbirnen illuminierten Restaurants wehte ihm schwach eine süßliche Graswolke entgegen. Wahrscheinlich irgendwelche Freaks, dachte Herr Schweitzer, und war neidisch. Morgen werde ich mir auch Gras besorgen, beschloß er. Da weiß man, was man hat. Er kannte sogar das hier gebräuchliche Wort dafür. Gansha.

Als Trost spendierte er sich im Café Toui, wo Maria und er schon seit drei Tagen frühstücken gingen, weil es dort die besten Pfannkuchen gab, noch zwei Gläser Lao-Beer.

Und als er dann ins Sayo Hotel zurückkam und Maria ihn fragte, wie‘s denn so sei mit dem Opium, entfuhr Herrn Schweitzer der philosophisch richtungsweisende Satz: „Opium kannste in der Pfeife rauchen.“

Doch irgendwie wurde er das Gefühl nicht los, man habe ihn reingelegt. Er gab seiner Buch lesenden Freundin noch einen Gutenachtkuß und schlief alsbald ein.

Was Herr Schweitzer zu diesem Zeitpunkt noch nicht wissen konnte, war, daß der Kriminalfall, der demnächst in Frankfurt auf ihn wartete, mit Opium zu tun haben würde.

„Ich mach mich selbständig.“

Maria hatte gerade ihren Pancake im besagten Café Toui verputzt, als Herr Schweitzer sie mit dieser mysteriösen Andeutung aus ihren Gedanken riß. Der Reiseführer lag aufgeschlagen neben der Kaffeetasse, schließlich wollte die bevorstehende Fahrradtour geplant sein. „Wie? Selbständig? Du bist doch selbständig. Kannst kochen, kannst alleine einkaufen gehen, und außerdem hast du genug Geld, um ein sorgenfreies Leben zu führen.“

„Ich meine, ich mache mich als Detektiv selbständig“, erläuterte Herr Schweitzer, dessen Aushilfstätigkeit als Privatschnüffler bei seinem Schwager Hans in den letzten Monaten und Jahren immer mehr eingeschlafen war.

„Dafür brauchst du aber ein Büro. Oder willst du deine Kunden etwa daheim in der Küche empfangen.“

„Warum nicht?“ erwiderte er. Der Gedanke war ihm spontan gekommen und noch nicht gänzlich ausgereift. Aber so war er nun mal, der Herr Schweitzer, trug immerfort sein Herz auf der Zunge.

Unvermittelt fing Maria zu kichern an.

Er fühlte sich unbehaglich. „Was gibt‘s denn da zu kichern?“

„Och. Ich stelle mir bloß gerade vor, wie um acht Uhr morgens ein Klient bei dir klingelt. Und wie du ihm mit zersauster Haarpracht die Tür öffnest. Oder willst du die Bürozeiten auf den späten Nachmittag beschränken?“

„Hatte ich vor. Nach dem Mittagsschlaf natürlich erst“, entgegnete Herr Schweitzer patziger als er es wollte.

„Na dann, viel Spaß. Und einen Führerschein brauchst du auch noch. Oder willst du die Gauner mit dem Fahrrad verfolgen? Spätestens auf der Autobahn wird‘s eng, sag ich dir.“

Ups, dachte Herr Schweitzer, stimmt ja, Führerschein ... Mist aber auch. Von seinem Schwager hatte er nur Aufträge bekommen, bei denen er nicht fahren mußte. Aber wenn man eine eigene Detektei aufmacht, so überlegte er nun, dann müßte man sich wohl oder übel endlich mal um so eine Fahrerlaubnis bewerben. Und auch bestehen, sonst ist‘s Essig mit der Selbständigkeit, bevor sie begonnen hat. Das Thema fing an, unangenehm zu werden. „Wo geht‘s denn heute hin?“

Maria schob ihm die Karte hin und deutet mit dem Finger auf einen Punkt. Die beiden Fahrräder standen am Bordstein. „Nicht so weit, man weiß ja nie, ob, oder vielmehr wann, die Dinger zusammenbrechen.“

Da war was Wahres dran. Zwar konnte man sich über den Preis, ein Dollar pro Bike und Tag, wahrlich nicht beschweren, aber die Größe und Statik der Vehikel schien doch sehr auf den asiatischen Markt zugeschnitten zu sein. Herrn Schweitzers Knie hatten bei der Proberunde bis über den Lenker gereicht, und dem Hinterreifen mußte nachträglich noch reichlich Luft zugeführt werden. Das Ganze sah sehr lächerlich aus, doch Herrn Schweitzer war nichts anzukreiden, auch andere sich abstrampelnde Bleichgesichter wirkten, als hätten sie Kinderräder unter dem Hintern.

Schon nach den ersten hundert Metern stand für die beiden fest, die sechs Kilometer bis zum Grab des Forschungsreisenden Henri Mouhot waren viel zu riskant, zumal Maria zusätzliche Probleme mit der Gangschaltung hatte. So radelte man gemütlich zum neuen Stadion, das seiner Eröffnungsfeier harrte und an dem die letzten Feinarbeiten vonstatten gingen. Auf einem kleinen Fußballplatz in der Nähe graste eine Ziege. Eine Kapelle übte schon mal für den Abend. Die Abgase der haarscharf an ihnen vorbeidonnernden Laster raubten ihnen den Atem. Auf dem Rückweg legten sie in einer kleinen Gaststätte, idyllisch gelegen an einem mit Seerosen bedeckten Teich, noch einen Halt ein. Viel zu früh gelangten sie wieder zum Fahrradverleih.

Die etwas über hundert Stufen zum Gipfel des That Phousi Bergs waren selbst für einen ungeübten Bergsteiger wie Herrn Schweitzer ein Klacks. Die Aussicht über die Stadt und die nahen Berge war grandios. Von hier wurden etliche der Postkartenmotive von Luang Prabang geschossen. Runter ging‘s einfacher. Herr Schweitzer ging für sein Leben gern runter.

In einem Reisebüro beim Post Office besorgten sie sich die Rückflugtickets nach Bangkok, denn von dort würde in zwei Wochen ihr Flieger zurück zum Rhein-Main-Airport starten. Seltsamerweise kostete ein Flug nach Laos fast doppelt so viel wie einer nach Bangkok. Weder Maria noch Herr Schweitzer waren von Natur aus geizig, doch was zu weit ging, ging zu weit. So hatten sie auf der Hinreise einfach noch zwei billige Inlandsflugtickets von Bangkok nach Chiang Rai gelöst, und zack, waren sie fast am gewünschten Reiseziel Goldenes Dreieck und Nord-Laos. Ganz schön clever, die beiden.

Ins Herzen des weltweit bekannten Mohnanbaugebietes waren sie dann doch nicht gefahren, weil Herr Schweitzer von einem ehemaligen holländischen Drogenimporteur, den sie in einer Sushi-Bar in Chiang Rai trafen, erfahren hatte, daß Thailands Regierung sämtliche Opiumhöhlen ausgeräuchert hatte und auf diverse Delikte im Zusammenhang damit nicht zögerte, Todesstrafen zu verhängen. Und gegen die Todesstrafe war Herr Schweitzer schon immer, zumal wenn sie an ihm selbst vollstreckt werden sollte. Aber in Laos, so der Holländer weiter, da ginge noch was.

Trotzdem waren sie vier Nächte in Chiang Rai – benannt nach seinem 1259 geborenen Gründer Mengrai – geblieben. Erstens war es eine sehr schöne Stadt, und zweitens war der Hinflug mit Umsteigen in Sri Lanka und Bangkok doch ziemlich strapaziös gewesen, so daß man erst wieder zu Kräften kommen mußte. Versüßt wurde der Aufenthalt in Thailands Krone des Nordens mit der reichlichen Auswahl an erstklassigen Kneipen und Restaurants. Und wer Herr Schweitzer kannte, wußte, daß das schon die halbe Miete war.

Einen zweiten Versuch wollte er sich noch gestatten. Das konnte doch nicht sein, daß Opium wie Kaffee wirkte. Das war doch keine Ausgeburt seiner Phantasie. Irgendeine besondere Wirkung mußte dem Opium doch innewohnen. Und bevor ich meinen letzten Kötel geschissen habe, so hoffte Herr Schweitzer immer noch, werde ich auch dieses Mittel der Bewußtseinserweiterung ausprobiert haben.

Die Gelegenheit kam schon auf der nächsten Reiseetappe in Vang Vieng. Die sechsstündige Fahrt durch die Berge war zwar sehr malerisch, aber auch anstrengend. Maria und er hatten sich für einen Minibus entschieden, der teurer war als der große offizielle Bus. Daraus hatten sie geschlossen, er müsse dementsprechend auch komfortabler sein. Das war ein großer Irrtum. Wie Ölsardinen quetschten sie sich ins Gefährt. Die an den Vordersitz stoßenden Knie des Herrn Schweitzer waren schon bei der ersten Rast in Phou Khoun aufgescheuert. Von den übrigen wehen Knochen, hier insbesondere die des Beckens, mal ganz abgesehen. Im schwindenden Abendlichte konnte man einen gar arg zerschundenen Herrn Schweitzer sich mühsam aus dem Blech des Minibusses schälen sehen. Maria und den anderen Reisenden erging es ähnlich. Daß heißt, ein älterer alleinreisender Japaner gab sich, als entstiege er gerade einem Jungbrunnen. Aber dieses Volk war ja seit altersher gewohnt, es sich auf engstem Raum bequem zu machen. Vielleicht kuschelten sie gerne.

Vang Vieng. Eine der letzten Freak-Bastionen der Erde. Vergleichbar dem Ibiza und San Francisco der Endsechziger und Siebziger. Oder der Berliner Kommune 1, nur nicht so nackisch. Batikhemden, -hosen und –stirnbänder waren hier très, très chic und mehr als en vogue. Frustrierte Althippies und enthusiasmierte Jung-Blumenkinder mischten sich mit gewöhnlichen Rucksackreisenden der Jack Wolfskin-Generation. Knallfeuerrothäutige Briten erfreuten sich an den Bierpreisen und torkelten nachts wie tags durch die staubigen Straßen. Manche von ihnen erwachten auch auf selbigen. Den Einheimischen war‘s egal, pekuniär kamen sie voll auf ihre Kosten. Jeder noch so kleine Schuppen war als Übernachtungsmöglichkeit wie geschaffen, und irgendwer fand sich immer, der fast abgebrannt nichts anderes bezahlen konnte. Herrn Schweitzer war sofort klar, sich der bunten Kasperlehose entledigt zu haben, war ein großer Fehler. Hier hätte sie als Eintrittskarte gedient. Aber ich kann mir ja morgen eine neue kaufen, zwei Euro fünfzig waren schließlich nicht die Welt. Morgen. Heute würde er sich sofort nach dem Abendmahl ins Bett begeben. Nicht mal Staub und Schweiß würde er sich vom Körper duschen.

„Du wirst dich doch nicht etwa sooo schlafen legen wollen?“ kam es dann auch später noch von Maria.

Doch da schwamm Herr Schweitzer bereits auf einer Woge des Glücks. Kaum jemals zuvor hatte ihm Einschlafen so viel Freude bereitet. Und die Betten ihres Bungalows im Thavisouk Resort waren einfach nur ein Traum.

Das Niedrigwasser des Xong Flusses zur Überfahrt nutzende archaische Traktoren der Marke Eigenbau mit ihren ratternden Motoren ließen Herrn Schweitzer zur Mittagsstunde hochschrecken. Weit über zwölf Stunden hatte er im Koma gelegen. Mit Erfolg. Die Strapazen des letzten Tages waren wie weggefegt. Lediglich sein Rücken schmerzte noch. Ein weiches Sonnenlicht hieß ihn willkommen. Maria war nicht mehr da. Weggehen hatte er sie nicht hören.

Das heiße Duschwasser war fast schwarz, als es mit Herrn Schweitzer fertig war. Danach fühlte er sich um einige Kilo leichter und wie neugeboren.

Auch im Restaurant war Maria nicht mehr anzutreffen. Sorgen machte er sich jedoch keine, schließlich war seine Freundin reiseerfahren wie kaum eine andere. Die Silhouette des in westlicher Richtung gelegenen Karstgebirges ließ den Kaffee noch mal so gut schmecken. Er war der einzige Traveller auf der Terrasse. Die männliche Bedienung lümmelte sich vor dem Fernseher. So weit Herr Schweitzer erkennen konnte, lief gerade eine Gameshow oder ein Quiz oder etwas ähnliches dieser Preisklasse.

Derart gestärkt machte er sich auf einen Erkundungsspaziergang durch Vang Vieng, das nicht viel größer war als Frankfurts Bahnhofsviertel. Und wieder einmal stellte er fest, daß Laos irgendwie seinem eigenen Charakter entsprach. Wie in Zeitlupe spielte sich hier das Leben ab. Hektik war ein Begriff aus einer anderen Dimension. Die Menschen wirkten ausgeglichen und fröhlich, selbst wenn sie Zementsäcke auf dem Rücken schleppten oder im schimmernden Sonnenglast die Straße teerten. Und für ein Schwätzchen war immer Zeit übrig. Wie in Sachsenhausen, dachte Herr Schweitzer, und fand, daß es kaum ein hübscheres Fleckchen Erde gab. Er wähnte sich im Paradies. Das einzige, was ein bißchen störte, waren die verblödeten Touris, die sich schon zur Mittagsstunde in diversen Kneipen irgendwelche ihrem Schwachmatengeist entsprechende Videofilme reinzogen – beati pauperes spiritu. In einem kleinen Verkaufsladen mit einem einzigen hölzernen Schemel davor trank er einen Mango-Saft. Das war ganz einfach. Mango hieß nämlich auf Englisch Mango.

Löcher in die Luft guckend fand er seine Maria in der Hängematte auf dem Balkon ihres Bungalows wieder.

„Na, wo warst du denn?"

„Da drüben", Maria wies über den Nam Xong, „ein bißchen spazieren. Und du?"

„Auch. Hab mir das Städtchen angeschaut."

„Und? Hast du ein nettes Restaurant für heute abend entdeckt?"

„Viele."

Apfelwein gab's in Laos nicht. Der Selbstversuch mit dem Opium war für Herrn Schweitzer kein Wermutstropfen, sondern eine Wermutflasche gewesen. Und der Mensch war nun mal so geschaffen, daß er selbst das Paradies noch verschönern wollte. Deshalb lassen sich Urlauber, egal wo auf der Welt, auch immer die Hucke bis zur Besinnungslosigkeit vollaufen. Führende Nationen auf diesem Gebiet sind die Skandinavier, Briten und Russen. Aber auch die Deutschen haben da schon manche Schlacht geschlagen. Ihr bevorzugter Kriegsschauplatz ist bis zum heutigen Tage Mallorca, kurz Malle genannt. Kleinere Scharmützel finden aber auch in anderen Erdteilen statt. Zum Beispiel hier, in Vang Vieng.

Herr Schweitzer saß in einer Eckkneipe vor einem Glas Bier und beobachtete das touristische Treiben. Hin und wieder wehte schwach eine süßliche Marihuanawolke zu ihm herüber. Schon längst hatte er mit seiner detektivischen Spürnase eine kleine Gruppe bayrischer Traveller als Verursacher ausgemacht. Er überlegte, ob er einfach hingehen und fragen sollte, wo sie denn das feine Gras erstanden haben. Doch Herr Schweitzer traute sich nicht. Stattdessen folgte er ihnen, als sie aufbrachen. Sie gingen nicht weit.

Das Jay Dees war eine zur Straße offene Bar, aus der Reggaemusik dröhnte. Und Herr Schweitzer war welterfahren genug, um zu wissen, daß dort, wo der Rastafari-Kultur gehuldigt wurde, Drogen nicht weit sein konnten. Er erklomm einen Hocker an der Stirnseite der Theke und bestellte sich eine Cola. Weiter hinten versuchten sich dauerbetrunkene Inselaffen am Billardspiel. Der junge, am Oberarm tätowierte Wirt hatte erstklassige Laune. Grinsend und singend mixte er die Longdrinks und bediente die Kundschaft. Viel los war noch nicht. Etwa zwanzig ausschließlich jugendliche Touristen verloren sich in der Bar. Herr Schweitzer vermutete ganz richtig, daß die meisten noch beim Abendessen waren. Die Bayern hatten sich auf den arabischen Liegen mit den pyramidenförmigen Kopfstützen niedergelassen. Aus den Augenwinkeln sondierte er unauffällig die Szene. Drogendeals waren bislang nicht über die Bühne gegangen.

Nach und nach füllte sich die Kneipe. Herr Schweitzer war schon längst beim vierten Bier angelangt, als ein etwas seltsamer Zeitgenosse in giftgrüner Trainingshose mit dem PUMA-Puma als Logo ihn auf Englisch fragte, ob der Platz neben ihm noch frei sei. Auf dem Kopf trug er eine hellblaue Mütze, die der rote fünfzackige Stern der Weltrevolutionäre zierte. Cool nickte Herr Schweitzer.

„Deutscher?" fragte der Neuankömmling.

„Yes ... äh, ja. Sieht man mir das an?"

„Nicht direkt. Aber deine Sandalen ..."

Herr Schweitzer warf einen Blick nach unten. Birkenstock. Ach du große

Scheiße, dachte er, da gibt man sich alle Mühe, so international wie irgend möglich auszusehen, und dann so ein Fauxpas, da hätte ich mir ja auch gleich die Deutschlandflagge auf die Stirn pinseln können. Sein Kopf begann vor Scham zu glühen.

„Macht doch nichts. Ist doch nicht wie früher. Seit Klinsi spielen wir doch wieder guten Fußball. Braucht man sich doch nicht mehr schämen, jetzt."

Nun sah Herr Schweitzer auch den Borussia Mönchengladbach-Aufnäher auf seines Sitznachbarn Rucksack. Ein Fußballfreak also. Er schätzte ihn auf etwas über vierzig. Fußball und Revolution, paßte das überhaupt zusammen? War Fußball nicht ein Spiel, und Brot und Spiele nicht eine kapitalistische Erfindung, um die Arbeiterklasse ruhigzustellen, sie vom revolutionären Gedankengut abzulenken?

„Ich halte mehr zur Eintracht", erklärte Herr Schweitzer.

„Frankfurter?"

„Yeap. Waschechter." Wenn er etwas über das übliche Maß hinaus beherrschte, dann war es, sich auf des Gesprächspartners Jargon einzustellen.

Und wie das so ist im Urlaub, man ist in Urlaubsstimmung. Trinkt mit fremden Leuten ein Bierchen, unternimmt gemeinsam Ausflüge, geht mit ihnen abends zum Einheimischen essen oder auf einen Folkloreabend. Oft sind es Menschen, die man in heimatlichen Gefilden eher meiden würde, weil sie auf einer komplett anderen Wellenlänge schwammen. So erging es nun auch Herrn Schweitzer. Nicht daß er grundsätzlich gegen Revolution wäre, nein, das nicht. Und wenn er es recht bedachte, war er sogar ein vorzüglicher Revolutionär. Er überlegte, welche seiner vielen Fähigkeiten er einbringen konnte, wenn's endlich so weit wäre mit dem Erstürmen der Barrikaden. Viel fiel Herrn Schweitzer nicht ein. Die rote Fahne schwenken, vielleicht. Oder Flugblätter verteilen.

Sei es wie es sei, jedenfalls zechte er mit seinem neuen Kumpanen Harald ein Bier nach dem anderen. Ob Harald sein richtiger Name war, oder ob es sich um einen im revolutionären Untergrund gebräuchlichen Decknamen handelte, wußte Herr Schweitzer natürlich nicht. Es war ihm auch egal, so lange nur der Zapfhahn nicht versiegte. Darüber vergaß er gänzlich seine Liebste Maria, der er versprochen hatte, nicht so lange zu machen.

Der aus Crailsheim stammende Harald schlug dann zu später Stunde noch vor, in eine Disco-Beach-Bar zu gehen. Alkoholselig hatte Herr Schweitzer sofort seine Begeisterung hierfür kundgetan und erst ein paar Sekunden später darüber gestutzt, wie ein Binnenland wie Laos zu einem Strand kommen konnte. Aber dann fiel ihm ein, daß sich auch in Frankfurt Beach-Bars befanden. Unten am Main. Mit aufgeschüttetem Sand und Sonnenschirmen. Und dort mit Cabriolets vorzufahren, war besonders hipp, wie

Herr Schweitzer bei einem Abendbummel mit Maria vor ein paar Monaten mal beobachtet hatte.

Doch bevor sich der alte Knochen Schweitzer nach langer Zeit mal wieder in eine Disco aufmachte, ließ sich Harald vom Wirt noch eine laminierte Karte geben, die in einem Geheimfach unterm Tresen lag und ganz offensichtlich nicht für jeden bestimmt war. Ob er denn auch rauche, wurde Herr Schweitzer gefragt. Diesmal schaltete er verdammt schnell: „Logo." Ein Marihuana-Joint kostete zehntausend Kip, las er, Harald über die Schulter blickend. Außerdem wurden noch Pilze und Opium angeboten. Jay Dee, der Barbetreiber, und Harald kannten einander offenbar.

Über einen langen Holzsteg gelangte man zur Bar auf einer etwas größeren Insel mitten im Fluß. Herr Schweitzer war hier eindeutig der älteste. Manche der jugendlichen Rucksackreisenden schätzt er auf unter volljährig. Aber das lag wohl eher daran, daß die Jüngeren umso jünger wirken, je älter man selbst wird. Smoke on the water von Deep Purple schallte über das weitläufige Gelände. In seinem Suffkopp sah er Nebelschwaden über die Ufergestaden ziehen. Da Harald die Joints bezahlt hatte, organisierte Herr Schweitzer nun zwei Bier an der Bar, bevor man sich auf einer Pritsche am Wasser niederließ. Die sich durch die leichte Strömung bewegenden Kieselsteine erzeugten eine kontemplative Atmosphäre, der sich auch Herr Schweitzer nicht entziehen konnte. Er zog die Birkenstöcke aus und ließ den Sand durch seine Zehen rinnen.

Es war das beste Gras seines Lebens. Bereits nach zwei Zügen war er völlig stoned. Daheim hätte er sich sofort ins Bett gekuschelt und sich seinen Phantasien hingegeben. Doch bis zum Bett war es bestimmt ein Kilometer. Und Bewegung war das Absurdeste, was er sich nun vorzustellen vermochte. Schon bald diente ihm der Balken an der Seite als Kopfkissen. Harald hielt es genauso, legte sich ihm gegenüber. Ab und an am Bier nippend, schwadronierte man ganz allgemein über's Leben, erzählte von zu Hause und wie blöd dort alles sei. Überall nur Zwänge, keine richtige Lebenslust in Deutschland und sowieso alles nur spießbürgerlich bis zum Abwinken. Ach, könnte man doch ewiglich hierbleiben. Und die Musik sei auch dufte, hier, in diesem Shangri-La von Laos. So etwas gäbe es nur noch ganz selten auf der Welt. Und diese Relaxtheit. Sagenhaft.

Als Harald den nächsten Joint entflammte, war Herr Schweitzer schon weitestgehend hinüber. Trotzdem fackelte er nicht lange und ging noch weitere Getränke holen. Er kam gleich mit vier Flaschen wieder, da ihm das Gehen nun doch sehr, sehr schwer fiel und er es vermeiden wollte, in absehbarer Zeit wieder an den Tresen zu torkeln. Auf der Tanzfläche wurde inzwischen entfesselt geschwoft. Ihm war, als sei er auf einer Zeitreise mitten in der Flower-Power-Szene San Franciscos der späten Sechziger des letzten Jahrhunderts gelandet. Zwei Mädels hatten sogar Blumen im Haar. Oder waren daran die Drogen schuld?

Benebeltes Hirn schweißt zusammen. Bald gesellten sich noch andere Blumenkinder zu ihnen. Einer, ein Australier, hatte ein paar Gläser und eine volle Flasche Whiskey dabei. Ein Mountainbikerpärchen aus Schweden spendierte eine Runde Hamburger mit Pommes, und weitere Joints machten die Runde. Die Verständigung fand auf Englisch statt. Und Herr Schweitzer plapperte, als sei es seine Muttersprache. Nicht immer wurde er verstanden. Aber was machte das schon? Nichts. Schließlich war man ja eine große, Grenzen als Störfaktor verachtende Familie mit allerhöchstem Toleranzanspruch. Die Musik hatte schon längst aufgehört, auch in Laos gibt es eine Sperrstunde.

Wie und wann Herr Schweitzer nach Hause gekommen war ... woher sollte er das wissen?

Eine Stimme aus einer fernen Galaxie weckte ihn: „Aufstehen, mein Süßer."

Wieso aufstehen? Warum nicht noch ein bißchen weiterschlafen? Er, Herr Schweitzer, war doch gerade erst ins Bett gegangen. Außerdem war Klebstoff in seinen Augen und die Zunge rauh wie Schmirgelpapier. „Will nicht."

„Du verpennst noch den ganzen Tag. Wir wollten doch zur Lagune schwimmen gehen."

Bei dem Gedanken an eiskaltes Wasser schauderte ihn. Noch tiefer vergrub er sich in die Bettdecke.

Mitunter konnte seine Freundin recht resolut sein. Ein Schwall Wasser aus dem Zahnputzbecher ergoß sich über seinem Haupt. „So, mein Lieber, jetzt aber raus aus den Federn. Und zwar ein bißchen dalli, der Herr."

„Ooouuh."

„Nix ooouuh. Raus mit dir. Hier ist deine Badehose. Ich warte draußen auf dich."

Die Tür knallte ins Schloß. Die Vehemenz dieses Vorgangs vermittelte Herrn Schweitzer völlig zu Recht, der Aufforderung besser Folge zu leisten. Vorsichtig quälte er sich ins Badezimmer. Per Katzenwäsche beseitigte er die gröbsten Orgienspuren.

Als er mit immer noch verquollenen Augen auf die Veranda trat und sich so langsam ans blendende Licht über Vang Vieng gewöhnt hatte, erblickte er den Bambustisch. „Wie sieht's denn hier aus?"

Richtig schlau war diese Frage nicht, denn mehrere leere Bierflaschen und unappetitliche Zigarettenstummel säumten die Tischplatte. Noch bevor Herr Schweitzer die Frage beendet hatte, deuchte es ihm auch schon, daß diese Spuren der Verwüstung im Kontext mit seinem miserablen Allgemeinzustand zu betrachten waren. So fiel Marias Antwort auch alles andere als überraschend aus: „Ihr habt heute morgen hier noch ganz schön die Sau rausgelassen.“

„Wir?“

„Deine zwei Kumpels und du.“

Soso, überlegte Herr Schweitzer, der eine wird wohl der Crailsheim-Harald gewesen sein. Doch wer war der andere? Direkt fragen mochte er nicht, hätte er doch damit seinen Gedächtnisschwund eingestehen müssen. „Waren wir sehr laut?“

„Nur der Typ mit dem Frankfurter Dialekt. Hat die ganze Zeit von seiner Alten erzählt und wie sie ihm auf die Eier geht.“

„Auf die Eier geht?“

„Es war die reinste Litanei. Ich wollte schon rauskommen und sagen, daß er sich doch scheiden lassen soll.“

Herr Schweitzer konnte mit dieser Aussage nichts, aber auch rein gar nichts anfangen. Ein Typ mit Frankfurter Dialekt? Das letzte, an das er sich erinnern konnte, waren die beiden schwedischen Mountainbiker, die beim Abschied mit ihren Rädern zusammenstießen, umfielen und ein großes Gelächter verursachten. Ach ja, und dann waren sie noch über eine Brücke getorkelt, und irgendwer hatte über‘s Geländer gekotzt. Der Rest war im Dickicht der Amnesie verschwunden. Und allzu tiefes Nachdenken verursachte ihm Höllenschmerzen. Herr Schweitzer beließ es dabei. Vielleicht fällt‘s mir ja wieder ein, vielleicht auch nicht. Egal, jetzt muß ich erst mal zusehen, daß ich wieder klar werde, dachte er.

Nach einem mörderischen Marsch von einer Stunde, auf staubigen Feldwegen durch die Mittagshitze, erreichten sie die Lagune. Dort hatte der liebe Gott einen Getränkestand erschaffen und als letzten Schliff noch eine Verkäuferin dahintergesetzt. Nach drei Flaschen himmlisch kalter Cola beehrte Herr Schweitzer die Lagune mit einem Kopfsprung. Ob der Kälte, die ihn empfing, setzte sein Herz kurz aus. Als er wieder auftauchte, sah die Welt schon wieder ganz anders aus. Die Farben hatten an Intensität gewonnen, Maria beglückte ihn mit einem Lächeln und der Eisschrank des Getränkestandes war noch gut mit Cola bestückt. Es hatte zwar auch Bier, doch Herr Schweitzer wollte sowieso nie mehr dem Teufel Alkohol frönen. Und anderen Drogen auch nicht. Und auch keinen knackigen Mädels mehr hinterherschauen. Es gibt im Leben eines Mannes nämlich ein Alter, da ist Sex gleichbedeutend mit Streß.

Im Prinzip könnte die Geschichte in Vientiane, der gemütlichen Hauptstadt von Laos, als ein nicht allzu außergewöhnlicher Reisebericht zu Ende sein, wäre da nicht der letzte Abend vor dem Abflug nach Bangkok gewesen. Maria und Herr Schweitzer saßen in einem der vielen Restaurants direkt am Mekong, hatten ein üppiges Dinner hinter und noch eine halbe Flasche Rotwein vor sich. Das heißt, sie hätten direkt am Mekong gesessen, wären sie in der Regenzeit gekommen. So trennten etliche Sanddünen und -bänke das kleine Rinnsal, das eher an den Main bei Würzburg als an einen der größten Ströme der Erde erinnerte, von der Uferpromenade.

Ein heftiger Schlag auf Herrn Schweitzers Rücken beendete die Idylle und war gleichzeitig der Anfang einer Geschichte, die den bis dato Aushilfsdetektiven noch schweren Turbulenzen aussetzen sollte.

„Ich werd verrückt, ist das nicht der gute alte Simon?" quietschte eine fast schon hysterische Männerstimme im Frankfurter Idiom.

Herr Schweitzer drehte sich um und blickte in ein ihm unbekanntes Gesicht mit gezwirbeltem Oberlippenbart, abgrundtiefen Furchen und fast schon negroider Hautfarbe. Gekräuselte silbergraue Brusthaare kämpften sich durch ein silbernes Kreuz, so groß, daß selbst Jupp an der Latte auf dem Weg nach Golgatha damit seine liebe Müh und Not gehabt hätte. Ein von der Sonne restlos ausgebleichter Scheitel krönte den Unsympathen.

„Ey, Alter, tu net so, als kennste mich net mehr." Hierbei drehte er sich zu einer Frau um, die hinter ihm stand und von Herrn Schweitzer anfangs gar nicht bemerkt worden war. „Was sagste dazu? Noch vor wenigen Tagen ham wir gemeinsam von der Brück gekotzt, und jetzt macht der gute Simon einen auf etepetete, tztztz. Hat der Mensch da noch Töne ..."

Marias Zeichen, einem Stubser mit dem Fuß, hätte es gar nicht bedurft. Er hatte verstanden. Das war also der Kerl, der mit ihm und Harald auf der Veranda in Vang Vieng gezecht hatte. Er fühlt sich so unbehaglich wie lange nicht mehr.

Bevor sich Herr Schweitzer eine Strategie zurechtlegte, wie er diesen ihm von Grund auf widerlichen Menschen auf schnellstmögliche Art loswerden konnte, stand er auch schon vor vollendeten Tatsachen. „Das is ja schön, daß wir uns noch mal treffen. Komm, Sabinchen, nicht so schüchtern, laß uns den Herrschaften noch ein bißchen Gesellschaft leisten. Ist das nicht ein herrlicher Abend?"

Bis jetzt schon, dachte Herr Schweitzer und bemitleidete nicht nur Maria und sich, sondern auch Sabinchen, das sich gar arg zierte und augenscheinlich am liebsten im Erdboden versunken wäre.

„Das ist Simon, von dem ich dir erzählt habe, und der sich demnächst als Detektiv selbständig machen will. In Frankfurt, was sagst du dazu?"

Aber Sabinchen sagte nichts. Stattdessen nötigte sie ihr Begleiter, sich zu setzen. Unwillig rückte Herr Schweitzer zur Seite. Er erinnerte sich an seine gute Kinderstube: „Darf ich vorstellen, Maria: Sabine. Sabine: Maria."

Der Name des Kerls war ihm entfallen. Die beiden Damen gaben sich die Hand. Und Herr Schweitzer ärgerte sich schwarz, daß er wohl in einer Art jugendlichem Übermut dem Blödmann erzählt haben mußte, sich demnächst als Detektiv profilieren zu wollen. Das war doch bloß so ein blöder, unausgereifter Gedanke von ihm gewesen. Den wollte er erst einmal in Ruhe zu Ende denken.

„Hallo Maria. Ich bin der Jürgen", stellte sich Jürgen nun selbst vor, da es kein anderer tat. „Da haste dir ja einen komischen Vogel angelacht." Er nickte vage in Herrn Schweitzers Richtung.

„Ja, gelle", entgegnete nun Maria für sein Dafürhalten viel zu freundlich.

Zu Herrn Schweitzer gewandt: „Da hast du ja schon ganz schön Werbung für deine neue Detektei gemacht. Wer hätte das gedacht? Aber so ist mein Simon nun mal, kaum ist eine Idee geboren, ist sie auch schon Realität." Um ihn weiter zu triezen, haute auch sie ihm auf den Rücken. Der Schlag war nicht viel schwächer als der von Jürgen.

Dem Meisterdetektiv in spe wurde das Leben schwer. Wieder einmal hatte er die Arschkarte gezogen. Nicht nur, daß der Abend versaut war ... was mußte er diesem Trottel auch noch seine Pläne erzählen? Fehlt nur noch, daß die beiden in Sachsenhausen wohnten. In Windeseile würde sich dort die Neuigkeit verbreiten, daß er, Herr Schweitzer, in Kürze ganz groß ins Geschäft der Detektiverei einsteige.

Jürgens Stimme hatte einen konspirativen Beigeschmack, als er sich zu Maria beugte: „Wie mir Simon erzählt hat, wohnt ihr auch in Sachsenhausen ..."

Die ersten beiden Stunden Theorie waren absolviert. Herr Schweitzer hatte gebüffelt wie seit seiner Schulzeit nicht mehr. Die Bedeutung von Stop- und Vorfahrtsschildern würde er bis zum Tag des Jüngsten Gerichts nicht mehr vergessen. Das Rot, Gelb und Grün der Ampeln hatte er bereits als Fußgänger und Fahrradfahrer verinnerlicht. Prekär waren Halte- und Parkverbotsschilder mit all den zeitlichen Ausnahmebestimmungen. Völlig undurchsichtig gestaltete sich die Vorfahrtsregelung bei Kreuzungen, an denen keine Signalanlagen standen. Rechts vor links, das ging ja noch halbwegs, aber auch nur dann, wenn keine abknickende Vorfahrtsstraße für grenzenlose Verwirrung sorgte. Und Maria war bei der ganzen Paukerei auch keine große Hilfe gewesen. „Laß mich mit dem Quatsch in Ruh", hatte sie zu Herrn Schweitzer gesagt, als er sie gebeten hatte, ihn doch mal abzufragen. „Autos verpesten die Luft. Für was gibt's Taxis?" Frauenlogik, hatte er gedacht, aber nicht gesagt.

Bewußt hatte sich Herr Schweitzer für einen weiblichen Fahrlehrer entschieden, der würde sich eher moderner Methoden der Fahrerziehung bedienen und nicht ganz so streng mit ihm sein. Ein weiterer Trumpf könnte auch sein Charme sein, so hatte er es sich ausgemalt. Herr Schweitzer war pures Adrenalin, als ihn Frau Braun in der Niederräder Bürostadt aufforderte, sich hinters Steuer zu begeben. Es war Ende Februar und so furchtbar eisig kalt, es würde schneien, wenn es regnen würde. Doch kein Wölkchen trübte den Himmel.

Herrn Schweitzers Euphorie hielt sich in Grenzen. „Und jetzt?"

„Jetzt machen wir uns mit dem Armaturenbrett vertraut."

Die schier unermeßliche Anzahl der Knöpfchen, Schalter und Hebel trieb ihm den Angstschweiß auf die Stirn. Wie soll ich mir das bloß alles merken? Lediglich der rote Knopf für die Warnblinkanlage war auf Anhieb als solcher zu erkennen.

Als Frau Braun ihm die Benzinanzeige mit der putzigen stilisierten Zapfsäule verklickerte, hielt er sie noch für die Königin der Pädagogik. Die Heizungsanlage war auch noch plausibel und die Geschwindigkeitsanzeige im Bereich seiner Verständnismöglichkeiten, hätte das Lenkrad nicht die Sicht darauf versperrt. Um zu erfahren, wie schnell er denn nun unterwegs sei, hätte sich Herr Schweitzer vorbeugen oder bücken müssen. Das kann ja heiter werden, durchfuhr es ihn. Er stellte sich vor, wie er auf der Autobahn in einen Baustellenbereich einfuhr, seine Geschwindigkeit zu erfahren trachtete, während sich das große gelbe Teerfahrzeug durch die Windschutzscheibe bohrte, Rettungshubschrauber landeten und unverrichteter Dinge wieder starteten, während ein Bestattungsunternehmer vorfuhr. Panische Angst durchwallte seinen Körper.

Doch sogleich nahte die Rettung: „Sie können den Sitz auch höher oder tiefer stellen, wenn Sie nichts sehen."

Yippie, freute sich Herr Schweitzer, der froh war, nicht unter gelben Teerfahrzeugen enden zu müssen.

Als nach schier unendlichen Minuten auch das mit der Kupplung und Gangschaltung geklärt war, ward er von der noch netten Frau Braun gebeten, doch bitte schön mal rückwärts am rechten Straßenrand einzuparken. Hierfür dürfe er sich auch abschnallen, ergänzte sie, als Herr Schweitzer beim Kopfdrehen vor Anstrengung rot angelaufen war.

Das Problem war nicht die Größe der Parklücke gewesen – ein 7,5-Tonner hätte es locker vorwärts geschafft –, das größte Hindernis war der Bordstein, der Herrn Schweitzers Bemühungen mit der Sturheit eines Esels stets ein Ende setzte. Beim ersten Mal hatte er sich noch fast das Genick gebrochen, als er dagegengedonnert war, danach hatte er es mit mehr Gefühl probiert. Frau Brauns Frage, ob er mit seiner Freundin auch so umginge, hatte Herrn Schweitzer dazu veranlaßt.

Trotz aller nun eingebrachten Feinmotorik fehlte es an der Optik. Immerfort schlug Herr Schweitzer zu scharf ein, oder lenkte zu spät dagegen.

Nach einer Viertelstunde und unter dem Gekratze am Bürgersteig entlangschleifender Felgen hatte er es endlich geschafft. Frau Braun war nun nicht mehr ganz so nett. Mit den gebündelten Kräften ihrer Selbstbeherrschung konnte sie nur noch „für den Augenblick reicht es" hervorstoßen.

Die Rückfahrt zur Schule übernahm sie selbst. Den Fall Simon Schweitzer würde sie ihrer Kollegin Brigitte übergeben. Die war dafür bekannt, nicht mal dann die Ruhe zu verlieren, wenn ein Fahrschüler das Brückengeländer bereits durchbohrt hatte.

„Ich weiß jetzt auch, wie man über's Lenkrad guckt."

Maria von der Heide tippte sich an die Stirn. Nie im Leben würde sie auch nur einen Fuß über das Trittbrett eines von ihrem Liebsten gesteuerten Vehikels setzen. Das wollte sie aber vorerst für sich behalten.

Sie hätte wenigstens mal fragen können, wie man Autositze verstellt, dachte Herr Schweitzer, und verzog sich schmollend in den Garten von Marias Haus auf dem Lerchesberg, kehrte aber wegen der Anziehungskraft einer im Kühlschrank befindlichen Bierflasche wieder um. Dieser Vorgang der frühnachmittäglichen Alkoholzufuhr ihres Freundes sorgte bei Maria für Irritationen.

Bei Herrn Schweitzer aber nicht. Mit dem Gefühl, dem Führerschein ein ganzes Stück näher gekommen zu sein, fläzte er sich in den mit grünem Stoff bespannten Liegestuhl. Mit enormem Draufgängertum bestückt nahm er einen großen Schluck, pflückte ein Blatt der neulich erst gepflanzten Prunus laurocerasus etna und betrachtete es eingehend.

Es dauerte nicht lange, und Herr Schweitzer schlief.

Gleich hinter dem Lerchesberg beginnt der Frankfurter Stadtwald, der größte urbane Grüngürtel Deutschlands. Herr Schweitzer war mittendrin, zwischen Königsbrünnchen und Oberschweinstiege, als sein Handy vibrierte.

„Simon Schweitzer, guten Tag."

„Ja, hallo. Hier ist Sabine."

Er kannte keine Sabine. Deshalb wartete er.

„Die Sabine aus Laos. Vientiane. Du erinnerst dich?"

Jetzt kannte Herr Schweitzer doch eine Sabine: „Klar. Sabine. Wie geht's?"

„Ganz gut, soweit."

„Woher hast du denn meine Telefonnummer?" Er konnte sich nicht erinnern, diese herausgerückt zu haben.

„Von Jürgen."

„Von Jürgen?" Nein, nein, nein, auch diesem hatte er die Nummer nicht gegeben.

„Von meinem Mann. Äh, nicht direkt, deine Visitenkarte war in seinem Nachttisch."

Aha, dachte Herr Schweitzer, erstens, was kramt die Frau eigentlich in fremden Nachttischen herum, und zweitens, da hab ich dem doofen Jürgen die Karte wohl an jenem unseligen Abend respektive Morgen in Vang Vieng überreicht, als ich ein klein wenig über den Durst getrunken habe. Gott verfluche mich.

„Ich würde dich gerne sprechen."

Das tat Sabine doch gerade. Merkt die eigentlich noch was? „Ja ..."

„Nein, am Telefon geht das nicht. Wo bist du gerade?"

Herr Schweitzer blieb stehen. „Ich würde mal sagen, zwischen einer Buche und einer Tanne. Frag mich aber nicht, was das für eine Tanne ist. Von Botanik hab ich nicht viel Ahnung."

Dieses Ablenkungsmanöver wirkte nur für einige Sekunden, dann hatte sich Sabine wieder gefangen. „Du, Simon, es ist wichtig. Es geht um Leben und Tod."

„Um Leben und Tod? Bist du dir da auch sicher?" Er kannte die Frauen. Sind immer am Übertreiben. Wahrscheinlich nur eine weiße Maus oder eine Spinne, und Sabine steht gerade zitternd auf dem Küchenstuhl.

„Kann sein. Ich weiß auch nicht, was ich davon halten soll."

„Wovon?"

„Du bist doch Detektiv. Deshalb rufe ich an. Ich bezahle dich auch."

Oh je, dachte Herr Schweitzer, jetzt werden meine launigen Bemerkungen von neulich zum Bumerang. Doch wer konnte damals schon ahnen, daß Sabine und Jürgen ein Juweliergeschäft auf der Textorstraße, mitten in seiner Heimat Sachsenhausen, betrieben? Über den Weg gelaufen waren sie ihm nie. Das hätte er sich gemerkt. Und komisch auch, daß er den Laden nie betreten hatte, obwohl er ihn kannte. Aber seine Uhren, der einzige Schmuck an ihm, kaufte er immer billig bei Aldi, Tchibo oder sonstwo. „Das mit dem Detektiv stimmt schon. Ich wollte aber erst damit anfangen, wenn ich meinen Führerschein bestanden habe. Du weißt, Verfolgungsjagden und so ..."

„Es ist ... ich brauche eher einen Rat, vielleicht. Ach, ich weiß auch nicht. Das ist alles so verwirrend."

Herr Schweitzer ahnte, mehr Informationen würde er am Telefon nicht bekommen. Und schließlich ... der erste Auftrag kommt meist vor dem zweiten, also, warum nicht gleich richtig loslegen? Die Mitgliedschaft im Detektivverband hatte er ja auch schon beantragt. Und da er sich ziemlich gut kannte und wußte, daß meist erst ein Tritt in den Hintern ihn zur Aktion trieb, sagte er: „Gut. Anhören kann ich mir's ja mal."

„Geht's sofort? Ich muß bald wieder in's Geschäft. Und Jürgen darf nichts mitbekommen."

„Sofort? Ja, warte mal." Herr Schweitzer blickte sich um. Doch Waldwege sehen alle gleich aus. Er schätzte, wie lange er schon spazierengegangen war. „Na ja, ich wäre in etwa zwanzig Minuten an der Oberschweinstiege. Hilft dir das?"

„Ich werde da sein." Die Verbindung wurde unterbrochen.

Um einer Unterzuckerung vorzubeugen, bestellte er eine Schwarzwälder Kirsch und ein Stück Käsesahnetorte. Sabine saß ihm gegenüber. Sie war sehr konservativ gekleidet, und ihr Haar hatte sie zu einem Dutt zusammengesteckt. Unsicher schaute sie sich um, und auch sonst konnte sie eine gewisse Nervosität nicht verbergen. Herr Schweitzer fand, die seit dem Mittelalter beurkundete Oberschweinstiege eigne sich bestens für geheime Treffen wie dieses hier. „Na, dann erzähl mal."

„Jürgen hat eine Pistole."

„Haben nicht alle Juweliere eine Pistole?"

„Das weiß ich nicht. Aber unsere ist immer im Geschäft. Nein, ich meine, er hat jetzt noch eine. Die habe ich in der Schublade seines Nachttisches gefunden."

„Vielleicht will sich Jürgen selbst überfallen. Juweliergeschäfte sollen sich doch lohnen, was man so hört."

Doch Sabines Mienenspiel sah aus wie doof, oder esoterisch, oder beides. Humor hatte sie jedenfalls keinen, konstatierte Herr Schweitzer. „Entschuldige. Also, Pistole im Nachttisch ..."

Er wollte erst mal wissen, was sie dort überhaupt zu suchen hatte. Man schnüffelt doch nicht ohne Grund in des Ehepartners Sachen herum.

Dieser Hintergedanke des Herrn Schweitzers offenbarte sich nun auch der Juwelierin. Ihre Nervosität steigerte sich. Fast eine Minute rührte sie den Zucker in ihrer Kaffeetasse. Selbst der begriffsstutzigste Psychologie-Erstsemester-Absolvent hätte gemerkt, wie sie innerlich einen Kampf ausfocht. Dann aber: „Okay." Noch einmal blickte sich Sabine nach allen Seiten um. „Ich war eifersüchtig, hatte Jürgen verdächtigt, er hätte was mit einer anderen. Ich dachte, vielleicht finde ich ja ein Foto, eine Telefonnummer oder einen anderen Hinweis. Aber stattdessen stolpere ich über diese Pistole. Schwarz und ziemlich groß. Ich war richtig erschrocken, als ich sie in den Händen hielt. So Dinger jagen mir Angst ein. Und diejenige im Geschäft, das war auch Jürgens Idee gewesen. Ich habe immer gesagt, wir brauchen so etwas nicht. Wir sind auch noch nie überfallen worden.

Wir nicht, und auch meine Eltern nicht, von denen ich das Geschäft geerbt habe. Nie ist etwas passiert."

Herr Schweitzer hatte geduldig zugehört. Zufrieden war er jedoch nicht. Eine Knarre im Hause eines Juweliers war noch lange kein Grund, einen Detektiv einzuschalten. Selbst Anfänger der krummen Laufbahn konnten sich ausmalen, daß ein Einbruch in die Privatgemächer eines derart gutsituierten Ehepaares durchaus lukrativ sein konnte. Warum sich also nicht mit einer zweiten Pistole davor schützen? Er konnte Jürgen verstehen. Und da er auch um seines Weibes Einstellung zu Handfeuerwaffen wußte, war es nur logisch, daß er ihr gegenüber dieses Manöver verschwieg. „Da fehlt noch etwas."

Das hatte sehr unhöflich geklungen. Herr Schweitzer mochte weder Sabine noch ihren Gatten. Und wenn die Dame jetzt wegen seines forschen Tons aufstehen und gehen sollte, so würde er sich nicht weiter darüber grämen. Er gestand sich ein, daß er genau dies für das beste hielt. Herr Schweitzer war nicht in der Situation, diesen Auftrag auf Teufel komm raus annehmen zu müssen. Ja, eigentlich hatte er es überhaupt nicht nötig zu arbeiten. Dank Erbschaft und vor langer Zeit getätigter Aktiengewinne konnte er ein sorgenfreies Leben führen. Eine Gruppe spanischer Touristen im Anmarsch absorbierte seine Aufmerksamkeit.

„Ja, da fehlt noch etwas." Wiederum nahm sie den Löffel in die Hand, bemerkte aber, daß gar kein Kaffee mehr in der Tasse war. Dann spielte sie mit den Trageriemen ihrer matt glänzenden schwarzen Handtasche, die so voll war, daß sie nicht richtig schloß. Ihre rastlosen Blicke wanderten umher. Und als Herr Schweitzer schon gar nicht mehr damit rechnete, fuhr sie fort: „Als ich Jürgen kennenlernte, hatte er bereits eine Vergangenheit."

„Haben wir die nicht alle?" Aber da wußte er bereits, was sie meinte. Er spielte mit ihr, und es machte ihm Spaß.

„Eine kriminelle Vergangenheit."

Na also, warum nicht gleich so, dachte Herr Schweitzer, und schwieg beharrlich. Da die Sonne inzwischen um den Schatten spendenden Baum gewandert war, verrückte er den Stuhl um einige Zentimeter. Er schlug die Beine übereinander. Die lautstarken Spanier rückten ebenfalls Stühle. Ein paar pickende Tauben suchten das Weite.

„Soso, eine kriminelle Vergangenheit. Totschlag?"

„So genau weiß ich das auch nicht. Aber er hatte Spielschulden, die habe ich beglichen, bevor wir heirateten. Und so viel war es ja auch nicht. Zwanzigtausend Mark, es hätte schlimmer kommen können. Und Jürgen hat danach auch nie wieder gespielt."

„Nur Spielschulden? Nicht unbedingt das, was man als kriminell bezeichnet."

Und wieder hatte Herr Schweitzer mit seinem Tipp ins Blaue ins Schwarze getroffen.

Sabines Blick senkte sich auf den Boden. Sie sah ihren Schuhen beim Scharren im Kies zu. Ganz leise: „Erpressung."

Herr Schweitzer hatte es gehört. „Wie bitte?"

Wahrscheinlich sprach keiner der Spanier auch nur ein Wort Deutsch, trotzdem benutzte sie die rechte Hand als Dämmung: „Erpressung. Aber Jürgen war nur ein Handlanger, er kam mit Bewährung davon."

„Und jetzt, nachdem du die Pistole gefunden hast, denkst du ..."

„Ja. Bestimmt hat ihn seine Vergangenheit eingeholt. Der Haupttäter hat damals zehn Jahre bekommen. Die sind jetzt um."

Daran hatte Herr Schweitzer nicht gedacht, eher daran, daß Jürgen von sich aus wieder aktiv wurde. Er war aber ehrlich genug zu sich selbst, um sich einzugestehen, es lag wohl eher an Jürgens äußerem Erscheinungsbild, daß er so dachte. „Und was genau willst du jetzt von mir?"

„Daß du Jürgen mal auf den Zahn fühlst und rauskriegst, ob er wieder auf die schiefe Bahn gerät. Unsere Ehe läuft ziemlich mies, der Schein wird nur noch nach außen gewahrt, aber trotzdem ..."

Ein Scheißauftrag, resümierte Herr Schweitzer. Ehen, die aus dem Ruder gelaufen sind, diese Art von Schnüfflertätigkeit war ihm zuwider. Schon bei seinem Schwager Hagedorn, für den er früher ab und an detektivisch unterwegs war, hatte er sich dagegen gesträubt. Sollten sich doch alle scheiden lassen, wenn nichts mehr ging. In schmutziger Wäsche rühren war nicht sein Ding. „Hundert Euro die Stunde plus Spesen."

Das war als Abschreckung gedacht, doch zu Herrn Schweitzers grosser Verwunderung zückte Sabine ein Heft, trug viertausend Euro ein und überreichte ihm den Scheck. „Gehört der Kaffee auch zu den Spesen? Gut, dann zahle bitte für mich mit."

Herr Schweitzer war übertölpelt.

„Und wenn du mich morgen vormittag im Laden besuchst, bringe ich dir die Unterlagen über die Erpressungsgeschichte mit. Ich habe sie schon rausgesucht. Jürgen hat morgen frei."

Von einer unscheinbaren Maus zur resoluten Geschäftsfrau, so schnell konnte es gehen im Leben. Fassungslos sah er Sabine hinterher. Auf dem angrenzenden Parkplatz bestieg sie einen silbergrauen Benz der S-Klasse. F-SI, las Herr Schweitzer. SI für Sikora, so lautete der Familienname des Juwelierehepaares. Beim Anfahren wirbelte Staub auf. Das erinnerte Herrn Schweitzer an seine nächste Fahrstunde. Gedankenverloren blickte er auf den Scheck. Viertausend Euro, na prima, da konnte er Maria heute groß zum Essen ausführen. In Gedanken türmten sich vor ihm schon allerlei Leckereien vom Japaner in der Fahrgasse in Hibbdebach an der Konstabler Wache. Jeder hat seinen Preis, ich auch. Ihm ging es gar nicht mal so schlecht, und übertölpelt fühlte sich Herr Schweitzer auch nicht mehr. Er ließ die Rechnung kommen.

Sashimi, Shu-Mai und Harumaki hatten Herrn Schweitzers Befindlichkeit ins Elysische gesteigert. Nun entstieg er mit Maria dem Taxi, das sie ins Weinfaß gebracht hatte. Dort wollte er nämlich heute abend noch groß auftrumpfen und die eine oder andere Runde auf seinen ersten Auftrag als angehender Detektiv springen lassen. Halbe Sachen haßte er. Zu seiner größten Freude war der harte Kern der Sachsenhäuser Trinkergilde anwesend. Bertha, die Wirtin, der Apfelweinkellner Buddha Semmler, Marias Freundin Karin samt Freund Weizenwetter und auch Ferdi, der Taxifahrer, der in letzter Zeit gar arg seine Arbeit vernachlässigte, hatten sich am Tresen versammelt. Wie schon so oft wurden von diesem Kompetenzteam große humanistische Weltfragen erörtert, wie, zum Beispiel, ob und wann das Ausflugslokal Gerbermühle endlich wieder seine Pforten öffnete, oder was davon zu halten war, daß die Straßenbahnlinie 14 demnächst nicht mehr nach Neu-Isenburg fahren sollte. Und bisweilen kam es auch vor, daß in puncto Lokalpolitik relevante Insiderinformationen ausgetauscht wurden, lange bevor die Presse davon Wind bekam.

Derartige Institutionen wie das Weinfaß gibt es wahrscheinlich überall auf der Welt. Versammlungsorte, an denen getratscht und Politik betrieben wurde, Geschäftskontrakte, von denen das Finanzamt nichts wissen durfte, per Handschlag besiegelt, oder einfach nur gezecht und gefeiert wurde. Außer bei Maria fühlte sich Herr Schweitzer in keinem anderen Dunstkreis wohler. Hier konnte jeder nach Belieben ausschweifig referieren oder schwafeln, als würde er pro Wort bezahlt. Und wenn keiner mehr zuhörte, sei es, weil man zu betrunken war, sei es, weil das Thema nicht interessierte, so war das ebenfalls völlig schnuppe, Hauptsache, man hörte sich noch selbst.

Trotz drängender Fragen nach Art seines Auftrags und Name des Auftraggebers hielt sich Herr Schweitzer bedeckt. Er wußte schließlich, was sich gehört. Da aber sowohl Weizenwetter als auch Buddha Semmler späterhin noch einen Lokalwechsel vollführten, machten in der gleichen Nacht zwei unterschiedliche Gerüchte die Runde. Bei dem einen war Herr Schweitzer einem Kunstdiebstahl auf der Spur, bei dem anderen stand er kurz davor, einem korrupten Bundestagsabgeordneten das Handwerk zu legen.

Seine Zeche lag im dreistelligen Bereich.

Trotz der Begleitumstände der letzten Nacht fühlte sich Herr Schweitzer fast topfit, als gen zehn sein Wecker klingelte. Maria hatte bei ihm im

Mittleren Hasenpfad übernachtet, er ließ sie weiterschlafen. Seine Mitbewohnerin Laura Roth war arbeiten gegangen. Ein heißer Kaffee spülte die letzten Verwüstungen hinfort. Erst als er die Treppe herabstieg, bemerkte er ein leichtes Schwindelgefühl.

Fünf Minuten später öffnete er die Tür des Juweliergeschäfts Sikora auf der Textorstraße, kurz vor der ersten Apfelweingaststätte. Ein über dem Türrahmen angebrachtes Windspiel signalisierte sein Eintreten.

„Ah, Simon, du bist‘s schon.“ Sabine schien erfreut zu sein.

Er schaute sich um und war beeindruckt. Marmorboden, Kronleuchter und antike Louis-Philippe-Vitrinen, in denen teure Uhren und diamantener und goldener Schmuck jedweder Art prunkten, ließen die schäbige Außenfassade des Gebäudes vergessen. Es war, als wäre er in eine andere Welt getreten. Auch das kleine, unscheinbar dekorierte Schaufenster ließ nicht vermuten, daß sich dahinter ein Ausstellungsraum von nahezu fünfzig Quadratmetern verbarg. Viel fehlte nicht, und Herr Schweitzer hätte einen anerkennenden Pfiff ausgestoßen. Nun ergab auch der Luxuswagen Sabines einen Sinn. Er vermutete, hauptsächlich die Reichen und Schöngeschminkten vom Lerchesbergring verkehrten hier. Auch wunderte er sich jetzt nicht mehr, daß das Geschäft, so wie es äußerlich getarnt war, bislang von einem Überfall verschont geblieben war.

„Hallöchen, ja, hier bin ich.“

Von Sabine bekam er einen Briefumschlag überreicht. „Da drin sind mehrere Zeitungsberichte über die Sache, in die Jürgen verstrickt war.“

Aha, dachte Herr Schweitzer, das Wort Erpressung nimmt die Dame wohl nicht so gerne in den Mund. Er nahm den Umschlag und hatte sich schon umgedreht, als Sabine sagte: „Und bitte, Simon ...“

„Ja?“

„Äußerste Diskretion bei größtmöglicher Effektivität. Du weißt ja, die Leute ...“

„.... hier in Sachsenhausen?“

„Genau. Hier in Sachsenhausen.“

„Ist geradezu mein Markenzeichen. Diskretion und so ...“

„Dann ist ja gut. Viel Erfolg.“

Als Herr Schweitzer wieder auf die Straße trat, atmete er richtig durch. Er überlegte, welches Café die nun von ihm benötigte Ruhe ausstrahlte und entschied sich fürs Windhuk.

Unter dem öligen Antlitz des Kaufmanns Adolf Lüderitz und einigen vergrößerten Schwarzweiß-Aufnahmen von Deutsch-Südwest öffnete Herr Schweitzer den Briefumschlag. Er war froh, noch einen freien Tisch ergattert zu haben. Bedient wurde er heute von der mittleren Dame des

Inhabertrios Tochter-Mutter-Oma. Über den alten Friedhof und den Kinderspielplatz auf der gegenüberliegenden Straßenseite fegte ein eisiger Wind, was ein Plätzchen im Café umso heimeliger machte. Das Frühstück Swakopmund – Kaffee, zwei Eier im Glas, zwei Brötchen und Käseaufschnitt – optimierte Herrn Schweitzers Befinden. Der Hauskater Mikesch umschnurrte seine Beine. Er hatte es auf den Käse abgesehen.

Der ausführliche Zeitungsartikel der Frankfurter Rundschau datierte vom Dezember 1996. Herr Schweitzer erinnerte sich auch sofort an diesen Fall, der damals einiges an Aufsehen erregt hatte. Ja, er glaubte sogar, exakt diesen Artikel schon einmal gelesen zu haben. Eine kriminelle Bande hatte hochrangige Beamte und andere in der Öffentlichkeit stehende Persönlichkeiten beim Bordellbesuch und den damit einhergehenden rhythmischen Tätigkeiten gefilmt und diese damit späterhin erpreßt. Nicht wirklich originell, dachte Herr Schweitzer. Und hätte sich seinerzeit nicht ein städtischer Bediensteter der Schmach wegen kopfüber vom Goethe-Turm gestürzt – ein Tod zum Nachteil des Beschmähten –, der Fall wäre wohl nicht über die Regionalseiten der Frankfurter Presse hinausgekommen, zumal die Erpresser die geforderten Summen moderat gehalten hatten. Und Horst K., der Hauptangeklagte, hatte auch nur wegen seines üppigen Vorstrafenregisters die von der Staatsanwaltschaft geforderten zehn Jahre erhalten. Alle anderen waren mit Bewährungsstrafen davongekommen. Jürgen Sikora wurde mit keinem Wort erwähnt. Ein mit einer Büroklammer angehefteter Zettel verriet Herrn Schweitzer, das K. für Keller stand.

Herr Schweitzer stieß einen Seufzer aus. Nicht im Traum glaubte er, daß dieser Horst Keller sich nach so langer Zeit sofort nach seiner Entlassung wieder in kriminelle Aktivitäten stürzte. Doch er hatte viertausend Euro Honorar erhalten, und dafür wollte er auch etwas tun. Die einzige Schwierigkeit, mit der er rechnete, war, Sabine davon zu überzeugen, daß es ein geradezu unmenschlicher Kraftakt gewesen sei, diesen Horst Keller ausfindig zu machen, nur um festzustellen, daß er sich wieder voll ins soziale Gefüge integriert hatte, und Jürgen die Pistole in der Tat nur zum Selbstschutz erstanden hatte.

Mit einem Miau bedankte sich Kater Mikesch bei Herrn Schweitzer für die Käsescheibe.

Sein gesunder Menschenverstand ließ ihn das Ausschlußverfahren anwenden. So hatte es Herr Schweitzer bei seinem Schwager Hans Hagedorn, dem Detektiven, gelernt. Ergo holte er beim Einwohnermeldeamt gegen eine kleine Gebühr die Frankfurter Adressen aller Horst Kellers ein. Es waren nur zwei, und die waren auch noch mit den beiden im Telefonbuch aufgelisteten identisch. Das Geld hätte er sich sparen können, aber wer konnte das schon vorher wissen? Hinterher ist man immer klüger.

Ob er vielleicht etwas am Sträußchen habe, wurde er vom ersten Keller gefragt, als er unter dem Vorwand, als Journalist einen Artikel über den zehn Jahre zurückliegenden Erpressungsfall schreiben zu wollen, angerufen hatte. Der zweite dieses Namens war nicht zu Hause, dafür aber Feuerwehrmann, wie er von Jan, dem Filius der Familie, erfuhr. Aber Jan wolle auf keinen Fall Feuerwehrmann wie sein Papi werden, sondern reich. Herr Schweitzer hatte daraufhin erwidert, das sei ein sehr ernstzunehmender Berufswunsch, und man könne ihn, Jan, dazu nur gratulieren. Und stünde er, Herr Schweitzer noch mal vor der Wahl, er würde sich bei Jan abgucken, wie man das anstellt, das mit dem Reichwerden. Oder was er, Jan, denn von einem Berufsziel Detektiv halte, das habe sich Herr Schweitzer nämlich auch mal überlegt, das könnte schließlich doch auch sehr interessant sein. Aber nein, da muß man so wie sein Papi auch am Sonntag arbeiten, das sei also völlig daneben. Und Detektiv im Kaufhaus, da habe man Mami letztens erwischt, sei auch nicht besser. Zwar müsse man da nicht nachts, aber samstags doch ran. Herr Schweitzer bedankte sich artig für dieses interessante Gespräch, nein, der Papi müsse nicht zurückrufen, und legte auf.

Er hatte immer noch nicht vor, sich von diesem Fall vereinnahmen zu lassen. Heute abend würde er noch in des Polizisten Frederik Funkals Stammkneipe, dem Frühzecher, gehen. Und ein paar Tage später hätte er dann die Informationen, wohin man diesen Horst Keller entlassen und wo er überhaupt eingesessen habe. Dann vielleicht noch eins, zwei Mal Jürgen Sikora beschatten, um zu der Erkenntnis zu gelangen, die Wege von Keller und dem Juwelier haben sich endgültig getrennt. Vielleicht heimlich ein paar Fotos schießen. Das kommt immer gut und vermittelt wie nichts anderes den Eindruck von Seriosität. Am besten mit harmlosen Kumpels beim Skat. Sabine Sikora zu beruhigen, war die einzige Schwierigkeit, die Herr Schweitzer zu diesem Zeitpunkt sah, beziehungsweise sehen konnte.

Ein paar Tage später, es war ein Dienstag, kam alles zusammen. Erst hatte sein Fahrrad einen Platten, dann ließ Herr Schweitzer im Supermarkt eine Flasche Milch fallen, und schließlich hatte er die nächsten beiden Fahrstunden. Und seine neue Fahrlehrerin Brigitte war tatsächlich mit dem knapp bemessenen Gut der unendlichen Geduld ausgestattet. Und die war auch vonnöten. Am-Berg-Anfahren stand heute auf der Liste. Hätte Herr Schweitzer in seinem Leben so viele Menschen erwürgt wie er den Motor abwürgte, er wäre der mit Abstand erfolgreichste Massenmörder der Geschichte. „Das wird schon“, „es ist noch kein Meister vom Himmel gefallen“, „jeder hat mal klein angefangen“. Dies waren in etwa jene Stereotypen, mit denen Brigitte einen Einblick in ihre tiefenpsychologischen Kenntnisse gewährte. Und die den verzweifelten Herrn Schweitzer weiter an sich glauben ließen. Denn Frau Brigittes innigste Überzeugung war, kein Mensch ist doof geboren, alles sei nur auf die unterschiedlichen Bildungsmöglichkeiten zu beziehen. Sie trank viel Tee und war sehr engagiert in Gewerkschaftsdingen, Dritte-Welt-Eine-Welt-Projekten und trotteligen Fahrschülern.

Doch irgendwann stößt jeder an seine Grenzen. Trotzdem war sie immer noch höflich und ihre Stimme samtweich, als sie Herrn Schweitzer den Vorschlag unterbreitete, den Führerschein auf einem Automatik-Wagen zu machen, das ginge, man dürfe späterhin dann halt kein Schaltgetriebe fahren, das sei alles. Der Herr Schweitzer war sofort einverstanden, hatte auch noch gefragt, warum man ihm dies nicht schon früher gesagt habe. Daraufhin hätte Brigitte nun, wäre sie bei der Wahrheit geblieben, entgegnen müssen, daß sie so einen Kasus wie Simon Schweitzer noch nie erlebt habe.

Das ging natürlich nicht, also: „Entschuldige, Simon. Aber unsere alte Firmenphilosophie besagt, man solle erst einmal die herkömmlichen Methoden anwenden. Das ist hiermit geschehen."

Damit traf Brigitte exakt Herrn Schweitzers Nerv. Neue Methoden waren ihm schon immerzu suspekt, und da vor allem die allerneusten wie Computer und Verbrennungsmotor.

Zur Aufmunterung durfte er das Auto die hundertfünfzig Meter zurück in den Hof der Fahrschule steuern. Brigitte bediente die Pedale und Gangschaltung. Herrn Schweitzer war das Lenkrad überantwortet. Und blinken durfte er auch noch.

Die beiden hatte ihre ganz spezielle Art des Zahlungsausgleichs. Herr Schweitzer übernahm den Deckel von Funkal, und der Polizist stattete den noblen Spender mit den benötigten Informationen aus dem Polizeicomputer aus. Auf Dauer war das ziemlich gesundheitsschädigend, denn Herr Schweitzer mußte mittrinken. Und wenn, wie an diesem Abend, auch noch Funkals Kollegen Marlies und Odilo Sanchez mit am Tisch saßen, konnte es mitunter ganz schön heftig werden.

Fast hätte sich der Zecher Schweitzer übergeben müssen, als er in der Früh den Frühzecher – nomen est omen – verließ. Erst der neunte oder zehnte Versuch saß, dann hatte er sein Fahrradschloß aufbekommen. Und hätte er zu dieser Stunde einen Unfall verursacht, Herrn Schweitzers Führerschein wäre noch vor der Prüfung pfutsch gewesen. Doch Fahrradfahren konnte er einigermaßen, und so kam er gut nach Hause.

Im Bett versuchte er noch, Funkals Dossier über Horst Keller zu entschlüsseln, doch tanzten die Buchstaben vor seinen Augen. Morgen ist auch noch ein Tag, war sein letzter Gedanke.

Der Rest, bevor's konfus wurde, ist schnell erzählt.

Erst kurz vor vierzehn Uhr hatte Herr Schweitzer ausgeschlafen. Nach zwei Tassen extrem starken Kaffees hatten auch die Buchstaben ausgetanzt, und Horst Keller nahm Konturen an. Seine Strafe hatte er in Hamburg-Fuhlsbüttel verbüßt. Entlassen wurde er auf den Tag genau vor zwei Wochen. Und er wollte seinen alten Beruf Vollmatrose wieder aufnehmen. Durch etliche Piratenbücher und Seefahrerfilme wußte Herr Schweitzer, daß Matrosen erstens in jedem Hafen eine Braut hatten und zweitens verdammt viel soffen. Daß dies jedoch in die Berufsbezeichnung Vollmatrose einfloß, fand er der Diskriminierung zu viel. Unter dem Vorwand, ein nahestehender Verwandter zu sein, rief er bei der angegebenen Reederei an und erfuhr, Horst Keller sei nicht zu sprechen, weil mit einem Containerschiff unterwegs nach Südostasien. Und wer derart auf den Weltmeeren reiste, konnte schlecht zur gleichen Zeit eine eventuelle alte Rechnung mit Jürgen Sikora begleichen.

Na also, dachte Herr Schweitzer, habe ich die Hysterie dieser Sabine doch richtig eingeschätzt. Sein Geist loderte empor. Jetzt noch ein bißchen Beschatten spielen, und die viertausend Euro sind redlich verdientes Geld. Er rieb sich die Hände.

Eine abwechselnd heiße und kalte Dusche als Hygienemaßnahme machte aus Herrn Schweitzer wieder ein vollwertiges Mitglied der Gesellschaft.

Später, beim Bäcker, erfuhr er dann am eigenen Leib, wie in Sachsenhausen Gerüchteküchen brodelten. „Du, Simon", wurde er von der Verkäuferin angeflüstert, „ich hab gehört, du seiest einer Kindesentführung auf der Spur ..."

Aber Herr Schweitzer wohnte lange genug in diesem Stadtteil, um damit umgehen zu können: „Pssst, aber nicht weitersagen, der Fall steht kurz vor der Aufklärung." Ein verschwörerisches Augenzwinkern unterstrich die Wichtigkeit der unbedingten Geheimhaltungspflicht. Schon am frühen Abend würde er ganz alleine einen Kinderpornoring zerschlagen haben. Sachsenhausen eben. Der Stadtteil der Fenstergucker. Eine uralte Tradition.

Eine Schwierigkeit stellte sich noch ein. Jürgen kannte Herrn Schweitzer. Also mußte eine Verkleidung der Extraklasse her, wollte er nicht beim Nachspionieren erwischt werden. Seine wilde Mähne bändigte er mit einer Wagenladung Pomade, bevor er sich eine schwarze Perücke überstülpte. Damit sah Herr Schweitzer wie ein abgerissener Altrocker aus, dessen goldene Ära mit dem Absturz von Lynyrd Skynyrd jäh endete. Ein neuer Panamahut linderte diesen Eindruck ein wenig.

Die Sikoras bewohnten die Etage über der Apfelweingaststätte Zum Dautel. Gegenüber war ein Kinderspielplatz. Dort hatte es eine von einer Bank gestiftete Bank, auf die sich Herr Schweitzer nun setzte. Lustlos blätterte er im Sachsehäuser Käsblättche, das er sich von zu Hause mitgenommen hatte. Gegen die Kälte schützten ihn seine Angora-Unterwäsche und ein schwerer brauner Ledermantel.

Eine Stunde geschah nichts. Dann ging die Haustür auf, und ein Mann, der wie Jürgen aussah, trat auf die Straße. Herr Schweitzer wollte gerade aufstehen, als die dicke Gertrud sich ihm in den Weg stellte und ausgiebig musterte: „Wie läufst denn du rum? Machste einen uff Cowboy, oder was?"

Das hatte ihm gerade noch gefehlt. Ausgerechnet jetzt hatte ihn seine ehemalige Klassenkameradin, die an der nahegelegenen Bushaltestelle ihren Stammplatz hatte und dort tagein, tagaus mit ihren Kumpels billigen Fusel trank, ausfindig gemacht. Herr Schweitzer sah an sich herunter. Wie sie ihn wohl erkannt haben mochte? Doch was nutzte ihm dieses Wissen? Er mußte sie ganz schnell loswerden. Jürgen war schon einige Meter den Neuen Wall hinuntergelaufen. „Ich hab jetzt keine Zeit." Er rollte das Sachsehäuser Käsblättche zusammen und trat einen Schritt nach vorne.

Die dicke Gertrud auch und verstellte ihm damit den Weg. „Hast's wohl eilig? Oder kennst mich vielleicht gar net mehr?"

„Doch, doch. Gertrud, stimmt's?" Jürgen hatte schon fünfzig Meter Vorsprung. Normalerweise ging sie ihn immer um zwei Euro an, die dann auch sogleich in Alkohol investiert wurden. Daran erinnerte sich Herr Schweitzer, Gott sei Dank. Er zückte seine Geldbörse und suchte nach Kleingeld. Jürgens Vorsprung wuchs auf fünfundsechzig Meter. Er hatte nur Scheine einstecken. Ein scharfer Wind blähte seinen Mantel und ließ ihn frösteln. Resigniert überreichte er ihr einen Zwanzig-Euro-Schein. „Das reicht aber für diesen Monat."

Herr Schweitzer sprintete an der verblüfften Saufnase vorbei, die ihm kopfschüttelnd nachsah. An der Dreieichstraße hatte er Jürgen wieder eingeholt. Mit gebührendem Sicherheitsabstand nahm er die Verfolgung auf. Der Wind nahm zu, und er mußte seinen Hut auf den Kopf drücken, damit dieser nicht davonflog. Jürgen bog in die Klappergasse ein. Das Ziel mußte bald erreicht sein, überlegte Herr Schweitzer, denn sonst wäre andersherum kürzer gewesen. Oder wollte sich der Juwelier nur mal kurz die Beine vertreten? Doch da betrat er auch schon die Stufen einer Gaststätte, die im Erdgeschoß eines der vielen restaurierten Fachwerkhäuser Alt-Sachsenhausens untergebracht war. Das Gebäude grenzte an das Denkmal der

Schutzpatronin Frau Rauscher, die alle siebzehn Sekunden überraschte Touristen mit einem Wasserstrahl anspuckte. Verewigt war Frau Rauscher in einem Heimatlied, das ein jeder Frankfurter mitzusingen verstand und seit 1929 zum Repertoire aller Frankfurter Gesangsvereine gehört.

Am Sonndach warn mer Dribbdebach
was hammer do gelacht
so warn zwaa Eheleut beschleucht
unn habbe Krach gemacht.
Uff aamal duds en dumpfe Schlach,
die Fraa lieht uff de Gass
unn alle Kinner singe laut
des mächt en Heidespaß:

Refrain:
Die Fraa Rauscher aus de Klappergass,
die hot e Beul am Ei,
ob's vom Rauscher, ob's vom Alte kimmt,
des klärt die Bolizei.
Die Fraa Rauscher aus de Klappergass,
die hot e Beul am Ei,
ob's vom Rauscher, ob's vom Alte kimmt,
des klärt die Bolizei.

En Griene hot den Fall gesehn,
un kimmt im Laafschritt aa.
Der Ehemann rieft ganz erschreckt,
ich hab er nix gedaa.
Mei Alt, die kennt kaa Maß un Ziel,
die hat zuviel gebaaft,
drum hat der liebe Herrgott sie
mit aaner Beul bestraft.

Refrain

Jetzt geht's uffs Bolizeirevier,
die Bubbe hinnerdrei.
Des is en intressante Fall,
des leucht doch jedem ei.
De Kommissar is ganz empört
Un sächt, des is doch doll.

De Griene, wie sich des gehört,
der gibt zu Protokoll:

Refrain

Jetzt wär's genuch, die Rauschern hat
sich mit ihrm Mann versöhnt,
des kennt mer schon un is mer aach
in solche Fäll gewöhnt,
doch so en beeser Zeitungskerl
dut mehr als wie saane Pflicht,
am annern Tach stehts dick un braat
im Bolizeibericht:

Refrain

(Musik: Norbert Bruchhäuser, Text: Eugen Strouhs)

Anhand einer an der Außenfassade in einem Glaskasten ausgehängten Getränkeliste läßt sich viel über den Charakter einer Lokalität sagen. Hütchen dreifünfzig und Weizen dreiachtzig, das war eine vernünftige Preisgestaltung, las und fand Herr Schweitzer. Wenigstens keiner dieser unsäglichen Szenenschuppen, die allesamt nur eine kurze Lebensdauer hatten und spätestens nach einem Jahr wieder ums Überleben kämpften, wenn die Meute einem neuen Kneipier-Guru folgte.

Er wollte gerade eintreten, als Jürgen herausstürzte und ihn fast über den Haufen rannte. Jürgen war in Form, Herr Schweitzer nicht. Folglich war das Observationsobjekt verschwunden, als Herr Schweitzer die Große Rittergasse erreichte und in die Richtung blickte, in die er Jürgen hatte rennen sehen. Er drehte noch eine Runde, fand aber die Spur nicht wieder. Unter dem einsetzenden Regen betrat er das Lokal neben der Frau Rauscher.

Wäre das alles an einem anderen Ort außer Sachsenhausen passiert, Herr Schweitzer hätte zumindest mal einen Blick auf das Wirtshausschild geworfen. Hier war es jedoch nicht nötig, denn selbst im Schlaf würde er die Kneipe wiederfinden. Gleich neben der Frau Rauscher, einfacher ging's nimmer. Doch das Wirtshausschild war Programm: Zur schwulen Frau Rauscher. Hätte Herr Schweitzer es vor dem Betreten nur mal gelesen ...

Die holde, langbeinige Dame mit dem Schlitz im Kleid hinter dem Tresen fand er ausgesprochen hübsch. Ihr magisches Lächeln zwang ihn, direkt in der Kampfzone einen Barhocker zu erklimmen. Ein einziger Gast in schwarzer Lederkluft und Pornobalken – veraltet und umgangssprachlich für martialischen Oberlippenbart – saß zwei Hocker weiter und stierte in sein Bierglas.

„Was darf's denn sein, mein Schnuckelchen?" fragte ihn eine etwas zu tiefe, rauchige Whiskeystimme. Herr Schweitzer achtete jedoch mehr auf die Worte selbst. Da konnte sich Bertha, die Wirtin vom Weinfaß, mal eine Scheibe abschneiden, die ihn in letzter Zeit zunehmend rüder mit „Na, du alter Penner" und ähnlichem willkommen hieß. Er mußte ja nicht gleich ihr Schnuckelchen sein, ein wenig mehr an Höflichkeit tät's auch schon.

Das Schnuckelchen entschied sich für ein Weizenbier.

„Mit einem Zitrönchen? Das ist gut für die Libido."

„Na, wenn dem so ist, dann mit Zitrönchen, bitte." So viel sexuelle Ausstrahlung hatte sich Herr Schweitzer gar nicht mehr zugetraut. Er liebäugelte jetzt schon damit, einfach so mal wieder vorbeizuschauen.

„Der hat Liebeskummer, und ich bin übrigens die Lola", sagte sie, als sie ihm das Glas servierte und auf den anderen Gast deutete. So schnell hatte Herr Schweitzer noch nie zur Familie gehört.

„Was weißt du schon von Liebeskummer, du blöde Schwuchtel?" hinterfragte eine weinerliche Stimme.

Jaja, dachte Herr Schweitzer, so kenne ich's vom Weinfaß her. Man merkt doch gleich, daß man in Sachsenhausen ist. Bestimmt würde aus dem Schnuckelchen nach ein paar Besuchen ebenfalls eine blöde Schwuchtel werden.

Noch währte man aber den Anfängen: „Und, Schnuckelchen, erzähl mal, wer bist du denn?"

Och, er wohne hier, sei nur zufällig mal vorbeigekommen und habe das neue Kneipenschild gelesen und sich gedacht, da müsse er doch mal reinschauen, was es hier so Neues gibt in Sachsenhausen.

„Das Kneipenschild hast du also gelesen?" zwitscherte Lola.

Nein, hatte er nicht, das hatte er bloß so dahergesagt. Herr Schweitzer nickte trotzdem.

„Leider hast du einen schlechten Tag erwischt." Lola schaute sich um. „Nicht viel los, heute."

„Wollte sowieso nur mal in Ruhe mein Bier trinken."

„Und wie heißt du?"

„Simon. Ich bin der Simon."

„Hübscher Name. Du, Simon, paß mal kurz auf den Laden auf. Ich muß mal für kleine Mädchen."

Herr Schweitzer sah dem knackigen Hintern nach. Instinktiv griff er an seinen eigenen. Dazwischen lagen Welten und Tonnagen.

Kaum war Lola verschwunden, rückte ihm der Liebeskümmler auf die Pelle. „Darf ich dir einen ausgeben?"

„Hab doch gerade erst bekommen." Herr Schweitzer hob sein Glas und nahm einen Schluck. Er erinnerte sich auch wieder, weshalb er hier war. „Du, sag mal, der Typ, der vorhin rausgegangen ist ..."

Sein Gegenüber sah erst ihn an, dann inspizierte er den Rest der Kneipe. „Hä? Hier ist keiner außer uns."

„Ja, das sehe ich. Ich meine den Mann, der vor ein paar Minuten rausgerannt ist."

„Hier ist keiner rausgerannt, das hätte ich doch gemerkt." Durchdringend schaute er Herrn Schweitzer an.

Der Blick hatte etwas Unangenehmes. Was es aber genau war, hätte der Detektiv nicht sagen können. Er wich ein wenig in die entgegengesetzte Richtung. „Schon gut. Keiner ist rausgerannt. Hab mich wohl getäuscht."

„Wer soll das denn gewesen sein, der rausgerannt ist?"

„Schon gut, war nicht so gemeint. Keiner ist rausgerannt."

„Na also, ich bin doch nicht besoffen oder so was. Ich bin der Franz, weißt du."

„Na denn mal Prost, Franz."

„Obwohl ich gerne besoffen wäre. Dann würde ich ..." Der Rest des Satzes ging in Tränen unter.

Wo bin ich denn hier gelandet, fragte sich nun Herr Schweitzer zum ersten Mal und nahm das Interieur genauer unter die Lupe. Bis auf zwei gerahmte Fotografien der holländischen Königin wirkte die Kneipe fast schon standardisiert. Eine kleine Flagge mit den Regenbogenfarben hing direkt über ihm. Herr Schweitzer hatte sofort an die linke autonome Szene gedacht, lag damit aber gänzlich falsch. Und auch daß der englische Dichterfürst Oscar Wilde von einem Poster lächelte, das an der Toilettentür klebte, interpretierte er irrigerweise als Hommage an die Literatur. Nicht mal, als die von der Toilette kommende Lola am auf dem Fußboden stehenden Zigarettenautomaten hantierte und ihm ihr konturenreiches Hinterteil entgegenstreckte, bemerkte er etwas. Ebensowenig dachte Herr Schweitzer daran, daß der Automat absichtlich nicht aufgehängt worden war und vornehmlich dazu diente, Ärsche in die Luft zu strecken.

„Und, wie gefällt dir mein Po?" fragte Lola, noch während sie die Zigarettenschachtel öffnete.

Herr Schweitzer hoffte noch, sie hätte zu Franz gesprochen. Er fühlte sich ertappt.

Jetzt sah sie ihn direkt an. „Sag schon. Klasse oder einfach nur geil?"

Bevor Herr Schweitzer erröten konnte, mischte sich Franz ein: „Kannst du blöde Schwuchtel mal gefälligst den Simon in Ruhe lassen. Du siehst doch, der will hier nur sein Bierchen trinken."

Genau, dachte Herr Schweitzer, ich will nur in Ruhe gelassen werden. Vor allem wollte er jetzt hier raus. Zwischen den beiden schien irgendetwas in der Luft zu liegen. Die atmosphärischen Zeichen standen auf Sturm.

Lola: „Was mischst du dich denn wieder ein? Wolltest du nicht gehen?"

„Das mach ich jetzt auch, nur damit du's weißt. So." Franz schnippte einen Zehner ins Abspülbecken. „Für den Rest kauf dir mal was Anständiges zum Anziehen." Und auch das „blöde Schwuchtel" vergaß er nicht hinterherzuschicken.

In weiser Voraussicht sah er von einem weiteren Weizen ab. Während Lola den durchweichten Geldschein über die Heizung legte, verlangte Herr Schweitzer nach der Rechnung.

Lola war auch schon beim Sondieren des Wechselgeldes, als unerwartet die Tür aufging und noch viel unerwarteter ein vom Regen völlig durchnäßter Jürgen eintrat. Sofort senkte Herr Schweitzer seinen Kopf und schob den Panamahut in die Stirn. Verflixt und zugenäht, sagte er sich, konnte der nicht noch ein paar Minuten warten. Jetzt saß er in der Falle. Was, wenn sich Jürgen neben ihn setzte, so wie dieser weibische Waschschlappen Franz? Er legte sich schon die Worte zurecht. Ach, was für ein Zufall, du hier? Mein Gott, ist die Welt klein.

Doch das Schicksal meinte es gut mit Herrn Schweitzer. Jürgen beachtete ihn gar nicht, vielmehr ging er sofort hinter den Tresen, gab Lola einen Kuß und bugsierte sie zu einer Tür, die im rückwärtigen Teil des Lokals im Dunkeln lag. Er überlegte, ob er auf das Wechselgeld verzichten sollte, als lautstarkes Geschrei aus dem hinteren Raum ertönte. Einzelne Worte waren nicht zu verstehen. Aber in seiner Intonation ähnelte es gar arg einem Eifersuchtsdrama. Würde jetzt ein Schuß ertönen, Herrn Schweitzer würde es nicht wundern. Und zu Sabine könnte er sagen, er wüßte auch, warum Jürgen eine weitere Pistole besaß. Warum denn? Na, um seine Geliebte abzuknallen. Der Fall wäre erledigt, und er, Herr Schweitzer, hätte sich seinen Lohn verdient.

Aber kein Pistolenknall zerriß die Luft. Stattdessen kam Lola zurück und bedachte ihn mit einem entschuldigenden Blick: „Sorry, aber mein Freund ... manchmal ein bißchen hitzköpfig, verstehst du? Dafür aber eine ausgesprochene Kanone im Bett. Vielleicht gehört ja beides zusammen. Äh, wie viel Geld hast du mir vorhin gegeben?"

Obwohl ein orkanartiger Sturm durch die schmale Klappergaß pfiff, betrachtete Herr Schweitzer noch lange das Schild Zur schwulen Frau Rauscher. So manches Licht ging ihm dabei auf. Oscar Wilde, die Regenbogenflagge, die holländische Königin und der weibische Franz, der nicht einfach nur weibisch, sondern obendrein auch noch homosexuell war. Und wie konnte überhaupt jemand auf die Idee kommen, hier in seinem Stadtteil eine Schwulenbar zu eröffnen? Die verkehrten doch sonst immer auf der Hibbdebach-Seite, so um die Konstabler Wache herum. Dort hatten sie ihr Revier. Das war ja auch praktisch, denn die Gerichtsgebäude waren in unmittelbarer Nähe, und der ein oder andere Syndikus verkehrte dort nach Feierabend, ohne sich auch nur seiner Robe zu entledigen. Das alles wußte Herr Schweitzer von seinem Spezie Ferdi, dem Taxifahrer, der stets allerhand Geschichten zu jedem x-beliebigen Thema auf Lager hatte.

Trotz des Unwetters ging er zu Fuß. Er hatte noch nachzudenken. Eine Schwulenbar, okay, aber warum ausgerechnet hier, da sich die typische Kundschaft doch auf der anderen Mainseite tummelte? Und Lola, Jürgens außereheliche Liebschaft? Wenn ja, sollte er seiner Auftraggeberin davon berichten? Und warum bedient überhaupt eine Frau in einer solchen Bar? Wollte man damit auch normale Kundschaft anlocken? Was hieß hier schon normal? Doch Herr Schweitzer wußte, zwischen Himmel und Erde ist alles möglich, und eine jede neue Zeit generierte eine neue Moralvorstellung. Im Augenblick tendierte er dazu, Sabine nichts davon zu erzählen. Schließlich sollte er ja nur herausfinden, ob Jürgen wieder auf die schiefe Bahn gerät. Doch bislang deutete nichts darauf hin. Eine Affäre ist noch lange keine kriminelle Handlung. So sah es Herr Schweitzer.

Seine Mitbewohnerin Laura Roth war noch wach, als er die heimische Küche betrat. Bei einer Flasche Cuvée Reserve 2004 hielten sie noch ein ausgiebiges Schwätzchen.

Noch bevor Herr Schweitzer ganz eingeschlafen war, wunderte er sich darüber, daß die stille Post in Sachsenhausen nicht mehr richtig zu funktionieren schien. Früher hätte die Eröffnung einer solchen Bar wie Zur schwulen Frau Rauscher in Windeseile die Runde gemacht. Und sicher hätte sich auch ein Sturm der Entrüstung ausgebreitet. Mit den Altvorderen der Traditionsbewahrer in vorderster Front. Komisch, dachte er zum Abschluß, die Zeiten ändern sich schneller als angenommen. Vielleicht ist das gar nicht mal so schlecht.

Der nächste Tag lief friedlich an. Herr Schweitzer saß im Schneidersitz – eine für eine derart ungelenkige Person beachtliche Leistung – auf dem Teppich seines Zimmers und sortierte Urlaubsfotos. Es sei vorweggeschickt, daß seine Freundin ihm erst gestern noch gesagt hatte, man brauche keine Fotos mehr, es reiche, alles auf einer DVD zu speichern, diese könne man dann sogar über einen Player in den Fernseher spielen, aber Herr Schweitzer war jemand, der seine eigenen Grundwerte besaß. Und dazu gehörte nun mal ein Fotoalbum, eines, daß man jederzeit ohne Kabelsalat anschauen und auch ganz altmodisch umblättern konnte. Für jede einzelne Station ihrer langen Reise bildete er ein Häufchen. Außerdem summte Herr Schweitzer vor sich hin und fühlte sich wie eine vollendete

Komposition aus Glück und einer neuen Leichtigkeit. Das Foto eines laotischen Buben in Schuluniform, der ihm seinerzeit „hello Mister“ hinterhergerufen hatte, faszinierte ihn. Von neuem durchlebte er die Situation, als er, Herr Schweitzer, seinerseits dann auch „hello Mister“ gerufen hatte und der Junge laut lachend und sich immer wieder umguckend davongestürzt war.

Als das Telefon klingelte, fühlte er sofort schlechte Vibrations, dabei hatte er mit Esoterik und so‘m Quatsch in der Regel nichts am Hut. Er nahm ab und hatte kaum seinen Namen erwähnt, als es auf ihn einprasselte. Es war Sabine. Eine Katastrophe, und was für eine, sei geschehen. Sie sei kurz davor, den Verstand zu verlieren. Hier dachte Herr Schweitzer, und hätte es bei seinen Kumpels im Weinfaß auch erwähnt, das dauert bei unterschiedlichen Menschen unterschiedlich lange, das mit dem Verstandverlieren. Und wenn Simon schnell in den Laden kommen könne, würde Schlimmeres verhindert werden. Herr Schweitzer hätte gerne gewußt, was mit Schlimmeres gemeint war. Sabine war sehr schwer einzuschätzen. Bei so einer Frau konnte Schlimmeres die ganze Palette bedeuten. Vom Werfen mit Blumenvasen bis zum gnadenlosen Gebrauch von Maschinenpistolen. Und um was es überhaupt ging, konnte er auch nicht eruieren, er kam ja nicht zu Wort. Nur auf die Frage, ob er im Augenblick Zeit habe, war ihm ein knappes „Ja“ vergönnt. Er solle sich beeilen. Das „Bitte“ kam zu spät, als daß es noch als Höflichkeitsfloskel durchgegangen wäre. Es klang wie ein Befehl.

Echt abgefahren, diese Sabine, dachte Herr Schweitzer, als er den Pieptönen nachlauschte. Jeder andere Detektiv dieser Erde hätte sich nun wahrscheinlich gesputet. Nicht so Herr Schweitzer. Schnelle Bewegungen sind die Feinde der Gelassenheit, sprach er zu sich selbst. Und ließ seinen Worten Taten folgen. In aller Gemütsruhe sortierte er die Fotos fertig. Erst dann machte er sich auf die Socken. Es war nicht weit, und so ließ er sein Fahrrad, mit dem er schneller gewesen wäre, im Keller. Ein kleiner Spaziergang würde ihm guttun.

„Da bist du ja endlich. Wo hast du denn so lange gesteckt?“

„Ich hab eure Wohnung beobachtet“, log Herr Schweitzer, „du erinnerst dich? Der Auftrag mit Jürgen und seiner Pistole.“

Sabine schwankte zwischen Hysterie und Zusammenbruch, als sie sagte: „Jürgen geht fremd. Ich hab eine Telefonnummer in seiner Brieftasche gefunden. Und ganz frech steht auch noch der Name drauf. Lola. So ein Miststück. Und das, nachdem ich alles für ihn getan habe. Wo wäre Jürgen denn ohne mich? Hä? Wo? Dieser Mistkerl.“ Sie setzte noch eins drauf: „Dieser verfluchte Mistkerl. Hurensohn. Dem geb ich‘s.“ Zur Veranschaulichung, wie Sabine es ihm geben würde, nahm sie ihre Handtasche, übrigens ganz hübsch mit Pailletten besetzt, und schleuderte sie auf den Boden. Lippenstift, Papiertaschentücher und Tampons verteilten sich auf dem Marmor. Ein Bonbon kullerte bis vor Herrn Schweitzers Füße.

Er hob es auf und legte es auf die Verkaufstheke. Himbeere oder Kirsche, fragte er sich, denn es war rot. „Die Lola ist übrigens ein heißer Feger“, erklärte nun Herr Schweitzer beiläufig, dem die Dame ganz gehörig auf den Senkel ging.

Aber Sabine fuhr fort mit ihrem Wutausbruch. Mit dem Absatz zerbrach sie den Lippenstift in tausend Teile. „Wenn ich den erwische. Der kann was erleben. Und ... was hast du gerade gesagt?“

„Die Lola ist ein heißer Feger.“

Erst im letzten Augenblick nahm sie davon Abstand, Herrn Schweitzer eine zu scheuern. Dieser war schon in Deckung gegangen, hatte sich hinter einer Säule versteckt. Das war ihm noch nie passiert. Gut, sagte sich Herr Schweitzer, ich hab‘s ja auch ein wenig provoziert. Herr Schweitzer verlor mehr und mehr das Interesse an dem Fall. Nur deswegen hatte er auch so geradeaus gesagt, die Lola sei ein Feger. War es am Anfang noch um Jürgens Rückfall in alte Zeiten gegangen, so war es jetzt zu einem veritablen Beziehungsdrama ausgeartet. Er hoffte inständig, Sabine möge ihn doch bitte rauswerfen.

„Woher kennst du Lola?“

„Ich sollte doch Jürgen beobachten, ob er wieder Kontakt zu alten Kumpels aufnimmt ...“

„Na und?“

„Kannst du mich vielleicht mal ausreden lassen?“ fragte Herr Schweitzer gewollt aggressiv.

Das zeigte Wirkung. Sofort war Sabine lammfromm: „Entschuldige ...“

„Also. Jedenfalls bin ich Jürgen gestern abend gefolgt und landete dann in einer Kneipe. Und tja, da war dann Lola. Und noch einer, der Franz. Ach, egal, der Franz tut nichts zur Sache. Jedenfalls haben sich Lola und Jürgen geküßt.“

Beim letzten Wort verwandelte sich das fromme Lamm zurück in eine hysterische Ziege: „Und wieso hast du mir nicht sofort Bescheid gegeben?“

„Weil mein Auftrag anders lautete.“

Sabine sah aus, als stünde sie vorm Platzen.

Als Gegenmaßnahme hüstelte Herr Schweitzer leise.

„Also gut“, sagte Sabine zornig und kramte in ihrer Handtasche. Heraus kam ihr Scheckheft. Und dort trug sie feinsäuberlich die Zahl Zweitausend ein. „Hier. Ich will ein Foto von Jürgen mit Lola.“

„In flagranti?“ erkundigte sich der Detektiv süffisant.

Ihr Blick war stechend. „Küssen reicht vollkommen."

„Ich bleib am Ball. Du hörst von mir." Der Scheck verschwand in seiner Hosentasche.

„I'm too sexy for this shirt, so sexy that it hurts", trällerte Herr Schweitzer, nachdem das Glockenspiel der Tür hinter ihm verklungen war.

Einer sympathischeren Klientin hätte er auseinandergesetzt, daß es vor Gericht schon lange keine Gewichtung mehr hatte, wer von den Partnern am Scheitern einer Ehe die Schuld trug. Deswegen seien solche Fotos auch völlig nutzlos. Doch Herr Schweitzer sagte sich, zum einen sei er kein Rechtsanwalt, zum anderen habe er nichts dagegen, wenn Sabine ihr Geld zum Fenster rausschmiß. Und wenn er direkt hinter der Fensterbank stand und es auffing, umso besser. Jetzt mußte nur noch das Foto her, und er war um sechstausend Euro reicher. Herr Schweitzer strahlte, als stünde er bereits unter Denkmalschutz.

Heute Ruhetag, las Herr Schweitzer zu seinem Bedauern. Von Maria hatte er sich genaustens die Handhabung des Fotoapparats, der im begrenzten Umfang auch als Kamera einsetzbar war, erklären lassen. Schon im Urlaub hatte er ungläubig gestaunt, daß man mit diesen Digitaldingern Fotos, die nichts geworden sind, sofort wieder löschen konnte. Nun hatte er das Gerät umsonst dabei, denn auch in der Wohnung der Sikoras hatte kein Licht gebrannt. Für heute war Jürgen also verschollen. Nun ja, dachte er, so schnell schießen die Preußen nicht. Dann werd ich halt morgen weitermachen. Unweigerlich führten ihn seine Schritte ins Weinfaß.

Nirgends ist die stille Post lauter als in Sachsenhausen. Und wie bei der echten Post kommt es auch hier gelegentlich zu Verzögerungen.

Gleich nach seinem Eintreten hatte die Wirtin krakeelt: „Simon, haste schon gehört? Letztes Wochenende ham se in de Klappergaß ne Schwuchtelbar eröffnet."

Herr Schweitzer tat empört: „Nee. Was du nicht sagst. Hier in Sachsenhausen?"

„Wenn ich's dir sage. Und einen Darkroom ham se auch. Weiß ich aus erster Hand." Bertha sprach so laut, daß sich ein paar Gästeköpfe drehten.

„Ein Darkroom?" Herr Schweitzer hatte wirklich keine Ahnung.

„Na, du weißt schon. Da machen die Sex drin. Jeder mit jedem. Ganz durcheinander."

„Nee, Bertha, das glaub ich nicht. Du erzählst mir doch Räuberpistolen ..."

„Na hör mal. Ich hab's vom Buddha Semmler, und der muß es schließlich wissen, wo er doch quasi um die Ecke arbeitet."

Herr Schweitzer fand es einfach nur herrlich. Doch es war an der Zeit, reinen Tisch zu machen: „Du Bertha, ich muß dir was gestehen. Ich war auch schon drin."

„Im Darkroom?" Die Wirtin wich erschrocken zurück und nahm ein Geschirrtuch, um sich vor den AIDS-Bazillen zu schützen.

„Quatsch. Nein, ich mußte recherchieren. Mein neuer Fall ..."

Vor Erleichterung ließ sie das Geschirrtuch fallen: „Puuh. Und ich dachte schon ..."

„Tztztz, Bertha, Bertha."

„Äh, und dein neuer Fall, du sag mal, was ist mir da zu Ohren gekommen?" Diesmal beugte sie sich zu Herrn Schweitzer über die Theke, so daß sie mit den Lippen fast sein Ohr berührte. „Weizenwetter hat mir gestern gesteckt, den Kinderpornoring hättest du ganz allein zerschlagen. Die Bullen brauchten bloß noch die Handschellen klicken zu lassen. Und ein paar Minister sind auch in die Sache verstrickt, so hört man."

Natürlich hätte er an dieser Stelle den Gerüchten ein Ende setzen können. Doch wozu? Niemand nahm Schaden, und seiner Reputation als Privatdetektiv konnte es nur förderlich sein. Außerdem mußten sich die Leute ja mit irgendwas die Zeit vertreiben. Wichtig war nur, daß er, Herr Schweitzer, es besser wußte. So flüsterte er: „Ich würde dir ja gerne mehr sagen, wie du dir bestimmt denken kannst. Aber die laufenden Ermittlungen ... der Fall ist noch längst nicht abgeschlossen."

Bertha blickte sich um, auf daß auch keiner mithörte. Die Exklusivität dieser Insiderinformation war ihr wichtig. „Verstehe. Du kannst dich auf mich verlassen. Ich sag nix."

Herr Schweitzer wußte, wenn Bertha sagte, sie sagt nix, so brannte es ihr ungeheuerlich unter den Nägeln, dem Nächstbesten was zu sagen. „Das weiß ich doch, Bertha."

Die Wirtin reckte einen Daumen in die Höhe. „Gut, Simon. Weiter so."

„Sag mal, wo sind die denn heute alle?" wollte Herr Schweitzer wissen, denn unter den Gästen war kein bekanntes Gesicht.

„Ich glaube, die wollten heute kegeln gehen. In der Bowlingbahn am Henninger-Turm."

„Hmm. Komisch, daß mir keiner was gesagt hat."

„Tja, du warst ja gestern auch nicht hier. Da ham die das ausgemacht. Weizenwetter hat mit Semmler gewettet, daß er besser kegeln kann."

„Und, kann er?"

„Woher soll ich das wissen? Vielleicht kommen die ja später noch vorbei."

Schade, dachte Herr Schweitzer. Er wäre gerne mitgegangen. Gekegelt hatte er schon lange nicht mehr. Das letzte Mal vor zehn Jahren.

Entgegen seiner Gewohnheit blieb er nur auf zwei Gläser Rotwein.

Herr Schweitzer lag längst im Bett, als die fröhlich Runde um Weizenwetter und Buddha Semmler im Weinfaß aufkreuzte. Tatsächlich war Weizenwetter als Sieger hervorgegangen. Und bei Schließung des Lokals trugen alle die Information mit nach Hause, im Keller der neuen Schwuchtelbar Zur schwulen Frau Rauscher würden rumänische Heimkinder zur Prostitution abgerichtet. Der halbe Bundestag sei darin verwickelt, und schon bald würden die ersten Köpfe rollen.

Noch weitaus dramatischere Formen hatte das Geflüster um die neue Bar am nächsten Nachmittag angenommen. Seine Freundin war beim Friseur gewesen und hatte dort aufgeschnappt, Simon schwebe in Lebensgefahr, ja, eigentlich sei er so gut wie tot. Marias Friseurin hatte daraufhin noch den Rat erteilt, sie und Simon mögen doch für eine Weile untertauchen. Sie habe da einen Verwandten in der Lombardei, dort könnten sie sich verstecken bis Gras über die Sache gewachsen sei.

Obschon Maria Gerüchten gegenüber dieselbe Einstellung hegte wie Herr Schweitzer, hatte sie es nicht mit einem Achselzucken abgetan, sondern war umgehend im Mittleren Hasenpfad erschienen.

„Du, Simon, das geht eindeutig zu weit“, sagte sie, nachdem sie ihm den Bericht ihrer Friseurin weitergegeben hatte.

„Ach Schatz, was ist denn los mit dir? Du weißt doch, wie das hier in Sachsenhausen läuft. Ich schwöre dir, da ist überhaupt nichts dran. Ich muß nur noch ein Foto von diesem doofen Jürgen mit dieser häßlichen Lola schießen, dann kann ich die Akte schließen.“ Aus Sicherheitsgründen verschwieg er ihr den Feger. Der eigenen Sicherheit wegen. Frauen mögen es nicht so sehr, wenn andere hübsche Frauen auftauchten – heiße Feger und superheiße Bienen waren da besonders brisant.

Maria war über Herrn Schweitzers Tun fast immer informiert. Geheimnisse voreinander hatten sie noch nie gehabt. „Trotzdem. Da versuchen ein paar harmlose Homosexuelle, sich hier eine Existenz aufzubauen, was schon schwer genug ist, und dann heißt‘s plötzlich, aus ihrem Keller würden via Internet pädophile Pornos live in die ganze Welt übertragen. Lustig ist das nicht. Oder wie würdest du das finden, wenn man dir so etwas unterstellt?“

Wo sie recht hat, hat sie recht, sagte sich Herr Schweitzer. Aber ihm war auch klar, würde er dem Gerücht entgegentreten, hieße es hernach, das BKA habe eine absolute Nachrichtensperre verhängt. „Maria. Schatz. Jetzt mach dich mal locker. In ein paar Tagen redet kein Mensch mehr darüber. Neue Gerüchte über ein ganz anderes Thema werden auftauchen. Und wie immer wird nichts älter sein als die Nachrichten von heute.“ Er zog Maria zu sich und umarmte sie.

Ein zusätzliches Küßchen besänftigte sie vollends. „Na, wenn du meinst. Wollen wir's mal hoffen. Sehen wir uns heute abend?"

„Kann ich dir noch nicht sagen. Kommt ganz drauf an, was Jürgen so vorhat. Du weißt, das Foto ..."

„Ja, ich weiß. Aber paß auf dich auf, und laß dich vor allem nicht erwischen."

„Du kennst mich doch."

„Deswegen sag ich's ja."

Auch wenn dies nur ein harmloses Geplänkel war, geholfen hat Marias Rat zur Vorsicht nicht. Herr Schweitzer wurde nämlich erwischt.

Alle, die sich je mit der Arbeit eines Detektiven beschäftigt haben, wissen, daß es mitunter Tage oder gar Wochen dauern kann, bis man ein Foto hatte, wie Herr Schweitzer eines brauchte. Daß alles wie am Schnürchen lief, so etwas gibt es meist nur im Fernsehen. Dennoch hatte er großes Glück.

Jetzt, da er wußte, wo Jürgen verkehrte, brauchte er nur zu warten. Herr Schweitzer hatte sich einen Fensterplatz in der Kneipe schräg gegenüber der schwulen und vis-à-vis der echten Frau Rauscher gesichert. Von hier aus konnte er ganz prima den Eingang im Auge behalten. Nur mit dem Fotografieren würde es Schwierigkeiten geben, denn die Fenster waren verdreckt, und da es draußen auch schon dunkel war, spiegelte sich im Fensterglas lediglich die Inneneinrichtung der Gaststätte.

Schon vor einer halben Stunde war Jürgen hineingegangen. Trotz der kalten Witterung hatte er nur eine Strickjacke in den Farben Beige und Blau getragen. Herr Schweitzers Strategie sah vor, sollte Jürgen tatsächlich mit Lola gemeinsam herauskommen, ihnen zu folgen, um bei günstiger Gelegenheit ein paar Fotos zu schießen. Natürlich kam alles ganz anders.

Ein einsamer Gast setzte sich zu ihm. Zur gleichen Zeit öffnete sich auf der anderen Seite die Tür, und Lola und Jürgen gingen die Stufen runter. Herr Schweitzer hatte sein Bier, vorausschauend wie er nun mal war, bereits bezahlt.

„Derf ich dir aaner ausgebe?" fragte nun der unwillkommene Gast.

Herr Schweitzer fragte sich, ob er wie ein Kummerkasten aussehe, denn vorgestern war ihm in der schwulen Frau Rauscher ja ein Gast namens Franz schon auf diese Tour gekommen.

„Weiß ich noch nicht", sagte er barsch und bar jedweder Gefühlsduselei.

„Du mußt doch wisse, ob de Doscht hast."

„Jetzt halt mal die Luft an."

„Dann ebbe net." Schmollend entfernte sich der Hefner.

Herrn Schweitzer blieb keine Zeit, sich über seine Unhöflichkeit Gedanken zu machen. Während Lola sich verstohlen nach allen Seiten umblickte, öffnete Jürgen nämlich das kleine Gatter, ging hinter die Absperrung und bückte sich neben dem Denkmal. Und als ein einsamer abendlicher Spaziergänger des Weges kam, stieß Lola einen kurzen Pfiff aus, und Jürgen tat darauf, als uriniere er in die Häuserecke. Dann, als die Gefahr vorüber war, machte er sich wieder an sein Werk. Herr Schweitzer hätte liebend gerne gewußt, um welches Werk es sich dabei handelte. Von seinem Fensterplatz aus konnte er nur Umrisse erkennen. Dann kam Jürgen wieder und gesellte sich zu Lola auf die Treppe. Herr Schweitzer glaubte gesehen zu haben, wie er ihr etwas in die Handtasche steckte. Daraufhin zündeten sich beide eine Zigarette an. Sie wirkten sehr zufrieden.

Seine Chance sah Herr Schweitzer, als sich eine fröhliche Truppe vor der Frau Rauscher versammelte und ihren Spaß dabei hatte, angespuckt zu werden. Unter lautem Gekreische wurden die Mädels von den Jungs immer wieder in den Strahl geschubst. Noch in der Gaststube machte er seinen Fotoapparat schußbereit.

Lola und Jürgen waren in ein Gespräch vertieft.

Seinen Panamahut fast schon auf der Nasenwurzel balancierend betrat er das Kopfsteinpflaster der Klappergasse und gesellte sich zu den Jugendlichen. Wie es sich für einen unbescholtenen Touristen gehört, nahm Herr Schweitzer das Denkmal der Frau Rauscher ins Visier. Er stellte das Zoom so ein, daß am rechten Bildrand Lola und Jürgen zu sehen waren. Als wäre Gott auf seiner Seite, wurden beide auch noch von einer Laterne angestrahlt. Er drückte auf den Auslöser. Ein Blitz erhellte für einen kurzen Augenblick die Szenerie. Zwar schauten daraufhin Lola und Jürgen kurz in seine Richtung, doch bemerkt hatten sie offenbar nichts. Ungerührt setzten sie ihr Gespräch fort. Und als sie sich küßten, schlug Herr Schweitzer ein zweites Mal zu und war ob seines Glückstages ganz aus dem Häuschen.

Im Schutz der immer noch ausgelassen herumalbernden Gruppe Jugendlicher kontrollierte er die Qualität der von ihm geschossenen Fotos. Sie waren gestochen scharf, wie sie gestochen schärfer nicht hätten sein können. Mamis Bester war mit sich zufrieden. Der Auftrag war ausgeführt und er mit Ruhm bekleckert, sechstausend Euro waren sein Eigen, und als Privatdetektiv würde er rosigen Zeiten entgegengehen. Ab sofort konnte er mit einer Aufklärungsquote von hundert Prozent aufwarten. Welcher Detektiv durfte das schon von sich behaupten?

Jeder Traum geht einmal zu Ende. Manchmal allerdings viel zu schnell.

Herr Schweitzer hatte Jürgen gar nicht kommen sehen, weil sein Hut die Sicht versperrte und er gerade dabei war, den Fotoapparat in der Manteltasche verschwinden zu lassen.

„Mensch, ich werd verrückt. Wenn das nicht der Laos-Simon ist ...“ Ein ähnlich kräftiger Schlag wie weiland in Vientiane im Restaurant an der Uferpromenade erschütterte seine Wirbelsäule. Jürgen Sikora strahlte wie ein Honigkuchenpferd.

Herrn Schweitzers Stimme verlor sich in unverständlichem Gebrabbel: „Oh ... ups ... du ... ein Ding, das." Der plötzlich allenfalls noch drittklassige Detektiv suchte den Boden nach einem Loch ab, in das er hätte tauchen können. „Äh ... freut mich ... Zufall, was?"

„Wieso Zufall? So groß ist Sachsenhausen ja auch nicht. Was machst du denn zu so später Stunde noch auf der Straße? Hast wohl die Frau Rauscher fotografiert. Kannste ruhig zugeben, ich hab's genau gesehen."

Das Häufchen Elend versuchte, die Situation noch einigermaßen zu retten: „Ja ... genau ... Frau Rauscher ... Bildband ... Sachsenhausen bei Nacht ... hab dich gar nicht erkannt."

„Ich dich aber. War aber gar nicht so schwer. Deine Hose, die Schuhe ..."

Herr Schweitzer sah an sich herunter. Eine rote Cordhose und braune Lackschuhe. Na und?

„Du, Lola, komm mal her." Lola schwebte hüftenwackelnd auf ihren Stöckelschuhen herbei. „Darf ich vorstellen, das ist der Simon. Du erinnerst dich? Ich hab dir von ihm erzählt. Der Simon aus Laos, der sich beim Tanzen in der Disco immer auf den Hosenboden gelegt hat, weil er so dibbedabbe besoffen war."

Nun war Herr Schweitzer gänzlich von der Rolle. Der Himmel über ihm stürzte ein, und weit und breit war kein Unterschlupf. Wäre er nackt gewesen, er hätte sich keinen Deut anders gefühlt. Er wünschte sich tot, doch ebenso wußte er, auch als Leiche wird das Leben nicht einfacher. Herr Schweitzer sah aus wie nach einem Schlaganfall.

Lola bot ihm die Hand dar. „Hallo Simon, schön, dich wiederzusehen."

Nun war Jürgen doch gar sehr erstaunt: „Wiederzusehen?"

Lola: „Nun. Simon war kürzlich in meiner Bude."

„In deiner Bude?" Jürgen Sikora war die Eifersucht anzusehen.

„Ach Liebling. Ich meine doch meine Kneipe. Was hast du denn gedacht?" Lola streichelte Jürgens Gesicht.

Doch dessen Kopf zuckte wie der eines Roboters. Erst zu Simon. Dann zu Lola. Weiter zum Kneipenschild der schwulen Frau Rauscher. Und dann das Ganze noch einmal. Schließlich hatte er es kapiert. „Simon. Du warst da drin?"

„Äh ... nicht direkt ... ich meine, auf ein Bier ... vielleicht." Herr Schweitzer wollte noch hinzufügen, daß er aber auf keinen Fall schwul sei, doch seine Schicklichkeit verhinderte es im letzten Moment. Er fand es unangebracht. Aber das war ein Fehler.

Denn sofort wurde er von Jürgen umarmt. „Simon, Simon, wer hätte das gedacht? Und Maria? Wohl auch nur ein Alibi, gelle?"

Herr Schweitzer versuchte, sich aus der Umarmung zu befreien. Jürgen war aber zu stark. Glücklicherweise ließ er schnell wieder von ihm ab. Dafür landete ein weiterer Hieb auf seinem Rücken. „Was stehen wir hier eigentlich so dumm rum? Laßt uns reingehen. Jetzt, wo Simon sozusagen zur Familie gehört. Wißt ihr was?"

Lola sagte: „Was?"

Herr Schweitzer wußte sowieso nichts mehr.

Jürgen zog ein Bündel Geldscheine aus der Hosentasche. „Das versaufen wir heute gemeinsam. Zur Feier des Tages."

„Au fein", hatte Herr Schweitzer nun doch endlich seine Sprache wiedergefunden. Doch er fand es keineswegs „au fein". Last exit Exitus, war nämlich seine einzig verbliebene Alternative.

Sie gingen die Stufen hinauf. Verdrießlich folgte Herr Schweitzer. Nun, da er wußte, was für ein Schuppen Zur schwulen Frau Rauscher war, blickte er sich noch einmal um. Kein Paparazzo mit gezückter Kamera war zu sehen. Er hatte vor, sein Leben mit Anstand zu beenden.

Es bedurfte sieben großer Biere und einiger Birnenschnäpse, bis Herr Schweitzer wieder einigermaßen klare Gedanken fassen konnte. Manch einer mag nun denken, daß Alkohol eine kontraproduktive Wirkung gegenüber dem Denkprozeß besitzt. Im Normalfall ist dies auch korrekt. Doch darf man nicht außer acht lassen, in welchem Zustand der außerordentlichen Leere und Desorientierung sich Herr Schweitzer vorher befunden hatte. Kaum jemand hätte da mitreden, geschweige denn mit einem ähnlichen Erfahrungsschatz auftrumpfen können. Alkohol als Medizin – hier stimmte es ausnahmsweise mal. Und je mehr Medizin, desto größer der Durchblick.

Hatte er sich während des ersten Bieres noch aufs tiefste bemitleidet, so waren seine moralischen Maßstäbe beim bislang letzten wieder im Lot. Mir doch egal, sagte er sich, wenn mich alle Welt für homosexuell hält. Hicks. Was ist denn schon groß passiert? Morgen gebe ich Sabine die zweitausend Euro zurück, dann bin ich aus dem Schneider. Die Fotos lösche ich einfach. So. Außerdem sind hier alle sehr nett zu mir. Viel netter als im Weinfaß. Sogar dieser Franz, der so schwul ist, daß er selbst bei Bambi weint und mir dauernd das Knie tätschelt, ist eigentlich eine recht sympathische Person. Hicks-hicks. Und erst all die anderen Jungs, in deren Mittelpunkt sich Herr Schweitzer sah, ausgesprochen hübsch und eloquent. Das ist doch mal was anderes als immer dieses blöde Rumgebabbel bei Bertha. Und wollte man sich weiterentwickeln, so mußte man auch mal über den Tellerrand gucken. So wie ich eben. Er, Herr Schweitzer, war jedenfalls ein sehr großer Befürworter einer Schwulenbar in Sachsenhausen. Nur so lernt man Toleranz. Mit großer Geste bedeutete er der schönen Lola, die nächste Lokalrunde gehe auf den lieben Simon. Nach anderthalb Stunden bereits das achte Bier – sein Verschleiß war enorm.

Dann mußte Herr Schweitzer pinkeln. Sein Urin war glasklar. Keine Spur von Gelb trübte das Wässerchen. Mit der linken Hand stützte er sich an den Kacheln ab. Die Tür ging auf. Lola stellte sich ans Urinal direkt neben ihm und pinkelte ebenfalls. Zuerst fand er das ganz normal. Nach ein paar Sekunden schon weniger. Herr Schweitzer wußte nicht genau, was ihn störte, aber irgendetwas störte ihn. Folglich tat er einen Blick halbschräg nach links unten. Der ist aber ganz schön groß, dachte er noch, als endlich der Blitz der Erkenntnis in ihm einschlug. Dann schaute er höher. Alle Zweifel waren ausgelöscht. Lola. Im Männerklo.

Hastig zog er den Reißverschluß nach oben. Dabei erwischte er noch einen Zipfel, was höllisch wehtat. Heldenhaft biß sich Herr Schweitzer auf die Lippen. Der letzte Strahl ging in die Unterhose. Zum Händewaschen war keine Zeit mehr. Fluchtartig verließ er die Toilette. Mit gehetzter Miene nahm er wieder seinen Platz ein. Noch nie in seinem ganzen Leben war er nüchterner gewesen. Er wußte mit aller Gewißheit, einer Täuschung war er nicht anheimgefallen. Houston, wir haben ein Problem, meldete eine innere Stimme.

Das Problem wurde noch größer, als Lola wieder den Schankraum betrat und ihm von allen anderen unbemerkt eine Kußhand zuwarf. Ich will heim zu Mami, war nun Herrn Schweitzers alleiniger Wunsch. Doch so einfach war das nicht. Jürgen ließ ein weiteres Tablett mit Birnenschnaps rumgehen und nötigte Herrn Schweitzer geradezu, sich zu bedienen. Obzwar er nicht mehr denken wollte, ließ es sich nicht vermeiden. Wie hießen denn gleich die Perversen, die sich als Frauen verkleideten? In der Opferrolle war es mit Herrn Schweitzers Toleranz vorbei. Transvestiten oder Travestiten? Immerfort verwechselte er das. Auch seine Lateinkenntnisse versagten ihre Hilfe. Unwillkürlich sackten seine Schultern nach unten. Er hatte sich aufgegeben.

Und nun, da eh schon alles egal war, raffte sich Herr Schweitzer ein letztes Mal auf: „Lola-Schatz."

„Jaha, Süßer."

„Wie viel Flaschen Birnenschnaps hast du noch auf Lager?"

Lola bückte sich. Diesmal wurde Herrn Schweitzer beim Anblick des Hinterns übel. „Drei. Wieso?"

„Stell die bitte mal hierher. Jetzt geht's ab."

Erst im Morgengrauen erreichte er sein Heim. Ein lautes Klopfen an der

Toilettentür weckte ihn vorübergehend. Es war seine Mitbewohnerin Laura Roth, die zur Arbeit mußte. Immer noch voll wie ein Eimer erhob sich Herr Schweitzer daraufhin von der Kloschüssel und begab sich ins Bett. Sich auszuziehen, dafür fehlte ihm die Kraft. Seltsame Sexualpraktiken beherrschten seine unruhigen Träume. Er verletzte sich nicht, als er aus dem Bett fiel, denn vorher waren bereits Kopfkissen und Decke auf den Boden gefallen. Vom Sturz war er nur kurz wach geworden.

Der Tag fand nicht statt. Herr Schweitzer auch nicht. Irgendwann am späten Nachmittag schaffte er es, sich aus der Küche mit sämtlichen noch vorhandenen Fruchtsaftbeständen zu versorgen. Hin und wieder ging er mit geschlossenen Augen aufs Klo.

Als Maria am Abend anrief, um mal nachzufragen, was denn mit Simon sei, war Laura am Apparat und erklärte ihr Simons Allgemeinzustand.

Um Mitternacht schluckte er die restlichen Kopfschmerztabletten.

Noch immer fühlte sich Herr Schweitzer wie Pearl Harbour, als er fünfundzwanzig Stunden nach dem letzten Alkoholangriff seiner Bettstatt entstieg. Üble Verwüstungen an Magen und Geist zwangen ihn dazu, hektische Bewegungen zu vermeiden. Ein Glas Milch und zwei kleine Kekse waren das einzige, was sein Verdauungsapparat zuließ. Laura war nicht zu Hause. Er vermutete sie bei ihrem neuen Freund, einem gutaussehenden Äskulapjünger.

Eine abwechselnd heiße und kalte Dusche brachte Herrn Schweitzer wieder auf Vordermann. Beim Rasieren schnitt er sich in die Oberlippe. Mit einem kleinen Pflaster behob er den Schaden. Nachdem er seinen Haaren so etwas wie Frisur verpaßt hatte, holte er die Frankfurter Rundschau aus dem Briefkasten. Er begnügte sich mit den Überschriften, mehr ließ seine Konzentrationsfähigkeit nicht zu. Als er sicher war, keinen Weltkrieg verpaßt zu haben, war Herr Schweitzer zufrieden. Achtlos schmiß er die Zeitung auf sein Bett.

Aus Erfahrung wußte er, was nach ausgearteten Trinkgelagen zu tun war. Er zog seinen Wintermantel an und ging spazieren. Der zinkgraue Himmel barg Unwettergefahr in sich. Trotzdem verzichtete er auf den Regenschirm. Genüßlich sog er den Sauerstoff ein. Beim Anblick frühmorgendlicher Trinker am Kiosk in der Schweizer Straße rebellierte sein Magen von neuem. Ohne daß ein Wille dahintersteckte, führten ihn seine Schritte in die Klappergasse. In sich versunken betrachtete er das Denkmal der Frau Rauscher. Dann öffnete er das Gatter und untersuchte den Boden an der Stelle, wo sich Jürgen vor mehreren Ewigkeiten zu schaffen gemacht hatte. Wenn jemals Spuren zu sehen gewesen waren, so hatte sie der letzte

Regen verwischt. Mit seinem rechten Fuß prüfte er jeden Stein. Und tatsächlich, einer lag etwas lockerer als die anderen. Er ging an den Zaun vor und sah nach rechts und links. Eine orangefarbene Kehrmaschine mit ihren rotierenden Besen bog von der Dreieichstraße in die Klappergasse ein. Herr Schweitzer wartete, bis sie wieder verschwunden war, dann setzte er sein Werk fort. Mit einem kleinen Stöckchen entfernte er den Schlamm rund um den Pflasterstein. Ein weiteres Mal vergewisserte er sich, daß auch ja kein Passant in der Nähe war. Zwar boten ein paar kleine Fenster umliegender Häuser freie Sicht auf die Frau Rauscher, doch irgendwie war ihm heute alles scheißegal. Unter dem Stein kam ein metallblaues Kästchen zum Vorschein. Herr Schweitzer entfernte den Dreck und betrachtete es von allen Seiten. Es war eine kleine Geldkassette, wie man sie in jedem Schreibwarenladen kaufen konnte. Zu seiner Überraschung war sie unverschlossen. Darüber erschrak er ein bißchen. Adrenalin durchströmte seinen Körper. Ganz langsam, als könnte jeden Augenblick ein Zündmechanismus aktiviert werden, öffnete er den Deckel. Weder folgte eine Detonation noch schnelllte ein kleiner Harlekin empor. Das Kästchen war randvoll mit kleinen Plastikbeuteln. Auf den ersten Blick erkannte er, daß die meisten Marihuana enthielten. In einigen wenigen jedoch steckten kleine Kügelchen. Je ein Beutel verschwand in seiner Manteltasche. Er klappte den Deckel zu und stellte das Kästchen zurück ins Loch.

Als er glaubte, alles sehe so aus wie vor seinem Erscheinen, entfernte er sich. Einen genauen Plan hatte er nicht. Doch wollte er erst einmal das Marihuana testen, bevor er sich Gedanken über sein weiteres Vorgehen machte. Am Lokalbahnhof bestieg Herr Schweitzer die Straßenbahn Linie 14, die er bis zu seinem Ausscheiden aus dem Dienst noch selbst gesteuert hatte.

Er hatte nicht vor, sich mit einem Joint die Lichter auszuschießen, so bröselte er nur ganz wenig von dem grünen Zeug auf den Tabak. Hätte er ein klein wenig nachgedacht, wäre er womöglich darauf gekommen, daß es sich um Gras aus Laos handelte. Und Gras aus Laos hatte es in sich, wie Herr Schweitzer schon am eigenen Leib erfahren hatte. Obwohl er, wie gesagt, nur ganz wenig genommen hatte, war die Wirkung enorm.

Trotz der vielen Stunden, die Herr Schweitzer bereits geschlafen hatte, schaffte er noch zwei weitere.

Bei besonders gelagerten Fällen wird selbst in Deutschland Marihuana als Medizin verabreicht. Die Heilwirkung dieser Pflanze spülte nun Herrn Schweitzers alkoholexzeßbedingte Beschwerden restlos hinfort. Sogar sein Magen knurrte wieder, als er aufstand. Da im menschlichen Körper bei der Alkoholverbrennung Unmengen von Salz verbraucht werden, gelüstete es ihn nach Salzhering mit Zwiebeln und Kartoffeln. Zur Befriedigung dieser Sehnsucht begab sich Herr Schweitzer nun schnurstracks zur nächsten Apfelweingaststätte auf der Textorstraße. Er vertilgte zwei Portionen davon plus einer Gulaschsuppe. Hernach war er soweit wieder hergestellt, daß er seinen Platz im angestammten Lebensraum Sachsenhausen wieder einnehmen konnte. Er war kein Wrack mehr, sondern Mensch und Privatdetektiv.

Ein Telefonat mit Maria verriet ihm, daß seine Liebste nicht sauer auf ihn war. Verstanden hätte es Herr Schweitzer, schließlich war er für längere Zeit von der Bildfläche verschwunden. Bevor er ging, löschte er noch die zwei Fotos von Lola und Jürgen aus dem Speicher.

Wie fast jeder Mensch schob auch er unangenehme Dinge gerne auf die lange Bank. Es kostete ihn daher allerhand Überwindung, das Juweliergeschäft zu betreten. Und wieder war ihm das Glück hold. Sabine hatte Dienst. Rundheraus erklärte ihr Herr Schweitzer, daß er diese Lola tatsächlich beim Küssen mit Jürgen, ihrem Ehegespons, ertappt habe, das Foto aber leider nichts geworden sei. Er jedoch habe keinen Bock mehr auf diesen verqueren Ehequatsch. Außerdem habe der Auftrag anfänglich ganz anders gelautet, nämlich Jürgen vor der schiefen Bahn zu bewahren. Und was Sex und so Dinge anging, könne von ihm, Herrn Schweitzer, aus, jeder mit jedem und so oft, wie sie oder er will und kann. Und grüppchenweise sei es auch okay. Das Marihuana und Opium – er vermutete, daß es welches ist – verschwieg er wohlweislich. So lange Alkohol legal erworben werden konnte, empfand er Drogenhandel im kleinen Rahmen als Bagatelle. Geradezu angeekelt legte er den letzten Scheck von Sabine auf die Glasplatte einer Vitrine.

Erst verzerrte sich Sabines Gesichtsausdruck ins Groteske, dann brannten bei ihr alle Sicherungen durch. O Gott, wie Herr Schweitzer das haßte. Sabine kniete sich vor ihn hin, krallte ihre Fingernägel in seinen Mantel und zerrte wie verrückt daran. „Ich bring dieses Miststück um. Ich bring sie um", heulte sie mit erstickter Stimme.

Doch Herr Schweitzer kannte kein Erbarmen. „Mach, was du nicht lassen kannst, aber laß mich bitte aus dem Spiel. Außerdem ist sie keine Sie."

Trotz ihrer zur Schau getragenen Hysterie, fragte sie erstaunlich kühl: „Wer ist keine Sie?"

Mit Grabesmiene verkündete Herr Schweitzer: „Lola ist keine Sie. Lola. Also, Lola ist ein Er, der sich verkleidet. Ich hab's genau gesehen. So groß ist er." Mit den Handflächen zeigte er knapp dreißig Zentimeter an. Im gleichen Augenblick verfluchte sich Herr Schweitzer dafür. „Was mach ich hier eigentlich?" fragte er lauter als beabsichtigt.

Sofort versiegten Sabines Tränen, und sie stand wieder auf. Mit offenem

Mund starrte sie Herrn Schweitzer an und wich ein paar Schritte zurück. Ihm war mulmig zumute, ihr Blick suggerierte ihm, daß er es sei, der in Frauenkleidern herumlief. Sie lehnte sich an die Verkaufstheke. Dann platze es aus ihr heraus. Diesmal waren es keine Tränen des Hasses sondern der Belustigung, die ihr über die Wangen rannen. Immer wieder prustete Sabine los. Jedes Mal, wenn sie etwas sagen wollte, erstarben ihr die Worte auf der Zunge.

Nach endlosen Minuten hatte sie sich wieder beruhigt. Herr Schweitzer hatte sich nicht von der Stelle bewegt. „Hahaha, ich kann's nicht glauben, Jürgen ist schwul. Haha."

Vollkommen ballaballa, die Dame, dachte Herr Schweitzer. Da verstehe einer die Frauen noch. Geht ein Mann mit einer anderen Tussi fremd, ist die Hölle los, und hat er seine Homosexualität entdeckt, schon ist alles wieder in Butter. Wo ist da der Unterschied? Vielleicht kommt es daher, daß per se die Frau der Frau Konkurrentin ist, überlegte er. Aber in Männern sehen sie keinen Widerpart. Seltsam. Sehr, sehr seltsam. Fasziniert beobachtete er jetzt Sabine Sikora.

„Du, Simon. Du glaubst gar nicht, wie lustig das ist. Jürgen ist schwul. Der größte Macho vor dem Herrn und schwul."

Herr Schweitzer entkrampfte sich. Die Situation war auf dem besten Wege der Entspannung. Er wünschte einen schönen Tag und drehte sich zur Tür.

Sofort kam Sabine, die einen Kopf kleiner war, angerannt und packte kameradschaftlich seinen Unterarm. „Simon, bitte sei so gut und nimm den Scheck. Du glaubst gar nicht, wie sehr du mir geholfen hast. Und wenn du zufällig noch ein Foto von Lola machen solltest, Jürgen muß gar nicht mit auf dem Bild sein, dann gib's mir bitte. Einfach so. Zur Erinnerung. Und wenn nicht, dann eben nicht. Die sechstausend Euro hast du dir so oder so redlich verdient."

Herr Schweitzer wußte nicht, wie ihm geschah. Durch Sabines Wandlung geblendet, steckte er den Scheck wieder ein.

„Simon, weißt du was. Wir lassen jetzt Schmuck Schmuck sein. Ich schließe für eine Stunde und lade dich zum Essen ein."

„Da komm ich gerade her."

„Oh, dann vielleicht zum Bierchen", säuselte Sabine in sein Ohr.

Oh, nein, nein, nein. Bier war gar nicht gut. „Äh, ich trink vorübergehend nix."

„Wie wär's dann mit einem kleinen Sahnetörtchen, der Herr."

„Geht auch einfach nur ein Kamillentee?"

„Klar. Was immer du möchtest."

Sie gingen in die kleine Bäckerei am Südbahnhof. Einer der Stehtische war noch frei. Ungefragt plauderte Sabine aus dem Nähkästchen. So erfuhr Herr Schweitzer einige belanglose Details über Jürgen. Zum Beispiel, daß Sabine ein bißchen geschwindelt habe, als sie ihm über Jürgen erzählte, er habe gleich nach der Hochzeit mit dem Spielen aufgehört. Das Gegenteil sei der Fall gewesen. Erst nach und nach habe sie es geschafft, ihn davon abzubringen. Rigoros habe sie ihm den Zugang zu ihrem Konto verweigern müssen. Noch immer bekam er jede Woche exakt hundertfünfundzwanzig Euro von ihr ausgehändigt. Als Taschengeld, sozusagen. Damit komme er bestens klar. Putzfrau, Miete, Haushaltsgeld und den ganzen Rest habe Sabine übernommen. Hier erinnerte sich Herr Schweitzer an den Batzen Geld, den Jürgen auf der Treppe Zur schwulen Frau Rauscher aus seiner Hosentasche gezogen hatte. Doch das behielt er für sich. Er wollte keine weiteren Scherereien.

Als Sabine bezahlt hatte, sagte sie ihm zum Abschied: „War nett mit dir, Simon. Und denk dran, falls du rein zufällig noch ein Foto von dieser ... diesem Lola machen solltest ... du weißt ja, wo ich meistens zu finden bin."

Ein bißchen fühlte sich Herr Schweitzer unter Druck gesetzt, als er Sabine an der Ecke zur Diesterwegstraße die Hand gab. „Tschüs. Mach's gut."

Komische Leute gibt's auf der Welt, dachte er, während er sich auf den Weg zu Giorgio-Abdul machte.

Der Italo-Tunesier schnippelte ein paar Hammelfleischbrocken vom Spieß. Ein Kunde war noch vor ihm dran. Herrn Schweitzers Dealer in der Brückenstraße nickte ihm zu. Mit seiner Augenbinde – eine kleines Malheur beim Jugoslawienkrieg – und dem schwarzen Kopftuch sah er sehr lässig aus. Die zwei Döner wickelte er in Stanniolpapier und überreichte sie dem Kunden, einem feisten Kerl mit fettigen Haaren und einem Schäferhund als Begleitung.

Als sie alleine waren, legte Giorgio-Abdul los: „Ey Alter, was geht ab? Lange nix gehört von dir. Wo steckst du so lange? Ich hab schon gedacht, du hasten Löffel abgegebbe."

Allein schon wegen dem Kauderwelsch aus Hessisch und neodeutscher Jugendsprache betrat Herr Schweitzer Georgio-Abduls Dönerbude immer wieder gerne. Und wenn ihm der Sinn danach stand, so konnte er mithalten. Heute war ihm danach: „Ich nix tot, Alter, du gucke. Außerdem steh ich voll im Saft. Du sag mal ..." Er legte das Beutelchen mit dem Kügelchen auf die hölzerne Ablage an der Seitenwand, „... was ist das?"

„Ja, biste blind? Sieht doch jeder Dorftrottel auf den ersten Blick. Opium. Ey, wo haste des her, Alter? Sieht gut aus. Willste jetzt auch ins Geschäft einsteigen?" Giorgio-Abdul öffnete den Beutel und ließ das Kügelchen in seine Hand kullern. Er knetete und beschnupperte es eingehend. Ein anerkennender Blick wechselte zu Herrn Schweitzer. Voller Ehrfurcht hauchte Giorgio-Abdul: „Respekt. Des is mal Eins-A-Qualität. Was willste denn dafür ham?"

„Was isses denn so wert, Amigo?"

Sein arabisches Händlerblut wallte. Abschätzig verzog er die Lippen. Geräuschvoll sog er Luft durch die Zähne ein. „Tja ..."

Herr Schweitzer hatte verstanden. Blöd war er nicht. „Schon gut. Paß auf, ich schenk dir die Kugel, wenn du mir den genauen Marktwert sagst."

Giorgio-Abduls Augen wurden groß und größer. Ungläubig musterte er Herrn Schweitzer. Das Wort Gier stand ihm quer über die Stirn geschrieben. „Na ja, Simon, weißt du, Opium gibt's in Frankfurt gar net."

„Aber du hast's doch gerade in der Hand."

„Okay, laß mal überlegen. In Amsterdam zahlste dafür locker ein Fuffi. Ich schätz, des is mehr als ein Gramm. Also, nehme mer mal an, des gäb ein Markt dafür in Frankfurt. Nur mal so, weißt du."

„Yeap. Nur mal so. Ich weiß."

„Genau, nur so theoretisch, des nehme mer jetzt einfach so mal an." Theatralisch wog er das Kügelchen in seiner Handfläche, warf es nach oben und fing es wieder auf, als könne er aus der Flugbahn den Marktwert errechnen. „Theoretisch dürfte der Preis zwischen achtzig und hundertzwanzig liegen. Aber wie gesagt ..."

„... theoretisch."

„Genau. Theoretisch. Und du willst mir des echt schenken?"

„Wenn ich's dir sage."

„Oh, dann warte mal ein Augenblick." Giorgio-Abdul ging telefonieren. Die Sprache hatte die Lautstärke eines arabischen Teppichhändlers und war Herrn Schweitzer unverständlich. „Kommste mit zu mir? Da können wir in aller Ruhe ein Pfeifche durchziehn. Gleich kommt Hassan und übernimmt den Laden."

„Hassan?"

„Ein Sohn vom Vetter von Ahmed, der wo die Pizzeria auf der Schulstraße betreibt."

„Aha. Aber nein, ich komm net mit. Opium bekommt mer net, weißt du?"

„Opium bekommt dir net? So was hab ich ja noch nie gehört."

„Ja. Es ist nix Schlimmes, nur ne Opiumallergie, verstehste, Alter?"

„Opiumallergie. Soso. Ich glaub, Simon, du hast ein Knall."

„Des weißte doch."

„Und, Simon ..."

„Ja?"

„Du kennst doch in Sachsehause Gott und die Welt."

„Gott nicht, den Rest schon."

„Ich hab gehört ...", flüster, flüster, „... es gibt ein paar neue Jungs, die wollen sich hier den Markt unter den Nagel reißen. Du weißt, von wegen Hasch und so ..."

Herr Schweitzer dachte sofort an Jürgen und Lola. Doch er konnte schweigen wie ein Grab. Das unterschied ihn von den meisten Eingeborenen. „Nee, Alter, da hab ich nix gehört, aber ich kann mich ja mal umhören. Ich sag dir Bescheid, sobald ich was hör."

„Das wär echt supi, Alter. Meinen Großhändler ham se nämlich vor ein paar Tagen hops genommen. Ich brauch ne neue Connection."

„Versteh ich. Du hörst von mir. Halt die Ohren steif, Alter."

„Du auch, mach's gut."

Was für ein Tag, dachte Herr Schweitzer, als er wieder auf dem Trottoir stand. Aller Ballast war von ihm gefallen. Er fühlte sich frei wie seit Tagen nicht mehr. Dazu passend schien die Sonne mal wieder. Zur nächsten Fahrstunde war es noch ein paar Tage hin. Vom Alkohol war er vorerst kuriert. Herr Schweitzer entschloß sich, den Energieschub zu nutzen, um die knapp drei Kilometer zu seiner Freundin auf den Lerchesberg zu laufen. Unterwegs erstand er noch einen großen Strauß Blumen. Sein schlechtes Gewissen hatte ihm diesen Rat erteilt. Herr Schweitzer war hinter dem Berg aus Gerbera, Röschen und weißblühendem Schleierkraut kaum noch zu sehen.

Der Volksmund sagt viele Dinge. Manche davon sind brauchbar, andere weniger. Für jedes Töpfchen gibt's ein passendes Deckelchen, war einer davon. Ins Praktische übertragen, hieß das, für jede Frau hat's irgendwo auf der Welt den adäquaten Mann, oder umgekehrt. Das ließ sich bequem und treffend auf Maria und Simon anwenden.

Herr Schweitzer hatte in seinem Leben schon viele verrückte Sachen gemacht. Doch was Maria zu ihm sagte, als sie in ihrem idyllischen Atriumsgarten gemeinsam Tee schlürften, verschlug ihm dann doch die Sprache: „Simon. Ich gehe heute abend zusammen mit Buddha Semmler Zur schwulen Frau Rauscher. Kommst du mit?"

„Du kommst doch da gar nicht rein", antwortete er spontan.

„Warum nicht? Steht da vielleicht dran, daß Frauen keinen Zutritt haben?"

„Das nicht gerade, aber ..."

„Na also, siehst du. Außerdem bedient dort Lola, und die ist ja schließlich auch eine Frau. Warum sollte sie was dagegen haben."

„Lola ist ein Travestit."

Nach kurzer Überlegung sagte sie: „Umso besser. Ein bißchen Abwechslung tut Sachsenhausen mal ganz gut."

Herr Schweitzer war froh, nicht danach gefragt worden zu sein, woher er denn wußte, daß Lola ein Mann in Frauenklamotten war. Die Toilettenszene hatte er noch gar nicht richtig verarbeitet. Sie war ihm peinlich, obschon gar kein Grund dafür bestand. Doch in dieser Hinsicht tickte Herr Schweitzer wie alle Heteros. Schwulsein ja, aber dann bitte schön ausschließlich die anderen. Im übrigen war es völlig sinnlos, Maria etwas ausreden zu wollen, was sie sich in den Kopf gesetzt hatte. Was Sturheit anging, war seine Freundin nicht zu toppen.

„Was ist jetzt? Ja oder nein?"

„Puuh. Die letzten Tage waren echt hart." Doch warum nicht, sinnierte Herr Schweitzer, ich hab mich das letzte Mal ja nicht schlecht benommen. Vielleicht ein bißchen viel getrunken. Den Gedanken an Birnenschnaps schob er ganz schnell beiseite, bevor er weiteres Unheil anrichten konnte. Trotzdem mußte er würgen. „Also gut. Wann wollt ihr los?"

„Buddha hat bis dreiundzwanzig Uhr Dienst. Danach muß er noch abrechnen. Wir haben ausgemacht, daß ich ihn um halb zwölf abhole."

„Okay. Ich koche uns vorher noch was."

Es wurde ein sehr gemütlicher Abend. Aus Resten und Tiefgefrorenem hatte Herr Schweitzer einen Nudelauflauf gezaubert. Maria war heute mit ihrer Zeichnung für eine neue Skulptur fertiggeworden, seit Wochen hatte sie daran gearbeitet. Um den Tag gebührend zu zelebrieren, zahlte sie das Taxi zum Weinfaß. Mit anderen Stammgästen fachsimpelte man dort in gewohnter Weise. Das hieß, keiner war vom Fach, folglich wurde nur gesimpelt.

Punkt dreiundzwanzig Uhr dreißig traf man, wiederum per Taxi, im Dautel ein und holte Buddha Semmler ab. Zu dritt, Maria in der Mitte, drängte man sich unter des Apfelweinkellners Regenschirm.

In der schwulen Frau Rauscher strebte Herr Schweitzer sogleich einen Tisch an. Direkt am Tresen wollte er wegen seiner Berührungsängste nicht sitzen, dort tummelten sich nämlich etwa zehn warme Brüder. Einer hatte eine schwarze Lederhose an, die an den Pobacken ausgeschnitten war und einen haarigen Hintern zur Schau stellte. Buddha Semmler entfleuchte daraufhin ein „Mein lieber Scholli".

Die Stimmung war schon prächtig angeheizt, und Simon wurde mit grossem Hallo empfangen, was er irgendwie auch befürchtet hatte. „Na Simonchen", sagte ausgerechnet derjenige mit dem blanken Arsch, an den er sich gar nicht erinnern konnte, „kommst du heute mit Schwesterchen und Brüderchen als Verstärkung?" Dabei zeigte er auf Maria und Semmler.

„Hauptsache, er kann überhaupt noch kommen“, witzelte nun Lola, als sie den Tisch erreichte. „Ich bin übrigens die Lola.“ Sie reichte Maria und Semmler die Hand.

„Angenehm, ich bin die Maria.“

„Und ich der Semmler vom Dautel. Ich bediene dort. Wir sind also Kollegen.“ Der Apfelweinkellner war ob der Schönheit von Lola außer Rand und Band und legte sich dementsprechend ins Zeug. „Vielleicht kommst du mich dort mal besuchen. Den ersten Schoppen gebe ich dir aus.“

Justament als Herr Schweitzer seinem flirtenden Freund sagen wollte, daß Lola ein Mann war, der aus einer Laune der Natur heraus in Frauenkleidern rumlief, und er, Buddha Semmler, mit seinem Gebalze so richtig neben der Spur lag, ging die Tür auf. Von ihrem Platz aus konnten sie nicht sehen, wer eintrat, doch anhand des Umstandes, daß sofort alle Gespräche am Tresen verstummten, ahnten sie bereits, etwas Ungewöhnliches stand bevor. In der nun eingekehrten Stille wirkte Lolas spitzer Schrei umso lauter. „Iiiiih, ein nackter Mann.“

Spätestens zu diesem Zeitpunkt hätten sie es sich denken können, aber alles ging viel zu schnell. Als teile sich ein purpursamtener Vorhang, betrat Sachsenhausens Galionsfigur, die mit Abstand schillernste Figur Hibbdebachs, die Bühne. Es war ein Mensch, der zu diesem Stadtteil gehörte wie der Wohnwagen zum Holländer. Der Nackte Jörg. Er, der nicht nur so hieß, sondern auch so rumlief. Jeden Tag. Bei Wind und Wetter. Der Nackte Jörg durfte das. Ein Gerichtsurteil belegte es. Gerüchten zufolge hatte er eine Allergie gegen alle erdenklichen Stoffe und Materialien, die seinen Körper berührten.

Nicht nur Herrn Schweitzer rührte der Schlag. Wahnsinn, dachte er, was geht denn hier ab? Maria grinste und der Apfelweinkellner hielt sich die Hand vor den Mund.

Als der erste Schock vorüber war, ging es recht flott weiter. Allerlei Kommentare begleiteten den Nackten Jörg auf seinem Weg zum Tresen.

„Beim Sackhaar des Propheten, wie entzückend“, sagte jemand mit Eunuchenstimmchen.

Herr Schweitzer überlegte, ob Eunuchen, sexualtechnisch gesehen, schwul sein können.

„Ein nackter Mann. Und dazu noch so lendenstark. Setz dich doch zu uns.“

„Ach, schaut doch nur, dieses Kostüm. Wie apart. Ich glaub, ich bin in Wallung.“

„Ja, ich hab gehört, dieser Chic ist wieder stark am Kommen. Wo man so was nur herkriegt?“

„Und guckt doch bloß, wie hübsch der Schniedelwutz. Ist er nicht goldig?“

„Das ist normale Härte.“

„Ach, du Schelm. Wenn das normale Härte ist, dann will ich gar nicht erst wissen, wie es danach aussieht, falls man es überhaupt noch sieht.“

„Du treulose Tomate, du. Guck da nicht immer hin.“

„Ich guck doch gar nicht.“

„Doch guckst du.“

„Gar nicht. Guck, ich guck woanders hin.“

„Ja. Jetzt.“

Und alle amüsierten sich. Herrn Schweitzer fiel auf, daß der Nackte Jörg ganz schön zugelegt hatte. Ein Sixpack war dessen Bauch zwar noch nie gewesen, doch inzwischen konnte man ein solches darauf abstellen, ohne daß es herunterfiel. Der Nackte Jörg setzte sich auf einen Hocker an der freien Stirnseite, auf den er aus Gründen der Hygiene das Sachsehäuser Käsblättche vorher ausgebreitet hatte. Er bestellte sich ein kleines Bier. Sofort gingen die dummen Sprüche weiter.

„Ich finde, der Nackte Jörg hat sich heute aber mal wieder ganz schön aufgebrezelt.“

„Daß du das sagst, wundert mich gar nicht. Du bist ja schon aufgebrezelt, wenn du mal duschst.“

„Was soll das heißen?“

„Genau das, was ich gesagt habe.“

„Ich hau dich gleich.“

„Das versprichst du immer. Und dann tut‘s nicht mal weh.“

„Du bist ja pervers.“

„Du vielleicht nicht? Immer nur Latex, Latex, Latex.“

„Kinderchen, jetzt hört aber auf“, intervenierte nun Lola, „ich dulde hier keinen Beziehungsknatsch. Wenn ihr spielen wollt, geht nach unten.“

Aha, der Darkroom, dachte Herr Schweitzer daraufhin. Und nach und nach beruhigten sich auch die Gemüter wieder.

Als Lola die Getränke brachte, blieb sie zu Semmlers Entzücken bei ihnen sitzen. Seine ganze Aufmerksamkeit galt ihrer roten Bluse, die bis zum Bauchnabel offen stand und einen freizügigen Blick gewährte. Ein schwarzer Seiden-BH kontrastierte die fast weiße Haut. Buddha Semmler flirtete, was sein Repertoire so hergab. Da auch Lola, oder wie auch immer der Mann mit richtigem Namen hieß, keine Scheu an den Tag legte, entwickelte sich eine altmodisch gezierte Poussage, die Maria sehr belustigte. Herr Schweitzer allerdings schwankte zwischen dem Bedürfnis, seinen Kumpel aufzuklären, und der Neugier auf dessen Reaktion, wenn dieser seinen Irrtum erkannte.

Was letztendlich den Ausschlag gab, war die Vorstellung, daß Semmler ganz mächtig sauer auf Herrn Schweitzer sein könnte, weil er den Apfelweinkellner nicht gewarnt hatte. Unter dem Tisch versuchte er, dessen Fuß zu erwischen. Semmler schaute daraufhin auch ganz kurz zu ihm, ohne jedoch von seinem Gebalze abzulassen. Beim zweiten Tritt erntete Herr Schweitzer bereits einen bitterbösen Blick. Er änderte seine Taktik.

Maria dachte sich nichts dabei, als er seinen Stuhl ganz nah an den ihren rückte. Dann war sie sehr erstaunt, weil er begann, sie über den Unterarm zu streicheln und an ihrem Ohrläppchen zu knabbern. Derart offensive Liebesbekundungen war sie von ihrem Freund, zumindest in der Öffentlichkeit, nicht gewohnt. „Du Maria, frag bitte mal nach dem Damenklo. Bitte", flüsterte Herr Schweitzer ihr leise, aber eindringlich ins Ohr.

Obzwar sie keine Ahnung hatte, was ihr Liebster damit bezweckte, befolgte sie seine Anweisung. „Du, Lola. Ich muß mal. Wo ist denn hier die Damentoilette?"

„Gibt's hier nicht. Aber du kannst zu den Männern gehen. Warte, ich geh voraus und paß auf, daß keiner reinkommt."

Maria erhob sich und folgte Lola.

„Hast du gehört, Semmler? Hier gibt's kein Damenklo", klärte er nun seinen Freund auf, der wie paralysiert Lolas davonwatschelndem Hintern nachschaute. Herrn Schweitzers Worte der Aufklärung tat er als störende Geräuschkulisse ab.

„Hallo, Semmler, hörst du mich?"

Langsam eiste er seinen Blick von der geballten Ladung Erotik los und drehte sich um. „Was hast du gesagt?"

„Ich sagte, hier gibt's kein Damenklo. Lola und Maria sind zum Männerklo, verstehst du?"

„Sag mal, Simon, glaubst du, ich bin total bescheuert? Natürlich haben die hier nur ein Männerklo. Ist schließlich eine Schwulenkneipe."

„Genau, Semmler, du Trottel. Das ist eine Schwulenkneipe. Was sagt uns das?"

„Selber Trottel", erwiderte erbost der Apfelweinkellner. „Meinst du vielleicht, ich geh hier aufs Klo, bei all den Typen dort am Tresen? Ich bin doch nicht doof." Und da gerade Maria und Lola wieder im Türrahmen des Aborts auftauchten, fügte er noch hinzu: „Ist sie nicht schnuckelig, die Lola?"

Herr Schweitzer gab es auf, er jedenfalls hatte sein Bestes getan. Sollte sein Kumpel doch die Zeche für seine Blödheit zahlen.

Maria setzte sich wieder zu ihnen. Lola wechselte die Musik. Lampenfieber von Rosenstolz hatte zur Folge, daß einige von den Jungs laut mitgrölten und zu tanzen begannen. Buddha Semmler erhob sich und zerrte Lola auf die kleine Tanzfläche. Die Mundschenkin warf Herrn Schweitzer einen

Blick zu, der besagte, was kann ich dafür, wenn dieser Apfelweinkellner partout nicht von mir lassen kann.

„Und? Hat‘s was gebracht, daß ich auf Toilette war?“ fragte Maria.

Herr Schweitzer zog eine Schnute: „Nicht wirklich. Semmler kapiert‘s einfach nicht. Das könnte interessant werden, sollte sich Lola von ihm abschleppen lassen.“

Buddha Semmler indes war total gut drauf. Das war der hiesige Menschenschlag fast immer, wenn Apfelwein in Strömen floß. Akrobatisch wirbelte er Lola herum, drehte sich mit ihr engumschlungen um die eigene Achse und schrie schon bald den Refrain mit. Schlampenfieber. Immer wieder rutscht das Mieder.

Nach der dritten Wiederholung machte sich das Gros der Männer auf. Man wolle noch unbedingt in eine Disco in Hibbdebach, wo ein Freund von ihnen heute nach Mitternacht, also jetzt, seinen Dreißigsten feierte. Es gäbe Champagner und Lachsschnittchen in Hülle und Fülle. Simonchen lehnte dankend ab, nein, mitkommen wolle er nicht, sehr müde sei er.

Mit einem lauten Rums ließ Lola die Rolläden herunter. Danach kassierte sie die Herrschaften ab. „Ich mach heut mal pünktlich Feierabend. Mein Freund Jürgen wartet schon auf mich.“

Diese Aussage stieß bei Buddha Semmler auf Entsetzen. Gedanklich hatte er Lola nämlich schon flachgelegt.

Herr Schweitzer allerdings, der ja um das wahre Geschlecht Lolas wußte, seufzte zufrieden, denn nun war er aus der Verantwortung für seinen Kumpel raus. Zusammen mit dem Nackten Jörg verließ man das Lokal.

Buddha Semmler, der einst seinen Spitznamen wegen seines Bauches bekam, machte sich schnell vom Acker. Ein nur ganz kurzer Gruß ließ seine Enttäuschung erahnen.

Der Nackte Jörg schwang sich auf sein Fahrrad.

„Sag mal, ist dir nicht kalt?“ fragte Lola noch, denn die Temperatur hatte sich um den Gefrierpunkt eingependelt.

„Kalt sind nur die Menschen. Tschüs“, war des Nackten Jörgs eigenwillige Antwort.

Als dieser im Nieselregen verschwunden war, sagte Lola: „Von hinten sieht es aus, als fahre unser Jörgeli ohne Sattel. Vielleicht sollte ich diese Sünde auch mal begehen. Macht bestimmt viel Spaß.“

Und Maria hieb in dieselbe Kerbe: „Einen Kettenschutz braucht der Nackte Jörg beim Radeln auch nicht.“

Einige Sekunden verstrichen, dann hatte es auch Herr Schweitzer kapiert. „Stimmt, Maria. Was sollte sich in der Kette auch verheddern können ...“

„Huch, da ist ja mein Taxi schon. Kann ich euch zwei Hübschen noch irgendwo absetzen?“

„Kommt drauf an, wo du hinfährst“, entgegnete Maria.

„Bischofsweg, rechts von der Darmstädter. Beim Sportplatz oben.“

„Oh, das ist günstig. Oder magst du noch woanders hin, Simon?“

„Nein, nein. Schon gut. Wir fahren mit.“

Das Taxi hielt, und sie stiegen aus. Die letzten dreihundert Meter wollten Maria und Herr Schweitzer zu Fuß gehen.

Durch das große Verandafenster sahen sie Jürgen in einem weißen Bademantel im Zimmer umherlaufen.

„Macht's gut, Kinderchen. Und laßt euch mal wieder blicken“, verabschiedete sich Lola. Sie kramte nach ihrem Schlüssel. Das Taxi entfernte sich.

„Ja, du auch. Wir kommen bestimmt mal wieder vorbei.“

Als sie sich Marias Bungalow näherten, hauchte Maria in Herrn Schweitzers Ohr: „Und nun, mein Schatz, gucken wir mal, ob wenigstens bei dir ein Kettenschutz nötig wäre.“

„Aber Maria, das weißt du doch.“

Es gibt Menschen, die leben auf Kosten anderer. Dann gibt es Menschen, die wollen im Leben niemandem etwas schuldig bleiben. Herr Schweitzer gehörte der letzten Kategorie an, auch wenn er die eine oder andere Telefonrechnung erst verspätet überwies. Dieser Wesenszug war Produkt der Erziehung durch seine verstorbene Mutter.

Dies muß man wissen, will man verstehen, warum Herrn Schweitzer die zusätzlichen zweitausend Euro von Sabine Sikora keine Ruhe ließen. Theoretisch hätte er sich darauf berufen können, daß die Auftraggeberin nicht explizit auf ein Foto von Lola bestanden hatte. Doch was nutzte es, wenn ihn das Gewissen plagte. Und der Umstand, daß Lolas Wohnung quasi um die Ecke von Marias Bungalow lag, nährte sein Unbehagen obendrein.

Ganz bewußt hatte er den Sonntag gewählt, Zur schwulen Frau Rauscher hatte da ihren Ruhetag, und die Chance, Lola in ihrer Wohnung zu wissen, war nach Herrn Schweitzers Ansicht recht gut. Er hatte sich Marias beste Kamera ausgeliehen. „Paß ja gut drauf auf“, hatte sie ihm mit auf den Weg gegeben.

Es muß so eine Stunde nach Sonnenuntergang gewesen sein – genau ließ sich das nicht sagen, zu grau und regenverhangen hatte sich der Himmel den ganzen Tag über präsentiert –, als Herr Schweitzer schon beim ersten Passieren des Grundstücks Lola durch das Verandafenster erblickte. Mit der Jeans und dem blaukarierten Holzfällerhemd hätte man sie durchaus für einen Mann halten können.

Geschickt hatte sich Herr Schweitzer auf dem zum Verkauf stehenden Nachbargrundstück hinter einer großen Tanne versteckt, so daß ihn kein zufällig vorbeikommender Passant entdecken konnte. Diese Sorge sollte sich als unbegründet erweisen, kein Mensch war bei diesem ungemütlichen Wetter unterwegs. Selbst Hundehalter gingen mit ihren Vierbeinern gerade mal an den Straßenrand vor ihrer Haustür. Trotz Parka, Pullover und Schal fror Herr Schweitzer jämmerlich. Einige Male hatte er Lola schon im Visier gehabt, doch immer war sie nur ganz kurz am Fenster stehengeblieben. Dann erschrak er ob eines Raschelns in seiner Nähe. Wahrscheinlich ein Vogel oder eine streunende Katze, sagte er sich.

Nach einigen Minuten enervierender Warterei zeigte sich Jürgen Sikora mit nacktem Oberkörper. Mit seiner dichten Brustbehaarung ließ er keinen Zweifel daran, wer von den beiden den männlichen Part ihrer homosexuellen Beziehung innehatte. Der Juwelier ging unentwegt auf und ab. Offenbar unterhielten sich die beiden über ein ernstes Thema.

Und dann endlich klappte es. Mit vor der Brust verschränkten Armen blieb Lola nur wenige Zentimeter vor dem Fenster stehen. Gedankenverloren sah sie in den Garten, den sie nur als verschwommene Silhouette oder als Schattenspiel wahrnahm. Dies war der Moment des Herrn Schweitzer. Mehrere Male betätigte er den Auslöser. Dann war Lola wieder verschwunden. Sofort überprüfte Herr Schweitzer die gemachten Aufnahmen, was sich als sehr schwierig gestaltete, der unaufhörliche Regen sorgte weiterhin für Verdruß. Erst als Herr Schweitzer die Kapuze seines Parkas als Schutz benutzte, konnte er etwas sehen. Mehr als deutlich blickte ihm Lola aus dem kleinen Rechteck entgegen. Er war sehr zufrieden mit sich.

Das schwache Motorengeräusch eines direkt vor dem herrenlosen Grundstück anhaltenden Autos ließ ihn aufhorchen. Mit flauem Magen bog Herr Schweitzer ein paar schwere Äste herunter. Ausgerechnet jetzt, dachte er, als er auch schon Sabine Sikora ihrem Benz entsteigen sah. Ein kurzes Erschrecken seinerseits, dann hatte er sich wieder im Griff. Aufmerksam beobachtete er ihre Schritte. Zielsicher steuerte sie Lolas Wohnung an. Ups, dachte daraufhin Herr Schweitzer, das kann ja heiter werden.

„Verfluchter Mist", hörte er Sabine fluchen. Mit ihren Absätzen hatte sie Schwierigkeiten mit der aufgeweichten Erde zwischen den Gehwegplatten. Sie bückte sich, und Herr Schweitzer konnte sie hinter dem kleinen Mäuerchen nicht mehr sehen. Ihre Schuhe nun mit den Händen tragend kam sie alsbald wieder zum Vorschein.

Das Klingeln ging im Plätschern der Regentropfen unter. Lola erschien unter der Lampe, die den Eingang beleuchtete. Sabine stürzte an ihr vorbei ins Haus. Der Travestit schaute entgeistert hinterher. An seinen fünf Fingern konnte sich Herr Schweitzer ausrechnen, daß es gleich fürchterlich abgehen würde. Obschon er sich dagegen sträubte, übermannte ihn die Neugier. So behende, wie es seine Leibesfülle zuließ, kletterte er über das kleine Mäuerchen. Moos und Schmutz blieb an seinen Händen kleben. Nur mit Mühe gelang es ihm, nicht auf dem matschigen, mit dem Laub des letzten Herbstes bedeckten Boden auszurutschen. Hinter einem Zierbrunnen fand er Zuflucht. Die Balustrade der Veranda beeinträchtigte seine Sicht kaum.

Herrn Schweitzer blieb fast das Herz stehen, als er Sabine mit einem Revolver in der rechten Hand im hervorragend ausgeleuchteten Wohnzimmer stehen sah. Oh nein, dachte er, die wird doch nicht ...

Instinktiv tastete er nach der Kamera. Den Schalter für den Videomodus kippte er nach links. Außer Sabine war niemand zu sehen. Aus dem wilden Revolvergefuchtel ließ sich ihr Gemütszustand ablesen. Sie mußte sehr, sehr wütend sein.

Vor lauter Schreck vergaß Herr Schweitzer, das Zoom einzustellen. Mit klammen Fingern ertastete er den Auslöser. Ein blinkendes grünes Lämpchen signalisierte Aufnahme.

Im linken Bildrand erschien nun Jürgen. Doch anstatt mit erhobenen Händen, wie man es ob der von dem Schießeisen ausgehenden Bedrohung wohl hätte erwarten dürfen, ging er mit ausgestreckten Armen, als fordere er die Herausgabe des Revolvers, auf seine Gattin zu. Trotzdem waren seine Schritte zögerlich. Sabine wich um einen halben Meter zurück.

Herr Schweitzer begann zu schwitzen und schnaufte schwer. Er wähnte sich im falschen Film. In einem Stummfilm, denn kein Geräusch drang durch die bestens isolierte Doppelverglasung des großen Fensters. Er registrierte, wie ihm die Knie weich wurden. Hätte er sein Handy mitgenommen, er hätte die Polizei verständigt. Innerlich fluchte er. Sich aus der Deckung zu wagen und einzumischen, hielt er für höchst unangebracht. Zu viel Zivilcourage konnte tödlich sein. Und er hatte noch einiges vor im Leben, also mußte er am selbigen bleiben.

Trotz der immensen Bedrohung hatte sich Jürgen seiner Frau immer weiter genähert. Lola schien sich im Nichts aufgelöst zu haben.

Und dann war doch etwas zu hören. Kurz hintereinander ertönten leise zwei dumpfe Schläge, die Herrn Schweitzer an eine Spielzeugpistole denken ließen. So eine, wie er in seiner Jugend immer zu Fasching benutzt hatte, als er im Cowboykostüm und Platzpatronen verpulvernd feindlichgesinnte Indianer zur Strecke brachte. Allerdings sackte daraufhin Jürgen zusammen, so daß sich das mit dem Spiel erledigt hatte. Ungläubig hielt er sich die Hände vor den Bauch. Zuerst landete er auf seinen Knien. Dann warf er Sabine noch einen Blick zu. Schließlich fiel er bäuchlings auf den Teppich und blieb dort regungslos liegen. Sabine indes starrte wie in Trance auf die Pistole, als könne sie nicht glauben, was soeben geschehen war. Lola blieb verschollen.

Herr Schweitzer hatte schon längst mit dem Filmen aufgehört. Die Kamera baumelte an seinem Hals. Die Kapuze war nach hinten gerutscht, und Regentropfen rannen über sein Gesicht. Der Würgreiz war nicht mehr zu beherrschen, so übergab er sich in den Brunnen. Mit beiden Händen umkrallte er die Statue inmitten des Beckens aus Sandstein. Einen weiteren Blick aufs Fenster wagte er nicht. Blitzende Sterne tanzten um seine Stirn. Als er das Schlagen einer Tür vernahm, ließ er sich auf die nasse Erde fallen. Mit letzter Kraft schleppte er sich hinter den Sockel. Ihm war nicht danach, sich auf dem Präsentierteller zu zeigen. Wer weiß, zu was Sabine jetzt, da sie sich warmgeschossen hatte, noch fähig war.

Aus seiner Deckung heraus sah er sie vorbeirennen. Noch immer war sie barfuß. Der Revolver hing wie ein Fremdkörper in der rechten Hand.

Noch nie in seinem Leben war Herr Schweitzer in einer derartigen Lage gewesen. Millionen Gedanken bemächtigten sich seiner. Ein konstruktiver war bei der ersten Durchsicht nicht dabei. Lediglich die Tatsache, daß ihn wahrscheinlich keine Menschenseele bemerkt hatte, drang zu ihm durch. Viele Tage später erst sollte in ihm die Erkenntnis reifen, es wäre am besten gewesen, die dreihundert Meter zu Maria zu rennen, um von dort die Polizei zu verständigen. Doch jetzt war jetzt, und alles andere nichts als Hypothese. Außerdem war er in Aufruhr. Wer wollte es ihm in Anbetracht des Dramas verdenken?

Herr Schweitzer wußte zwar, daß er um nichts in der Welt Lolas Haus betreten wollte, warum er aber stattdessen Sabine auf den Fersen blieb, konnte er später weder der Polizei noch sich selbst erklären. Zuerst hatte er sich sogar nicht mal gewundert, als sie an ihrem Auto, das ja direkt vor der Tür stand, vorbeigerannt war. Obwohl er am liebsten für den Rest seines Lebens liegengeblieben wäre, raffte er sich auf. Sich immer wieder umschauend, ob nicht Lola doch noch auftauchte, schlich er gebückt und unglaublich flink zum Gartentor. Sabine erspähte er drei Laternen weiter Richtung Darmstädter Landstraße. Sein Herz raste wie wild. Er nahm die Verfolgung auf. Seiner Achtung vor Revolvern Gebühr zollend achtete er darauf, den Abstand nicht zu verringern. So lange die Mörderin auf der Straße blieb und nicht nach rechts im Stadtwald verschwand, war das auch kein Problem. Am kleinen Parkplatz gegenüber der Sportanlage der TG Sachsenhausen bog sie nach links. Sie hatte an Geschwindigkeit eingebüßt, was Herr Schweitzer sehr begrüßte, sein konditioneller Zustand war nämlich ebenfalls unter aller Kanone. Ein vorbeirasender Mittelklassewagen mit aufgeblendeten Scheinwerfern spritzte eine riesige Wasserfontäne auf ihn. Gerade noch brachte er seine Hände schützend vor die Kamera. „Paß ja gut drauf auf.“ Er hatte die Worte seiner Liebsten noch deutlich im Ohr.

Beim Überqueren der Darmstädter Landstraße bei der Sachsenhäuser Warte, in deren Restaurant man gut essen konnte, drehte sich Sabine halb um. Herr Schweitzer drückte sich seitlich ins Gebüsch. Kleine Äste kitzelten sein Gesicht. Erst als sie gänzlich im Landwehrweg verschwunden war, wagte er sich aus seiner Deckung. Hurtig rannte auch er über den Asphalt. Drei kurz hintereinander am rechten Gehweg geparkte Kleinlaster verbargen ihm die freie Sicht auf Sabine, was gut und schlecht zugleich war, denn als er den letzten passiert hatte, war die Dame verschwunden. Da sich aber auf der anderen Straßenseite, auf der Sabine gegangen war, nur die rückwärtige, hohe Mauer des Südfriedhofs befand, konnte dies nur bedeuten, daß sie sich hinter einen der vielen Pkws geduckt hatte. Warum aber sollte sie das tun, bestimmt hat sie mich bemerkt, erkannte Herr Schweitzer sofort. Ihm rutschte das Herz in die Hose. Wie von einem elektrischen Schlag getroffen blieb er stehen und ging rückwärts und vorsichtig wieder zu dem Kleinlaster. Durch die Schlieren der am Seitenfenster herunterrauschenden Wassermassen versuchte er zu erkennen, was schräg vor ihm passierte.

Nichts geschah. Eine Minute verstrich. Herr Schweitzer nahm all seinen Mut zusammen und lugte über den Rückspiegel. Alles war ruhig. War Sabine zusammengebrochen und kauerte nun irgendwo hinter den Fahrzeugen? Wäre da nicht der Revolver gewesen, er hätte keine Zeit vergeudet.

Erst als sich seine Nerven etwas beruhigt hatten und er das offenstehende Tor des kleinen Nebeneingangs des Friedhofs bemerkte, hastete er über die Straße, jederzeit bereit, sich flach auf den Boden zu schmeißen, sollte doch noch auf ihn gefeuert werden. Zu seiner Freude pfiffen ihm keine blauen Bohnen um die Ohren. Unversehrt erreichte Herr Schweitzer den dunklen Mitsubishi. Er ging in die Hocke. Am Kotflügel preßte er sich die Nase platt und guckte um die Ecke. Der Bürgersteig lag wie leergefegt vor ihm. Er versuchte sich auszurechnen, vor wievielen Minuten er Sabine zuletzt gesehen hatte, und ob es überhaupt noch Sinn machte, ihr zu folgen. Aber da war ja noch sein Detektivblut. Dieses geleitete ihn zum Tor.

Herr Schweitzer mochte Friedhöfe. Zwei, drei Mal im Jahr pflegte er hier seine Runden zu drehen, um dann beim Verschnaufen von einer Bank aus das allgemeine Treiben zu betrachten. Besonders emotional war hier der Herbst, wenn sich am Vormittag die Nebelschwaden zwischen den Grabsteinen lösten. Im Moment jedoch waren ihm Friedhöfe zuwider. Im wahrsten Wortsinn lauerte dort der Tod. Wie eine Raupe preßte er sich an die Mauer. Ich zähl bis drei, dann geh ich rein.

Insgesamt zählte er vier Mal bis drei, dann erst ging er rein. Natürlich blieb er sofort stehen, denn das Areal war unbeleuchtet, und man sah die Hand vor den Augen nicht. Lediglich die zwei Baumkronen in seiner unmittelbaren Umgebung wurden noch schwach von den Lichtkegeln der Straßenlaternen erreicht. Herr Schweitzer machte einen Schritt nach vorne. Der Kies unter seinen Füßen knirschte. Langsam nahmen seine Augen Konturen wahr. Weiter als zehn Meter konnte er aber nicht sehen. Er stolperte über einen heruntergefallenen Ast und kam ins Straucheln. An einem Grabstein konnte er sich gerade noch festhalten. Eine tiefe Sinnkrise durchwallte plötzlich seinen Körper. Was mache ich hier eigentlich?

Gute Frage. Herr Schweitzer wußte es nicht. Sabine war bestimmt schon über alle Berge. Und Jürgen, sofern nicht restlos tot, benötigte vielleicht einen Notarzt. Ach nein, dachte er, da ist ja noch Lola. Gewiß hatte sie alles Nötige veranlaßt. Oder hatte sie auch den Kopf verloren? Oder war sie auch ermordet worden? Er hatte sie durch das Fenster zwar nicht gesehen, aber das Zimmer war größer als der kleine erleuchtete Fensterausschnitt. Und mit zwei Schüssen konnte man rein rechnerisch auch zwei Leutchen umpusten. War Sabine demzufolge also eine Doppelmörderin? Herrn Schweitzer schwirrte der Kopf.

Überlegtes Handeln ist das Wahrzeichen echter Männer. Bislang war er davon weit entfernt gewesen. Doch nun, da er Sabine endgültig aus den Augen verloren hatte, kehrte auch seine Ratio wieder zurück. Nicht mehr ganz so flink wie anfangs verließ er den Südfriedhof. Vier Minuten später betrat er das Foyer des Hotels Holiday Inn an der Mailänder Straße. Zielstrebig steuerte Herr Schweitzer die Rezeption an. Geschultes Personal nahm ihn in Augenschein.

Obschon er mit seinen durchweichten und verdreckten Klamotten aussah wie ein Obdachloser, wurde er höflich empfangen: „Was kann ich für Sie tun?“ Nicht die Spur von Unbehagen oder Überraschung war aus der angenehmen Stimme der jungen Dame herauszuhören.

Herr Schweitzer sortierte sich. Er öffnete seinen Parka, auf daß der saubere Pullover die Ernsthaftigkeit seines Anliegens transportierte. „Sie mögen mich für verrückt halten ...“

„Keineswegs, mein Herr.“

Der Einstieg war schon mal ganz gut, fand Herr Schweitzer, der ja selbst nicht recht glauben wollte, was in den letzten Minuten so alles passiert war. „Also. Nicht ganz ein Kilometer von hier ist mindestens ein Mord geschehen. Wir sollten die Polizei verständigen.“

„Das klingt sehr vernünftig. Haben Sie auch überprüft, ob die oder der Tote wirklich tot ist? Wenn nicht, könnte ein Rettungswagen helfen. Dazu sind die da.“

Wau, dachte Herr Schweitzer, die Dame ist echt cool, da sollte ich mir mal eine Scheibe abschneiden. Natürlich wußte er nicht, daß sie nur deswegen so cool war, weil sie vor ein paar Tagen, kurz vor der Hochzeit, ihr Freund hat sitzen lassen. Selbst ein Atompilz über Offenbach hätte sie nicht aus ihrem Fatalismus reißen können. Okay, okay, ein Atompilz über Offenbach wäre so schlimm auch wieder nicht gewesen. So denken zumindest viele Frankfurter. Nach der Dekontamination könnte man vielleicht einen Freizeitpark daraus machen. Mit einem kleinen See zum Tretbootfahren.

„Ja, einen Rettungswagen auch."

Die Dame griff nach dem Hörer. „Wohin soll ich sie schicken?"

„Die genaue Hausnummer weiß ich nicht, aber Bischofsweg, fast Ecke Lerchesbergring wäre echt super", antwortete Herr Schweitzer, der von der Lässigkeit der Rezeptionistin beeindruckt war und sich bereitwillig anstecken ließ. Mittlerweile war ein Kollege hinzugekommen und wunderte sich gar arg ob des Dialogs der beiden. Der Detektiv fügte noch hinzu: „Vor dem Haus steht ein silbergrauer Mercedes, nur so als Orientierungshilfe."

„Und die Polizei? Wollen Sie hier abgeholt werden?"

Des Herrn Schweitzers Adrenalin war inzwischen verpufft, und er fühlte sich fix und fertig. Außerdem würde er um keinen Preis der Welt alleine zum Tatort zurück wollen. „Oh, wenn Sie das arrangieren könnten ..."

„Selbstverständlich, mein Herr. Sie sind ja hoffentlich nicht der Mörder, sondern bloß ein harmloser Zeuge. Oder täusche ich mich gerade?"

Ihrem Kollegen stand der Mund sperrangelweit offen.

„Nein, nein, gottbewahre! Ich bin doch kein Mörder."

„Ansonsten hätten Sie ja auch eine Pistole statt der Kamera dabei."

Au weia, dachte Herr Schweitzer, als er das Gerät total verdreckt an sich herunterhängen sah, das gibt Ärger mit Maria. „Apropos Pistole, da draussen ...", er deutete auf die Drehtür, „... läuft die Mörderin rum."

„Eine Frau?"

„Ja."

„Personenbeschreibung?"

„Barfuß."

„Das dürfte reichen. Nicht mal der Nackte Jörg läuft bei diesem Wetter barfuß durch die Gegend."

Der Kollege sah sich bemüßigt einzugreifen: „Wenn ich auch mal ..."

„Du hältst jetzt die Klappe. Hast du nicht zugehört? Da draußen läuft eine Mörderin herum. Warum also ist die Pforte noch nicht verschlossen? Oder sollen unsere Gäste auch noch niedergemetzelt werden?"

Des derart rüde Angesprochenen Kinnlade klappte herunter. „Na klar, die Tür zumachen. Jawohl." Er tat wie ihm geheißen.

Für's Protokoll: Der Notruf ging um 19 Uhr 59 ein. 20 Uhr 04 bog ein Streifenwagen mit Blaulicht und Tatütata auf die Einfahrt zum Holiday

Inn ein. Um 20 Uhr und 9 Minuten suchten bereits mehr als zehn Streifenwagen das Gebiet rund um den Südfriedhof nach einer weiblichen Person, barfuß, eventuell gefährlich, weil bewaffnet, ab.

Herr Schweitzer mußte im Wagen sitzenbleiben, während die beiden Beamten mit entsicherten Waffen im Anschlag das Haus betraten. Gerne hätte er seine Freundin angerufen, die sich bestimmt schon Sorgen machte. Ausserdem hatte er vergessen, den Polizisten mitzuteilen, daß das Verbrechen von ihm gefilmt worden war. Der eintreffende Rettungswagen parkte an der Stelle, wo einstmals der silbergraue Benz stand. Wieso ist der eigentlich weg? fragte sich nun Herr Schweitzer, der das Verschwinden erst gar nicht bemerkt hatte.

Über den Polizeifunk konnte er die neusten Entwicklungen bei der Suche nach Sabine Sikora verfolgen. Wenn er das Gekrächze richtig verstand, war die Fahndung weiterhin in vollem Gange. Jemand forderte Spürhunde an, und sämtliche Ausgänge des Südfriedhofs wurden abgeriegelt. Die erzwungene Untätigkeit, zu der er verdammt war, schmeckte Herrn Schweitzer ganz und gar nicht.

Einer der Polizisten kehrte zurück und berichtete der Zentrale, am Tatort sei alles voller Blut, es gäbe aber keine Leiche. Eventuell sei der Ermordete also noch am Leben, und man möge deswegen die Fahndung doch bitte schön auch auf das Opfer ausweiten, das sich nach der verlorenen Blutmenge zu urteilen aber nicht weit entfernt haben dürfte. Und ob die Spurensicherung schon unterwegs sei? Und ja, der Zeuge mache einen seriösen Eindruck, wirke soweit auch gefaßt und sitze bei ihm im Wagen. Der Polizist drehte sich zu Herrn Schweitzer und nickte ihm wohlwollend zu.

„Äh, kann sein, daß ich den Mord gefilmt habe“, ergriff dieser die Gelegenheit, die Aufmerksamkeit auf sich zu lenken.

„Kann sein?“

„Na ja, ich gebe Ihnen mal die Kamera, da ist alles drauf. Ob die Aufnahmen was taugen, kann ich nicht sagen. Sie sehen ja selbst, das Wetter und so.“ Herr Schweitzer spekulierte darauf, daß die Jungs von der Bullerei ihm den Fotoapparat später gesäubert zurückgeben würden. Er reichte das Gerät nach vorne.

„Wie kommen Sie eigentlich dazu, einen Mord zu filmen?“

„Ich bin Detektiv. Im Prinzip wollte ich nur ein Foto von Lola. Die ist aber ein Mann. Den Auftrag dazu hatte ich von der Mörderin.“

Der Polizist fragte sich, ob es richtig war, der Zentrale zu sagen, der Zeuge wirke gefaßt. „Wer ist Lola? Sie sagten doch, der Ermordete sei ein gewisser Jürgen Sikora.“

„Das schon. Aber Lola war seine Freundin.“

„Im Satz zuvor sagten Sie eben, Lola sei ein Mann. Wieso also Freundin?“

„So richtig verstehe ich das auch nicht. Lola läuft halt gerne in Frauenkleidern rum. Bedeutet das, daß Jürgen schwul ist?“

Der Polizist kratzte sich am Kinn. „Hmm. Normalerweise ist schwul doch, wenn Mann es mit Männern treibt, oder?“

„So sehe ich das auch“, sagte Herr Schweitzer, „aber Lola ist ein Travestit. Vielleicht könnte man so eine Beziehung dann als halbschwul bezeichnen.“

„Das wäre eine Idee ... Aber wieso wollte Frau Sikora, daß Sie Fotos machen? Ist die auch pervers?“

„Pervers würde ich das nicht nennen. Klingt irgendwie nicht tolerant genug.“

„Ach ja, stimmt. Man sagt ja auch nicht mehr Neger. Wissen Sie, wir müssen jedes Jahr zu solchen Schulungen, da kriegt man das beigebracht.“

„Daß Schwarze keine Neger sind?“

„Genau. Und Vietnamesen darf man auch nicht mehr Fidschis nennen. Aber das ist eher ein Problem in Ostdeutschland. In Frankfurt gibt‘s ja so gut wie keine Fidschis.“

„Vietnamesen“, korrigierte Herr Schweitzer.

„Genau, Schlitzaugen.“ Der Polizist mußte über seinen eigenen Witz lachen.

Auch Herr Schweitzer konnte sich ein Schmunzeln nicht verkneifen.

Inzwischen wimmelte es im Bischofsweg von lauter Polizeiautos. Etliche Nachbarn wollten sich das Ereignis nicht entgehen lassen und standen in Grüppchen vor dem Haus. Hier gebe es nichts zu sehen. „Bitte gehen Sie nach Hause“, hieß es von Seiten der Polizei. Aber die Nachbarn waren ja nicht blöd, natürlich gab es was zu sehen.

„Wie geht das hier jetzt weiter?“ wollte Herr Schweitzer nun in Erfahrung bringen.

„So genau weiß ich das auch nicht. Bei Mord kommen natürlich unsere ganz wichtigen Kommissare aus den Löchern gekrochen. Komisch, daß noch keiner da ist.“

„Sie meinen, es kann länger dauern?“

„Davon ist auszugehen. Und so einen prima Zeugen wie Sie haben wir auch nicht oft. Den Mord sogar gefilmt ...“ Der Polizist drehte die verdreckte Kamera in den Händen. „Na, so, wie die aussieht, hoffentlich ist das Beweismaterial noch heil.“

Neue düstere Wolken verdunkelten Herrn Schweitzers Seelenheil. Vor Sabine Sikoras Revolver war er nun zwar in Sicherheit, doch seine Freundin Maria von der Heide würde ganz schön in die Luft gehen, sobald sie sah, wie er mit ihrem Fotoapparat umgegangen war. Ihm drohte Ungemach. „Ja, das hoffe ich auch.“

„Ups“, entfuhr es nun dem Polizisten, „hab ich ja ganz vergessen.“ Er stieg aus und öffnete die hintere Tür. „Wenn Sie bitte mal aussteigen würden. Ich muß Sie noch durchsuchen.“

„Warum denn das?“

„Tja“, der Staatsbeamte zierte sich ein bißchen, „wäre doch doof, wenn der angebliche Zeuge, also Sie, der Mörder wäre und hier noch rumballert. Ich muß Sie nach Waffen abtasten. So lautet die Vorschrift.“

Das leuchtete Herrn Schweitzer ein. In Zeiten, in denen das Böse immer und überall ist, kann man nicht vorsichtig genug sein. Er hievte seinen Körper nach draußen und lehnte sich mit gespreizten Beinen an den Wagen, so daß der Beamte seiner Pflicht nachkommen konnte. Als eifrigem Tatort-Gucker war ihm dieses Ritual vertraut.

„Danke. Sie können draußen stehen bleiben.“

Da es zu regnen aufgehört hatte, nahm Herr Schweitzer das Angebot an. Vor dem Ambulanzwagen standen die Sanitäter abwartend herum und rauchten. Einen dicklichen Polizisten hinter sich herzerrend, huschte ein Schäferhund an ihm vorüber. Im Garten des Mordhauses leuchteten die ersten Scheinwerfer. Durch das Fensterglas sah Herr Schweitzer die Spurensicherung ihrer Arbeit nachgehen.

„Oberkommissar Schmidt-Schmitt. Ich leite die Untersuchung. Bitte setzen Sie sich.“

Der Detektiv vermutete einen Sprachfehler: „Herr Schmidt?“

„Nein, nein. Schmidt-Schmitt. Meine Frau heißt auch Schmitt.“

Herr Schweitzer war pure Aufmerksamkeit. Tatsächlich, der Bulle meinte das ernst. Um sicher zu gehen, hakte er nach: „Wie wird Schmidt-Schmidt geschrieben?“

„Einmal Dee-Tee, einmal Tee-Tee. Ich bin der Dee-Tee-Schmidt. Warum grinsen Sie?“

Er wollte gar nicht grinsen. Das war ihm nur so rausgerutscht. „Ich grinse doch gar nicht.“

Oberkommissar Schmidt-Schmitt winkte ab. „Ist ja auch egal. Ich weiß nicht, wie es Ihnen geht, aber ich bin hundemüde.“

„Ich auch“, bestätigte Herr Schweitzer sogleich.

„Dann packen wir‘s mal an. Also, ganz von vorne. Warum standen Sie zum Zeitpunkt des Verbrechens mit einer Kamera im Garten herum?“

„Ganz von vorne? Dann müßte ich in Laos beginnen ...“

„Dann eben Laos.“ Schmidt-Schmitt schaltete den Kassettenrekorder an.

Unter Aussparung der Drogendelikte berichtete Herr Schweitzer in aller

Klar- und Ausführlichkeit über sämtliche Geschehnisse rund um das Juwelierspaar Sikora. Er saß im Sachsenhäuser Polizeirevier auf der Offenbacher Landstraße. Obwohl er das Gefühl hatte, der Mord läge schon viele Stunden zurück, war es erst kurz nach neun. Marias Kamera war vorerst konfisziert und auf dem Weg zur labortechnischen Untersuchung.

„Sie sind ein guter Zeuge, Herr Schweitzer", lobte Oberkommissar Schmidt-Schmitt, nachdem Herr Schweitzer geendet hatte. „Es ist Ihnen auch kein Vorwurf zu machen, jedenfalls von mir nicht, daß Sie nicht als erstes die Polizei gerufen haben, anstatt Frau Sikora zu suchen. Die Verfolgung hätte ja auch erfolgreich sein können."

„Danke", sagte Herr Schweitzer mit stolzgeschwellter Brust. „Kann ich jetzt gehen?" Er wollte heim zu Maria.

„Ich befürchte: nein. Sie müssen noch mal mit in den Bischofsweg und uns zeigen, wo Sie genau gestanden haben, als der Mord geschah, wenn's überhaupt ein Mord war. Damit wir die Spuren auch richtig zuordnen. Die meisten Fehler werden immer am Anfang gemacht."

„Ist klar, Herr Schmidt-Schmitt."

„Einmal Schmidt reicht vollkommen. Schmidt-Schmitt müssen Sie nur sagen, wenn meine Frau dabei ist."

Zum Zeichen seiner Verständnislosigkeit schüttelte Herr Schweitzer den Kopf.

Der Oberkommissar beugte sich nach vorne. „Meine Frau ... lieb ... sehr glückliche Ehe ... hat früher jeden Monat Emma gelesen ... Sie wissen, die Emanzipationszeitschrift."

„Kenne ich ... liest meine Freundin auch", entgegnete der Detektiv. Das war allerdings nichts als reine Männersolidarität. Maria las gewöhnlich keine Emma. Nur ein einziges Mal hatte Herr Schweitzer ein Exemplar in ihrer Wohnung gesehen. Und selbst wenn, so dachte er, dann sollte ich derjenige sein, der Emma liest. Manchmal war ihm seine Freundin zu dominant.

„Kommen Sie, der Streifenwagen wartet."

Herr Schweitzer nahm seinen Parka von der Stuhllehne. Eine schmutzigbraune Lache hatte sich auf dem Boden gebildet. Und Herr Schmidt-Schmitt war ihm, nachdem er nicht mehr auf Schmidt-Schmitt bestand, sondern mit einem Schmidt zufrieden war, recht sympathisch geworden.

Der Bischofsweg wurde gleich an der Ecke zur Darmstädter Landstraße von einem querstehenden Polizeiauto blockiert. Nicht einmal Anwohner wurden mehr durchgelassen. Dem Polizeifunk entnahm Herr Schweitzer, daß Sabine Sikora weiterhin flüchtig und die Fahndung jetzt großräumig bis Oberrad, Neu-Isenburg und dem Kleingartengebiet Louisa ausgeweitet war. Und ein Kamerateam des Hessischen Rundfunks war mittlerweile auch eingetroffen. Direkt an der Absperrung gab ein Beamter im gleissenden Scheinwerferlicht ein Interview.

Akribisch und detailgetreu beschrieb der unfreiwillige Held Schweitzer dem Oberkommissar Schmidt-Schmitt, wo er sich kurz vor, während und kurz nach der Tat überall aufgehalten hatte. Und die Kotzbrocken im Brunnen stammten von ihm, da brauche kein Gen-Test vorgenommen zu werden. Er, Herr Schweitzer, sei da kurzzeitig destabilisiert gewesen.

Nach nur fünf Minuten war der Käse gegessen, und der Detektiv hatte seine Schuldigkeit getan. Das Angebot Schmidt-Schmitts, ihn die wenigen Meter zu Maria zu fahren, lehnte Herr Schweitzer ab. Das sei nicht nötig, außerdem tue ihm gerade jetzt, nach all der Aufregung, Frischluft besonders gut. Falls noch was sei, der Herr Oberkommissar wisse ja, wie man ihn erreichen könne. Und auf jeden Fall soll man gut auf die Kamera aufpassen, die sei seiner Freundin.

Im Bademantel saß Herr Schweitzer auf dem Sofa in Marias Wohnzimmer. Gerade eben hatte er seinen Abenteuerbericht beendet. „Das ist ein echter Knüller, gelle?“

Doch seine Freundin war weit davon entfernt, beeindruckt zu sein: „Ich weiß nicht. Da geht der Herr weg, um ein paar belanglose Fotos zu schiessen, und dann kommt er total verdreckt mit einem Mord zurück. Das kann auch nur dir passieren.“

Ein bißchen mehr Respekt hatte sich Herr Schweitzer schon erhofft.

„Ich schmeiß jetzt deine Klamotten in die Waschmaschine. Wenn du noch einen Tee magst, du weißt ja, wo du ihn findest.“

„Hab noch, danke“, grummelbrummelte er. Kurz dachte er daran, noch ins Weinfaß zu gehen. Und wenn auch sonst niemand da sein sollte, die Wirtin Bertha würde seine Geschichte wie ein ausgetrockneter Schwamm aufsaugen. Im Gegensatz zu Maria hatte die alte Dame ein Gespür für Heldentum. Allein, Herrn Schweitzers körperliche Konstitution ließ das nicht zu. Von der ganzen Rennerei brannte ihm noch immer die Lunge, und so nach und nach stellten sich auch die ersten Anzeichen eines Muskelkaters ein. „Maria“, schrie er.

„Ja, mein Schatz.“

„Hast du noch etwas Franzbranntwein? Mir tun die Füße weh.“

„Ach Gottchen. Wir sollten mal wieder ausgiebig wandern gehen. Ich hab keine Lust, meine besten Jahre mit einem Wrack zu verbringen.“

Gnagnagna, grummelbrummelte Herr Schweitzer abermals. „Bin kein Wrack.“

Maria kam mit einer Flasche wieder. „So, mein Kleiner. Jetzt leg mal die

Füßchen auf meinen Schoß."

Er befolgte die Anweisung.

„Äh, nein, Simon. Du gehst jetzt erst mal duschen." Dabei rümpfte Maria die Nase.

Der Held schlüpfte in die Pantoffeln – deswegen auch Pantoffelheld – und ging ins Badezimmer. Er duschte heiß, bis die Haut glühte.

Dann erwartete ihn der nächste Hammer: „Simon, du weißt noch, daß wir morgen abend in Bornheim zu einer Vernissage eingeladen sind und ich dort Fotos machen soll? Du hast denen hoffentlich gesagt, daß du die Kamera morgen wieder brauchst."

Das hatte Herr Schweitzer natürlich vergessen. Doch dessenungeachtet konnte so eine blöde Vernissage nie und nimmer mit einer Mordaufklärung konkurrieren. „Natürlich, Liebling. Der Herr Oberkommissar hat mir versprochen, gleich morgen früh die Kamera vorbeizubringen."

„Dann ist ja gut."

Nichts war gut. Nicht nur, daß er zur Zeit verdammt viel zu verarbeiten hatte, nein, nun mußte sich Herr Schweitzer auch noch um die Kamera kümmern. Das Leben konnte einem manchmal echt zur Last werden. Er schlürfte seinen Tee und wünschte sich, es wäre Whiskey. Der Gedanke gefiel ihm. Whiskey. Irgendetwas brauchte er, sonst würde er nicht einschlafen können. Nicht nach so einem Tag. In der Küche besorgte sich Herr Schweitzer das Benötigte, versank noch ein bißchen in Selbstmitleid und schlief ein.

In derselben Nacht, allerdings am Morgen, als der Detektiv sich noch unruhig im Bett wälzte, standen am Frankfurter Flughafen zwei Männer vor der Paßkontrolle. Sie waren nur leicht bekleidet, denn am Zielort erwarteten sie tropische Temperaturen. Wenn alles glattging, würde ihre Maschine als eine der ersten starten. Der Reisepaß dessen, der als erster durchging, lautete auf den Namen Waldemar Hanuch. Der Ausweis war ebenso echt wie der seines Begleiters Lothar Beitz, der gehörig schwitzte. Das hatte seinen Grund. Lothars Reisedokument gehörte nämlich einem anderen, der ihm wie aus dem Gesicht geschnitten ähnelte und eine Stange Geld dafür bekommen hatte, in ein paar Tagen den Paß als gestohlen oder verloren zu melden. Lothar Beitz war also mitnichten Lothar Beitz und dementsprechend fiel ihm auch ein Stein vom Herzen, als der Beamte ihm eine gute Reise wünschte.

„Siehst du, so einfach war das", sagte Waldemar Hanuch, als sie wieder vereint waren.

„Ja, du hast recht. Ich bin aber erst beruhigt, wenn wir im Flieger sitzen."

„Mach dir da mal keine Gedanken. Du wirst sehen, alles wird gut."
„Dein Wort in Gottes Ohr."

Mord und Totschlag gehen sensiblen Menschen nahe. Man kann dann nicht einfach zur Tagesordnung übergehen und schlafen, als wäre nix gewesen. Drei randvolle Gläser Whiskey und Marias Anwesenheit hatten Herrn Schweitzer keinen unbeschwerten Schlaf finden lassen. Von unzähligen Gedanken war er gemartert worden. Zudem schmerzten seine Glieder ob der gestrigen Anstrengungen. Nur gelegentlich war er vom Dösen in einen kurzen Schlaf gesunken. Kein Wunder, daß er weit vor seiner Freundin das Bett verließ und sich einen Kaffee kochte.

In den Fernsehnachrichten, die sich Herr Schweitzer hernach anschaute, wurde bereits über das Verbrechen berichtet. Er verschüttete fast den Kaffee, als die Neuigkeit über den Bildschirm flimmerte, die Kripo habe das Fluchtauto bei den Bootshäusern in der Nähe der geschichtsträchtigen Gerbermühle sichergestellt. Neue Erkenntnisse habe es aber noch nicht gegeben, gegenwärtig sei man dabei, die im Kofferraum sichergestellten Blutspuren zu untersuchen. Von der Flüchtigen fehle weiterhin jede Spur.

Blut im Kofferraum, soso. Es war nachgerade naheliegend, daß sich Herr Schweitzer fragte, wie es wohl dorthin gekommen sein mochte. Und der logische Gedanke, ein außerplanmäßiger Leichentransport habe für diese Spuren gesorgt, stellte sich auch umgehend bei ihm ein. Doch warum sollte wer auch immer die Leiche fortschaffen wollen? Und da Bootshäuser naturgemäß am Wasser liegen, hier namentlich am Main, warum die Leiche in den Fluten versenken? War Sabine, nachdem er sie aus den Augen verloren hatte, zum Tatort zurückgekehrt? Genügend Zeit wäre ja gewesen, doch traute er diesem zierlichen Persönchen einen solchen Kraftakt nicht zu. Dann schon eher Lola. Doch auch hier stellte sich die Frage nach dem Warum und Wozu. Und wenn Lola auch tot war, hätte Sabine zwei Leichen beseitigt. Wie man es auch drehte und wendete, die Beantwortung der Fragen erforderte einen großen Geist. Herr Schweitzer dachte an sich.

Wenn man keinen Plan hat, darf man sich nicht wundern, wenn der Plan schiefgeht, sinnierte er. Mit Sicherheit steht Sabine noch unter Schock und irrt irgendwo im Wald umher. Er, Herr Schweitzer, würde weniger konfus agieren. Er holte sich einen Zettel und notierte, was er heute alles zu tun gedachte. Ein Programmpunkt ließ sich sofort erledigen.

Als Hemmschuh erwies sich, daß seine Klamotten noch feucht über der Wäscheleine hingen. Bei Maria hatte er zwar frische Unterwäsche und Hemden deponiert, aber keine Hose. Mit ihrem Fön trocknete er sein Beinkleid. Das ging nicht ohne Geräusche ab.

„Was bist du denn schon auf? Und was machst du da?" fragte ihn eine

verschlafene Maria. Unerwartet hatte sie die Badezimmertür geöffnet.
„Ich brauche meine Hose."
„Jetzt?"
„Joo. Ich muß was nachgucken gehen."
„Komm mir aber ja nicht wieder mit einem Mord nach Hause, hörst du?"
„Keine Sorge. Mein Bedarf ist gedeckt."
„Komm her und gib deinem Schatz mal einen Kuß."
„Schmatz."
„Schmatz."
Fummelfummel.
„Ich muß jetzt los."
„Schade."

Herr Schweitzer hatte den 36er Bus genommen und die letzten Meter zu Fuß zurückgelegt. Ohne jedwede Bedenken, ob ihn jemand sehen konnte, öffnete er das kleine Tor. Die anläßlich des 471. Sachsenhäuser Brunnenfestes im Jahre 1961 eingeweihte Frau Rauscher wirkte, als wolle sie dem Detektiven Frühstücksbrötchen aus ihrem Korb reichen. Doch Herr Schweitzer hatte für solche Details kein Auge.

Auf den ersten Blick erkannte er, was los war. Nur notdürftig waren die Spuren verwischt. Der Pflasterstein lag ein paar Zentimeter tiefer als seine Nachbarn. Die Kassette mit den Drogen war verschwunden. Was das jetzt bedeutete, war ihm höchst schleierhaft. Herr Schweitzer fragte sich, ob es klug war, der Polizei hiervon nichts zu erzählen. Doch nach wie vor sah er keinen kausalen Zusammenhang zu dem Mord oben im Bischofsweg. Das Lokal Zur schwulen Frau Rauscher lag einsam im Morgennebel. Die Rolläden waren heruntergelassen.

Der zweite, eminent wichtige Punkt war Marias Fotoapparat. Daher steuerte er das Polizeirevier in der Offenbacher Landstraße an.

Ja, man habe die Aufnahmen bereits überspielt, und auch ja, er könne das Gerät wieder mitnehmen. Herr Schweitzer kippte fast aus den Latschen, er hatte mit erheblichem Widerstand gerechnet. Und was besonders erfreulich war, der Apparat glänzte, als käme er direkt aus der Fabrik. Den Beamten kannte er vom Sehen. Vielleicht hatte ihn sein Kumpel Frederik Funkal mal mit in den Frühzecher genommen, überlegte ein vor Glück überschäumender Herr Schweitzer.

Und so eine Glückssträhne soll man nicht achtlos an sich vorbeiziehen lassen. Ergo fragte er: „Habt ihr Frau Sikora schon gefunden?"

Die Kripo habe ihre Einsatzzentrale kurzerhand hierher verlegt, man sei so besser am Geschehen dran, hörte er den Polizisten sagen, aber Frau Sikora sei nach wie vor vom Erdboden verschluckt. Das mache aber nichts, es sei nur eine Frage der Zeit, bis die wieder auftauche. Die Presse habe übrigens auch schon nach ihm gefragt.

„Die Presse?"

„Wer sonst? Schließlich ist so ein feinsäuberlich dokumentierter Mord ja eine feine Sache. Aber wir dürfen ja keine Personalien rausrücken." Der Polizist seufzte vernehmlich. „Die würden bestimmt gut zahlen."

Herr Schweitzer horchte auf. „Gut zahlen?"

„Für Exklusivfotos. Ein paar Hunderter dürften da rausspringen bei."

Daran hatte er noch überhaupt nicht gedacht. „Ja, glauben Sie denn, Oberkommissar Schmidt-Schmitt würde das zulassen?"

„Fragen Sie ihn doch, wenn er wiederkommt. Ich glaube aber, der ist immer noch oben." Der Polizist überreichte ihm ein Kärtchen. „Meine Schwester. Hat außerdem noch gute Kontakte zum Fernsehen. Viel Glück."

„Tschüs. Und nochmals vielen Dank."

„Wofür?"

„Daß ich den Fotoapparat so schnell wiederbekommen habe. Wissen Sie, der gehört nämlicher meiner Freundin."

Im Flur betrachtete Herr Schweitzer die Visitenkarte. Ohne Lesebrille konnte er aber nur den Namen erkennen.

Hinter der Tür hoffte der Beamte, dieser komische Detektiv möge sich sehr bald bei seiner Schwester melden. Und wie immer würde auch ein bißchen Kohle für ihn dabei rausspringen. Bei dem Gehalt konnte man ja fast verhungern. Und zu allem Überfluß hatte da gestern auch noch die zweite Mahnung für die Harley-Reperatur im Briefkasten gelegen. Im nächsten Leben würde er einen anständigen Beruf erlernen.

Es war kaum zu glauben, aber über Oberrad war die Wolkendecke aufgerissen, und es zeigte sich ein blauer Himmel. Herr Schweitzer ergötzte sich an der Farbe, die ihm wie ein Omen erschien. Vielleicht hatte der Frühling Sachsenhausen doch noch nicht vergessen.

Quietschende Reifen rissen ihn aus seinen kontemplativen Betrachtungen. Der ihm bekannte Oberkommissar entstieg einem dunklen Opel und öffnete die hintere Tür des Wagens. Ein weiterer Polizeibeamter hielt seine Hand unter den Rahmen, damit die nun aussteigende Person sich nicht den Kopf verletzte. Sabine Sikora. In eine graue Decke gehüllt. Ihr Gesicht, gezeichnet von Übernächtigung und Rotz- und Wasserheulen.

Herr Schweitzer hielt inne. Eine weitere Tür schlug mit einem lauten Knall zu. Er dachte sich aber nichts dabei, bis er fast umgerempelt wurde. Ein Fotograf in Jeansjacke und roten Turnschuhen postierte sich vor ihm und machte Aufnahmen im Sekundentakt. Das Blitzlichtgewitter verzerrte Sabines Gesicht zusätzlich. Der ganz kurz auf Herrn Schweitzer gerichtete

Blick verriet ihm nicht, ob sie ihn erkannt hatte. Aus ihren Augen sprach alles Elend dieser Welt. Schmidt-Schmitt bedeckte Sabines Haupt mit der grauen Decke und führte sie wie eine Blinde zum Eingang des Polizeireviers.

Der Pressevertreter schmiß sich daraufhin an die Hauswand, ging in die Knie und fotografierte weiterhin wie verrückt. Aha, dachte Herr Schweitzer, so sieht er also aus, der Job eines Sensationsfotografen der hetzerischen Regenbogenjournaille. Es war das erste Mal, daß er so etwas live mitbekam. Obwohl er nichts dafür konnte, schämte er sich für den aufdringlichen Fotografen. Er wünschte sich, es wäre anders, doch peinliche Situationen ließen Herrn Schweitzer nie unberührt. Aber derartige Eigenschaften gehörten nun mal zum Wesenszug hochsensibler Menschen wie er einer war.

„Entschuldigen Sie", fragte nun der Pressefutzi, „können Sie uns sagen, ob es sich bei der festgenommenen Person um die gesuchte Mörderin handelt?"

Oberkommissar Schmidt-Schmitt, dessen Augenringe ebenso tief und dunkel wie die Sabines waren, stutzte, blieb stehen und ging gefährlich langsam auf den Fotografen zu. „Verschwinden Sie, Sie Arschloch, sonst lasse ich Sie festnehmen."

Dem Hannebambel – hessisch und sehr frei übersetzt für nicht ernstzunehmende Person – verschlug es daraufhin die Sprache.

Auf Herrn Schweitzers Sympathieskala machte der Herr Oberkommissar einen gewaltigen Schritt nach vorne.

„Selber Arschloch", murmelte der Fotograf. Aber erst, nachdem die Tür des Polizeireviers ins Schloß gefallen war.

Das Loch über Oberrad hatte sich wieder geschlossen. Das Einheitsgrau der letzten Tage war präsenter denn je. Herrn Schweitzer fröstelte. Er entfernte sich.

Beim Bäcker am Wendelsplatz kaufte er frische Brötchen.

Die Aufnahmen waren exzellent. Wenn man es nicht besser wüßte, man könnte meinen, ein professionelles Filmteam sei am Werk gewesen und habe die Szene nach allen Regeln der Kunst ausgeleuchtet. Selbst durch den Regen und das Verandafenster hindurch waren Sabine und Jürgen gestochen scharf zu erkennen.

Maria hatte ihm dabei geholfen, die Bilder von der Kamera auf den PC zu überspielen. Wegen der Qualität staunte Herr Schweitzer noch immer Bauklötze. Gemeinsam mit seiner Freundin hatte er die Szene mehrmals angeschaut. Bis auf das verwackelte Ende, nachdem die zwei Schüsse gefallen waren, hatte er ein ruhiges Händchen bewiesen.

„Echt stark, Simon. Auf Anhieb hast du die richtige Brennweite getroffen. Das gelingt den wenigsten, die mit dieser Kamera arbeiten. Normalerweise bedarf es da viel Übung vorher.“

Herr Schweitzer hatte mal gar nichts eingestellt. Und die Brennweite erst recht nicht. Er war heilfroh gewesen, als er den Kasten überhaupt zum Funktionieren gebracht hatte. „Da kannst du mal gucken, was für einen tollen Mann du dir da geangelt hast.“

„Ja, scheint so. Warum unterschätze ich dich bloß immer?“

„Dasselbe frage ich mich schon seit langem.“

Man küßte sich.

„Tja, und damit dürfte Sabine wohl für längere Zeit hinter schwedischen Gardinen landen“, sagte Herr Schweitzer und schaltete den Computer aus.

„Man könnte es Ironie des Schicksals nennen. Sabine zahlt dir sechstausend Euro, damit du ihr ein Foto lieferst, und dann überführst du sie bei diesem Auftrag des Mordes. Das hat sie sich bestimmt anders vorgestellt.“

„Jetzt, da du es sagst ... Eigentlich müßte ich Sabine ihr Geld zurückgeben. Immerhin ist Lola gar nicht auf dem Film drauf. Wo sie wohl ist?“

„Ach ja, Lola. Die hatte ich ganz vergessen. Aber laß das mal Aufgabe der Polizei sein. Trotzdem, du hast recht. Wieso ist sie untergetaucht? Sie ist doch nur eine Zeugin.“

Herr Schweitzer hatte eine Idee. „Liebling ...“

„Ja?“

„Wir hatten schon lange keinen Sex mehr.“

„Du vielleicht.“

„Blödmann.“

„Blödfrau, wenn schon ... Und jetzt komm.“

„Wohin?“

„Schlafzimmer, du Dabbes, du.“

Bei Kühen ist gemeinsames Grasen Teil des Vorspiels. Maria hingegen stand mehr auf markige Sprüche.

Wie an einen Rettungsanker klammerte sich Herr Schweitzer ans Pikkolöchen. Was anderes gab‘s nicht. Zumindest nichts Alkoholisches. Gerade wurden die Lampen wieder eingeschaltet. Er hatte einen Film über sich ergehen lassen müssen, der zeigte, wie die Künstlerin arbeitete. Es war ein sehr verständliches Muster. Man nehme einen Farbeimer, entferne den Deckel und gebe der Dose einen kleinen Schubs, auf daß sie beim Rollen über die auf dem Ateliersboden ausgebreitete Leinwand ihre Farbe ergoß. Das mache man kreuz und quer auch mit anderen Farbdosen. Wenn man keine Lust mehr hatte, hängte man die Leinwand zum Trocknen auf.

Die Resultate hingen angestrahlt um Herrn Schweitzer herum an den Wänden. Am Nachmittag hatte er den Schlaf nachgeholt, an dem es ihm in der Mordnacht gemangelt hatte. Maria war Fotos schießend irgendwo in der Menge verschwunden.

Ein Mann mit einer Rotweinnase gleich einem Termitenhügel sprach ihn an: „Finden Sie nicht auch, Frau Sacradas Werke haben an Tiefe gewonnen?"

Herr Schweitzer wollte nicht unhöflich sein: „Ja."

„Und die perspektivische Symmetrie ... man erkennt doch sofort ihren Lehrmeister. Was meinen Sie?"

Das war keine Frage, bei der ein profanes Ja genügte. Folglich griff Herr Schweitzer tief in die Trickkiste: „Genau. Und doch sticht einem sofort die seelische Kompaktheit in Frau Sacradas Bildern ins Auge." Er war lange genug mit der Skulpteurin Maria von der Heide zusammen, um wie die Großen mit Platitüden zu jonglieren, ohne seine wahre Meinung offenbaren zu müssen. Die Malerei war für ihn wie Literatur und Musik eine Frage des Geschmacks. Gefiel sie ihm, war sie gut, mißfiel sie ihm, war sie schlecht. So einfach war das. Und Alicia Sacrada war ganz eindeutig eine verhaltensauffällige, unfähige Künstlerin, die durch Zufall an einen Mäzen geraten war, der nichts anderes wollte, als sie hin und wieder zu pimpern. In ihrem Glam-Rock-Kleid und der Afro-Frisur wirkte sie, als würde sie selbst beim Schwangerschaftstest durchfallen. Trotz der Offensichtlichkeit ihrer handwerklichen Defizite erntete Alicia Sacrada allerorten nur Lob und Anerkennung. So stand es in den Zeitungen.

„Seelische Kompaktheit ... ja ... so habe ich das noch nie betrachtet, aber ... ja ... Sie sind nicht zufällig Kunstkritiker?"

Herr Schweitzer wäre gerade jetzt gerne Kunstkritiker. Dann würde er nämlich den Laden schließen und verrammeln. „New York Times. Zuständig für Europa und Vorderen Orient. Angenehm, Herr Schweitzer."

„Ooooh, New York Times. Auch angenehm, Brandt, Alois Brandt. Ich schreibe für die Lokalpresse, Freelancer, oder wie man bei euch sagt. Das ist ja echt der Gipfel. New York Times bei uns in Bornheim." Beim Weggehen murmelte er noch: „Seelische Kompaktheit ..."

Da Herr Schweitzer sich nie mit dem Feuilleton der Tageszeitung beschäftigte, entging ihm, wie eine weitere Platitüde den Künstlerwortschatz fortan bereicherte. Seelische Kompaktheit.

Seine eigene seelische Kompaktheit reifte zur höchsten Vollendung, als Maria, nachdem sie endlich wieder an seiner Seite war, ganz leise in sein Ohr sprach: „Nimm's mir nicht übel, Simon, aber das hier ist großer Scheißendreck."

„Aber Schatz, jetzt reiß dich doch bitte mal zusammen", entgegnete Herr

Schweitzer echauffiert. „Wie kannst du nur so reden? Schau dich doch mal um. Allein die seelische Kompaktheit ..."

„Sag mal, wie viele von den Pikkolöchen hast du dir denn genehmigt?"

„Ein einziges. Wieso?"

„Schon gut. Wollen wir noch ins Weinfaß? Die gehen mir hier ziemlich auf die Eier."

Hmm, dachte Herr Schweitzer, erst das mit dem Sex, dann das mit dem Scheißendreck und jetzt das mit den Eiern. Marias Sprache war in letzter Zeit ganz schön unter die Räder gekommen, fand er. „Weinfaß ist immer gut." Zumindest besser als diese unsägliche Vernissage im oberen Teil der Berger Straße.

Man tauchte ab in die U-Bahnstation Bornheim-Mitte.

Weizenwetter samt Freundin Karin, die auch Marias beste Freundin war, Buddha Semmler, der Altrocker René vom Frühzecher, dessen Kumpel Earthquake-Werner, Buddha Semmler und Ferdi, der Taxler, sie alle waren da, als Maria und Herr Schweitzer eintraten. Für einen Montag war das ungewöhnlich, eine derartig hochkarätige Besetzung konnte man sonst fast nur am Wochenende vorfinden.

„Wie lauft ihr denn rum?" wurden die beiden von der Wirtin in Empfang genommen.

Wegen der vorangegangenen Veranstaltung in Bornheim hatte sich Herr Schweitzer mit einem weißen Hemd mit Stehkragen und polierten schwarzen Halbschuhen herausgeputzt. Auch Maria strahlte in ihrem dunkelblau schimmernden Abendkleid eine betörende Eleganz aus, die in diesem Weinlokal etwas fehl am Platze wirkte. „Wir kommen direkt von einer Vernissage", klärte Herr Schweitzer die Gemeinde auf, „da läuft man so rum."

Doch niemand ging auf seine Erklärung ein, was ihn sehr wunderte. Wie eh und je hatte er mit allerlei Spott und Hohn gerechnet. Herr Schweitzer nahm Marias Mantel und ging zur Garderobe. Think big, dachte er auf dem Rückweg und bestellte sich ein großes Bier. Wein kam nicht in Frage, nach dem damenhaften Pikkolöchen verlangte sein Gaumen etwas Deftiges. Dicht gedrängt umlagerte man ein hölzernes Weinfaß, das als Stehtisch diente.

„Hast du schon gelesen?" fragte Buddha Semmler und überreichte ihm das Sachsehäuser Käsblättche.

Herr Schweitzer hatte es in letzter Zeit immer mehr mit den Augen. Dramatisch war das nicht, immerhin hatte er erst letztens seinen einundfünfzigsten Geburtstag gefeiert, und in diesem fortgeschrittenen Alter war eine kleine Sehschwäche nichts, dessen man sich grämen mußte. Allein, was nutzte es, vergaß er doch noch regelmäßig, seine Brille einzustecken. „Kannst du mir das bitte kurz zusammenfassen, Semmler?"

„Kannst wohl nicht mehr richtig gucken", sprach Bertha, die ihm den Bierhumpen brachte. In Sachsenhausen galt man nur dann als behindert, wenn es mit dem Gucken nicht mehr klappte. Immer horche, immer gucke, war in diesem Landstrich die Lebensphilosophie schlechthin.

Er wartete, bis Bertha wieder zurück am Tresen war. „Also, was steht drin?"

Buddha Semmler faßte sich kurz. Die Überschrift habe er, Herr Schweitzer, ja wohl noch lesen können – Skandal in Alt-Sachsenhausen.

„Ja, hab ich."

Und dann erzählte der Apfelweinkellner, daß die Schwuchtelbar Zur schwulen Frau Rauscher zum Stein des Anstoßes geworden sei. Mehrere benachbarte Kneipiers hätten eine Interessengemeinschaft gegründet, welche sich gegen Etablissements dieser Art zur Wehr zu setzen gedenke. Das sei moralisch höchst verwerflich, gerade die Jugend brauche Vorbilder. Und Massen von Homosexuellen, die sich gar in der Öffentlichkeit küßten, würden da eine vollkommen falsche Richtung vorgeben. Allerdings habe der Verfasser der Zeilen da völlig zu Recht eine konträre Meinung eingenommen. Vor kurzem wollte man mit der Veranstaltungslokalität Das Bett, die gerade bei Jugendlichen sehr beliebt ist, schon einmal eine Kneipe zur Aufgabe zwingen. Da gebe sich die Stadtverwaltung größte Mühe, ein wenig Flair in das in schlechtem Ruf stehende Vergnügungsviertel zu bringen, und dann glänzen die alteingesessenen Gaststättenbetreiber mit Intoleranz und ekelten Leute mit innovativen Ideen heraus. Beim Bett sei zum Beispiel die Musik zu laut gewesen. Angeblich habe man sich in einigen umliegenden Lokalen nicht mehr richtig unterhalten können. Er, Buddha Semmler, sei ja nun auch schon ewig und drei Tage im Gewerbe tätig, und seiner bescheidenen Meinung nach könne eine schwule Frau Rauscher keinen zusätzlichen Schaden anrichten. Man brauche sich da bloß mal die am Wochenende einfallenden Horden genauer betrachten. Schlimmer geht's nimmer. Eine Junggesellenabschied feiernde Truppe nach der anderen. An Spitzentagen habe er davon schon über zwanzig gezählt. Und die wenigen Sachsenhäuser, die überhaupt noch dorthin gingen, würden diesen früher oder später volltrunkenen, mit denselben Einheitsshirts herumtorkelnden und jeden, aber auch jeden anquatschenden Vollidioten am liebsten Platzverbot erteilen. Zumal sich einige von denen den Spaß erlaubten, an mehreren Wochenenden hintereinander Junggesellenabschied zu feiern, weil sie es echt dufte finden, in der einen oder anderen Kneipe zum wiederholten Male einen ausgegeben zu bekommen. „Widerlich, einfach nur widerlich", schloß Buddha Semmler seinen Bericht. „Nur gut, daß mein Chef da anders ist. Ich würde sonst sofort kündigen."

Herr Schweitzer hatte aufmerksam zugehört. „Vielleicht sollten wir auch eine Interessengemeinschaft gründen. Pro Zur schwulen Frau Rauscher. Oder so."

Ein Lächeln huschte über Buddha Semmlers Gesicht. „Ich wäre dabei." Er rückte Herrn Schweitzer auf die Pelle: „Du, jetzt sag mal, die Lola, hat die wirklich einen Freund?"

Der Detektiv schwankte zwischen Geheimniskrämerei und Aufklärung. Ersteres hätte den Vorteil der allgemeinen Erheiterung, zweiteres entsprach seinem Naturell. „Hör zu, Buddha. Im Prinzip hast du dir die Suppe ja selbst eingebrockt, aber ..."

„Aber was? Welche Suppe?"

„Gut, ich erzähle es dir. Aber nur, weil du's bist."

Buddha Semmler war ganz Ohr.

„Lola ist ein Mann."

Der Apfelweinkellner nickte, als hätte er nichts anderes erwartet. Dies war jedoch nur ein Reflex. Als sich ihm die ganze Tragweite offenbart hatte, verzogen sich seine Gesichtszüge rasend schnell. Das sei doch lachhaft, wollte er schon sagen, doch stattdessen nahm er sein Weinglas und stürzte den Inhalt hinunter. „Das macht Sinn, Simon. Ist ja schließlich eine Schwulenkneipe, wo die Lola bedient."

„Siehst du, Semmler. Das wollte ich dir schon damals sagen, als wir in der schwulen Frau Rauscher waren. Aber du warst irgendwie nicht ansprechbar."

Nun, da der Traum geplatzt war, fand Buddha Semmler auch wieder zu sich selbst. „Scheiße." Er fing an zu lachen. Erst ganz leise, dann immer lauter. Bis die anderen Gespräche verstummt waren.

„Was hat er denn?" Es war Karin, die diese Frage stellte.

„Unser Buddha hat es sich noch mal durch den Kopf gehen lassen. Er ist jetzt doch nicht schwul", gab Herr Schweitzer bereitwillig Auskunft.

Von den anderen wußte nur Maria, um was es ging. Obwohl in Sachsenhausen viel geschwätzt wurde, ja, das Dummrumbabbeln quasi zur zweiten Natur der hiesigen Menschen gehörte, behielten sowohl Maria als auch Herr Schweitzer dieses Wissen um des Kellners temporäre Fehlorientierung für sich. So geschah es, daß nur ein paar Köpfe geschüttelt wurden und René und Earthquake-Werner den Vogel zeigten. Die Gespräche wurden fortgesetzt.

Selbstverständlich gelangte man schließlich auch zum Thema des Tages. Der Mord oben im Bischofsweg. Den wildesten Spekulationen wurden Tür und Tor geöffnet. Herr Schweitzer hatte sich schon die Stellen herausgesucht, an denen er seine Geschichte ausschmücken konnte, doch niemand fragte ihn. Er hätte seinen letzten Cent darauf verwettet, daß wenigstens Maria ihre Freundin Karin ins Bild gesetzt hatte. Gleich am Nachmittag, als er stundenlang geschlafen hatte. Er nahm Karin genauer in Augenschein. Ihre Miene blieb unbewegt. Entweder sie schauspielert, überlegte Herr Schweitzer, oder sie ist tatsächlich unwissend. Auch von Maria kam kein Kommentar, der ihn betraf. Auch gut, dachte er, da bin ich heute besser mal still, man muß sich ja nicht immerfort in den Vordergrund schieben.

Nach wie vor wollte sich Herr Schweitzer nicht betrinken. Nach für seine Verhältnisse gerade mal drei läppischen Bieren verließ er mit Maria zusammen das Weinfaß.

Im 8976 Kilometer von Sachsenhausen entfernten Bangkok herrschten ganz andere Wetterverhältnisse. Die selbst nach der Mitternachtsstunde noch tropischen Temperaturen ließen die Hemden und Hosen ungeübter Mitteleuropäer am Körper kleben. In den Hotelzimmern liefen die Klimaanlagen auf Hochtouren.

Vom Balkon ihrer Suite aus genossen Waldemar und Lothar den Blick nach Westen über den Chao Praya. Noch immer verkehrten unzählige Schiffe und Fähren auf dem Fluß. Mit den Augen von Neuankömmlingen sogen sie die Lichter der Stadt auf. Leise und gedämpft drangen die sphärischen Klänge der Band, die unten im großen Saal für Touristen aufspielte, bis in den zehnten Stock des Luxushotels. Das Zimmer war für zwei Nächte gebucht, dann wollte man weiter in den Norden. Der Roomservice hatte eine Flasche edelsten Champagners vorbeigebracht. Wie alle anderen Megastädte dieser Welt ruhte Bangkok nie.

„Auf was möchtest du trinken, Lothar?“

„Auf Simon Schweitzer. Ich hätte nie geglaubt, daß der sich so leicht reinlegen läßt.“

„Jetzt kann ich es dir ja sagen: Ich auch nicht.“

„Du Gauner. Das sagst du mir erst jetzt.“

„Ich habe nicht gesagt, daß es nicht klappt. Ich dachte nur nicht daran, daß es keine Komplikationen geben würde.“

„Auf Simon Schweitzer und unsere Zukunft.“

„Prösterchen.“

„Prost.“

Ein Foto von am Eisernen Steg im Einsatz befindlichen Tauchern schmückte die Titelseite der Frankfurter Rundschau. Mit großem Interesse hatte Herr Schweitzer den Artikel gelesen. Die mutmaßliche Mörderin Sabine S. habe man in den frühen Morgenstunden unmittelbar an der Alten Brücke aufgegriffen. Sie habe einen sehr verstörten Eindruck gemacht. Der Wagen, in dessen Kofferraum man die Blutspuren gesichert habe, sei zur forensischen Untersuchung abgeschleppt worden. Mehrere Dutzend Taucher seien dabei, den Main bis zur Griesheimer Schleuse nach der Leiche abzusuchen. Bisher jedoch ohne Erfolg. Ein Polizeisprecher verkündete, dies sei aber nur eine Frage der Zeit. Die schweren Regenfälle der letzten Wochen und die damit einhergehende starke Strömung erschwere die Arbeit gar arg. Im Innenteil, wo der Bericht fortgesetzt wurde, erblickte Herr Schweitzer das Foto, das Sabine bei ihrer Ankunft im Polizeirevier auf der Offenbacher Landstraße zeigte. Das heißt, nur ein Insider, also er, konnte Frau Sikora unter der über ihren Kopf gestülpten Decke vermuten. Außerdem hieß es ungewohnt optimistisch, auch ohne Leiche sei der Fall so gut wie abgeschlossen, das Beweismaterial sei erdrückend.

Mein Beweismaterial, dachte Herr Schweitzer, als er die Zeile las. Sehr früh war er aufgestanden. Maria schlief im Nebenzimmer, er selbst saß in der Küche. Er legte die Zeitung beiseite und nahm jene Visitenkarte in die Hand, die ihm gestern der Polizist gegeben hatte, als er Marias Fotoapparat zurückbekommen hatte. Er wendete sie zwischen den Fingern. Hab ich sie noch alle, fragte sich Herr Schweitzer schließlich, ich werde doch nicht mit dem Elend anderer Leute Geld verdienen wollen? Wütend über sich selbst zerriß er die Karte in tausend Schnipsel. Er nahm seine Brille ab.

Zehn Minuten später betrat er mit einem liebevoll hergerichteten Frühstückstablett sein Zimmer. Maria räkelte sich bei seinem Eintreten in den Kissen. „Was bist du denn schon so früh auf?“

„Na ja, irgendwer muß meiner Freundin doch das Frühstück ans Bett bringen, und bevor‘s ein anderer tut ...“

„Schatz, du bist der Beste.“

„Sag ich doch immer, aber keiner hört mir zu.“

Der Nachmittag desselben Tages. Herr Schweitzer büffelte. Nicht mehr lange, und die gesetzlich vorgeschriebenen Voraussetzungen für die unterschiedlichen Führerscheinklassen würden sitzen. Eigens zu diesem Zwecke hatte er sich Karteikarten beschriftet. Die meisten hatte er bereits verinnerlicht. Nur noch wenige waren abzuarbeiten. Seine Freundin war nach Hause gefahren. Sie mußte noch packen. Am Abend würde sie mit dem Zug nach Trier fahren. Dort plante man eine Skulptur der Künstlerin vor einem öffentlichen Gebäude. Sie hatte zwei Tage veranschlagt.

Just in dem Augenblick, als ihn seine biologische Uhr zum Mittagsschlaf ins Bett trieb, erhielt Herr Schweitzer einen Anruf von Schmidt-Schmitt, dem Oberkommissaren. Er möge doch bitte noch einmal im Revier vorbeischauen. Ja, jetzt, es seien noch einige Formalitäten zu klären. Welcher

Art diese sein sollten, damit rückte er nicht heraus. Okay, in einer halben Stunde könne er dort sein.

Darob war Herr Schweitzer sehr zornig. Er hoffte nur, es würde nicht allzu lange dauern, dann käme er auch noch zu seinem Schläfchen. Aufgeschoben ist nicht aufgehoben, sagte er sich und zog sich warm an, denn draußen lastete noch immer des Winters Gewicht auf Sachsenhausen.

Schmidt-Schmitt sah sehr erschöpft aus. Nicht nur sein Hemd sah aus, als gehörte es in die Wäsche. Herr Schweitzer wurde in einen kleinen Raum geleitet, in dessen Ecke Putzeimer und andere Reinigungsutensilien lagerten. Ein Fenstergitter untermauerte die ungemütliche Atmosphäre. Lediglich ein Topf mit einer traurig ums Überleben ringenden Pflanze mühte sich um Linderung der Tristesse.

Mit der Überzeugung, in ein paar Minuten die Angelegenheit endgültig ad acta legen zu können, nahm Herr Schweitzer Platz. Er suchte zu erraten, was man von ihm in diesem Stadium noch erwartete. Ihm fiel nichts ein.

„Wir warten noch", sagte Schmidt-Schmitt. „Ah, da ist sie ja schon. Darf ich vorstellen, Oberkommissarin Sedlurak. Das ist Herr Schweitzer."

„Angenehm."

„Angenehm."

Sie schüttelten Hände. Herr Schweitzer mußte den abschätzenden Blick der Dame ertragen. Etwas Unangenehmes ging von ihr aus. Die Augen oszillierten zwischen tödlicher Brutalität und absoluter Allmacht. Das kann ich auch, sagte er sich, und stierte eiskalt zurück.

Nach einer halben Minute hatte Herr Schweitzer ein Remis erreicht. Gleichzeitig ließen sie voneinander ab, als Schmidt-Schmitt seine Stimme erhob. „Dann wollen wir mal."

Von nun an führte Frau Sedlurak das Wort. „Exakt. Darf ich Sie bitten, Herr Schweitzer, uns noch einmal zu erzählen, wie Sie dazu kamen, in einem Vorgarten im Bischofsweg herumzulungern, um dann rein zufällig einen Mord zu filmen."

„Alles?" Herrn Schweitzer schwammen, was seinen Mittagsschlaf anging, die Felle davon. Außerdem war ihm die Wortwahl der Oberkommissarin zuwider. Herumlungern. Wie das klang. Als sei er irgendein dahergelaufener Penner.

„Alles", antwortete Frau Sedlurak knapp.

„Ich denke, der Mord ist aufgeklärt."

„Das können Sie getrost uns überlassen."

Aha, dachte Herr Schweitzer, so sieht es also aus, wenn die Bullen einen am Wickel haben. Doch was hatte die Dame gegen ihn? Vielleicht mochte sie keine Privatermittler. Um ihr eins auszuwischen, schilderte er nur das Nötigste. Sämtliche eigenen Gedankengänge sparte er aus. Ein vor Langeweile strotzender Singsang entströmte seinem Munde. Hin und wieder warf Herr Schweitzer dabei einen Blick auf Schmidt-Schmitt, dem eigentlich auffallen müßte, wie knapp und unzureichend sein Bericht war. Doch der Oberkommissar saß nur da und betrachtete angelegentlich seine Fingernägel. Immer wieder zielten Frau Sedluraks Zwischenfragen auf sein Verhältnis zu Jürgen Sikora. Genau so oft erklärte er ihr, daß da keines war.

„Aber Sie haben doch in Wenn-Wenn miteinander gefeiert."

„Vang Vieng." Herrn Schweitzer machte es Spaß, diese blöde Kuh zu berichtigen.

„Dann eben Vang Vieng. Also ..."

„Also was? Glauben Sie vielleicht, jeder, mit dem ich ein Bierchen trinke, ist ein Freund von mir? Da hätte ich ja viel zu tun ..."

„Sie sagten vorhin, da wäre noch ein anderer Herr dabei gewesen." Die Oberkommissarin würzte ihre Worte mit der höchstmöglichen Verachtung: „Bei ihrem Gelage."

„Gelage würde ich es nicht nennen", verbesserte Herr Schweitzer, obwohl es genau das gewesen war, „eher ein gemütliches Beisammensein. Der andere war Harald, Nachname unbekannt. Ein Traveller wie man ihn oft auf Reisen trifft."

„Über was haben Sie sich unterhalten?"

Wenn ich das bloß noch wüßte, dachte er. „Über was man halt so redet, wenn man im Ausland ist. Essen, Übernachtungsmöglichkeiten, Busverbindungen, Sehenswürdigkeiten. Waren Sie noch nie im Urlaub?" So langsam schlug Herrn Schweitzers Befinden in Gereiztheit um. Was will die denn? Da liefere ich einen von Meisterhand persönlich dokumentierten lupenreinen Mord ab und werde als Belohnung mit vollkommen belanglosen Fragen gelöchert. Am Arsch die Ella, die kann mich mal ...

„Vielen Dank, Herr Schweitzer. Das war's. Halten Sie sich bitte weiterhin zur Verfügung."

„Keine Angst, ich verdufte schon nicht."

Ein letzter Blick auf ihn, und Frau Sedlurak verließ grußlos den Raum.

Schmidt-Schmitt grinste wie ein Breitmaulfrosch. „Na, hat Ihnen die Frau Oberkommissarin gefallen?"

„Mittel."

„Sie ist die Beste. Jahr für Jahr hat das Team, das sie leitet, die höchste Aufklärungsquote Frankfurts."

„Na dann. Aber ich verstehe trotzdem nicht. Wo liegt das Problem?"

„Das Problem ist dieser Rechtsanwalt von Frau Sikora. Sie haben bestimmt schon von ihm gehört. Sein Name ist Hubertus Mauer."

„Sie meinen, der Hubertus Mauer, der ..."

„Ja, ja, ja, ersparen wir uns Details. Jedenfalls kennt er alle Schliche. Auch er ist der beste seines Fachs. Natürlich versucht er, alles nur Erdenkliche für seine Klientin zu tun. Momentan verlangt er ihre Freilassung. Die Beweise seien ein Witz."

„Meine Beweise ... ein Witz? Glasklarer geht's doch kaum."

„Das sagen Sie. Aber betrachten Sie es doch mal andersrum. Was haben wir? Ihren Film, ohne Ton, das heißt, der Schuß ist nicht zu hören. Alles was man sieht, ist eine Frau, die so etwas wie eine Pistole in der Hand hält, und ihren Ehemann, der sich an den Bauch faßt und zusammensackt. Dazu kommen Blutspuren in der Wohnung und im Wagen der Beschuldigten. Insgesamt ein Liter, sagt die Spurensicherung. Noch lange kein Grund, tot zu sein. Außerdem fehlen Leiche und Tatwaffe."

„Was ist mit den Schmauchspuren an Sabines Kleidung?"

„Halten Sie sich fest, die gibt es nicht."

Die Warnung war umsonst. Herrn Schweitzers Gesichtsmuskeln machten sich selbständig. Offenen Mundes und mit weit aufgerissenen Augen entfuhr ihm ein: „Autsch." Doch es zeugte auch von Klasse, wie schnell er sich wieder unter Kontrolle hatte und sein Hirn zu rattern begann. „Wollen Sie damit sagen, Frau Sikora hat sich und ihre Kleidung nach dem Mord irgendwo gewaschen, sich dann absichtlich wieder beschmutzt, um sich in diesem Zustand festnehmen zu lassen?"

Schmidt-Schmitts Grinsen überstieg die Fähigkeiten der Breitmaulfrösche. „Glauben Sie daran?"

„Nein, natürlich nicht", gab Herr Schweitzer zur Antwort. Noch einmal spulte er sein Gedächtnis ab. Sabine, wie sie an ihm vorbei aus dem Haus stürzte. Der gehetzte Blick. Ihr Verschwinden im Südfriedhof. Und vorher, ihr Lachen, als sie von der Homosexualität ihres Gatten erfuhr. Und noch weiter zurück, Sabine in Vientiane, der Hauptstadt von Laos, und ihre von Pein geprägte Miene, während Jürgen sie Maria und ihm vorstellte. Nein, daran glaubte Herr Schweitzer nun wirklich nicht. „Aber das ist doch alles unlogisch. Es müssen Schmauchspuren ..."

„Herr Schweitzer", unterbrach ihn Schmidt-Schmitt, „Sie können mir glauben. Wenn die Spusi sagt, es gibt sie nicht, dann gibt es sie nicht. Gerade in einem Mordfall arbeiten die sehr sorgfältig. Ob es Ihnen nun paßt oder nicht, wir müssen ohne Schmauchspuren auskommen."

„Wir? Heißt das, wir arbeiten zusammen? Bisher wußte ich nicht mal, daß ich überhaupt arbeiten soll."

„Ich aber. Die Mörderin wünscht Sie zu sprechen."

„Nein."

„Aber klar doch. Ich war vorhin bei ihr, ich soll Sie benachrichtigen."

„Warum hat mich dann dieser Hubertus Mauer nicht angerufen?"

„Soweit mir bekannt ist, hält der Herr Rechtsanwalt nichts von Privatdetektiven."

Endlich mal eine Aussage, dachte Herr Schweitzer, die von einer gewissen Logik geprägt war. Aber daß Sabine ausgerechnet ihn, der sie quasi an den Pranger geliefert hatte, sprechen wollte, überstieg sein Fassungsvermögen kolossal. Überdies fand er des Oberkommissars Charmeoffensive ihm gegenüber höchst befremdlich. „Was meinen Sie damit, wenn Sie sagen, wir ..."

„Damit meine ich nur Sie und mich, niemanden sonst." Schmidt-Schmitt grinste sein erprobtes Grinsen. Die Hände hatte er zu einem Achtungsschild geformt, wie dem Fahrschüler Schweitzer sofort auffiel. Allgemein wurde mit dieser Geste angedeutet, man habe noch etwas zu sagen. Und so war es auch: „Übrigens, Frau Sedlurak ist meine Ex."

Das auch noch, fuhr es Herrn Schweitzer in den Sinn, kann denn in diesem Irrenhaus nicht endlich mal etwas normal sein? „Sie sind geschieden?"

„Nein, meine Ex-Freundin. Aber Cornelia, ich meine, Frau Sedlurak ist verdammt ehrgeizig. Dem Erfolg ordnet sie alles unter. Sogar ihren Groll auf mich. Sie hat mich ausdrücklich und nur für diesen einen Fall angefordert."

„Warum? Sind Sie so gut?"

Wieder schenkte ihm der Oberkommissar ein Lächeln. Bisher dachte Herr Schweitzer ja, Schmidt-Schmitt beruhe darauf, daß zumindest ein Schmitt weiblicher Provenienz sei, doch Sedlurak war Sedlurak und nicht Schmitt, außerdem sowieso nur seine Freundin. Er wollte gerade fragen, ob er, der Herr Oberkommissar, denn von Frau Schmitt, oder besser gesagt, von Frau Schmitt-Schmidt getrennt ... Halt, wie schreibt sich eigentlich die Frau von Herrn Schmidt-Schmitt? Erst mit Tee-Tee und dann mit Dee-Tee, weil ihr eigener Name ja als erster genannt wird? Oder ist es eher umgekehrt?

Der Polizist wähnte seinen Gegenüber in Gedanken, die den Fall betrafen. „Über was denken Sie nach?"

„Och, nix Besonderes. Nur so, mal dies, mal das. Was versprechen Sie sich eigentlich von einer Zusammenarbeit mit mir?"

„Sie sollen gut sein."

Das war Herrn Schweitzer neu. Auch wunderte er sich über seinen Bekanntheitsgrad in Polizeikreisen. Ob da vielleicht sein alter Saufkumpane Frederik Funkal dahintersteckt? Komisch, wo ist er denn? Hat sich die ganze Zeit nicht blicken lassen, obwohl er hier auf diesem Revier Dienst schob.

„Außerdem können Sie um die Ecke denken", setzte Schmidt-Schmitt noch eins drauf.

Der solchermaßen Geschmeichelte räusperte sich und entfernte mit einer total lässigen Handbewegung den störenden Fussel von seinem Ärmel. Allem Anschein nach bin ich hier unentbehrlich, dachte Herr Schweitzer, dann wollen wir uns mal nicht so lumpen lassen. „Also gut. Was soll ich tun?"

„Das sagte ich Ihnen schon. Sabine Sikora möchte Sie sprechen. Sie halten mich auf dem laufenden. Soll ich drüben anrufen, daß Sie gleich kommen?"

Herr Schweitzer verabschiedete den Gedanken an seinen Mittagsschlaf. Es mußte auch mal ohne gehen. „Ja, natürlich. Im neuen Polizeirevier oder im Knast an der Konstabler Wache?"

„Konsti. Melden Sie sich beim Pförtner des Hauptgebäudes. Der weiß Bescheid, daß Sie kommen."

„Sie verlieren ja keine Zeit."

„Stimmt. Das sollten Sie auch nicht."

Herr Schweitzer erhob sich und ergriff die ihm dargebotene Hand.

„Und noch etwas, Herr Schweitzer ..."

„Ja?"

„Wie oft haben Sie sich das Video schon angesehen?"

„Ganz oft."

„Dann achten Sie das nächste Mal nur auf Jürgen Sikora."

Mit dieser kryptischen Andeutung trat er auf die Straße.

Vor ihm saß ein emotionales Chamäleon. Herr Schweitzer fragte sich, wie viele Facetten die Dame noch drauf hatte. An einem weißen Resopaltisch hatten sie Platz nehmen müssen. Auf einem Stuhl in der Ecke saß ein gelangweilter Beamter in der grünen Uniform des Strafvollzugs, dem die Aufgabe zuteil worden war, aufzupassen, daß keine Bomben, Flammenwerfer oder ähnliches Kriegsspielzeug den Besitzer wechselten. Doch Herr Schweitzer war vorher akribisch durchsucht worden, kein noch so kleines Messerchen hätte er hineinschmuggeln können. Sabine Sikora machte nicht den Eindruck, als sei ihr bewußt, daß sie kurz davor stand, für den Rest ihres Lebens gesiebte Luft einatmen zu müssen. Offenbar war sie auch nicht sauer auf Herrn Schweitzer. Allein schon ihre Gesprächseröffnung „Jürgen ist nicht tot" war aller Ehren wert.

Doch der Detektiv hatte noch beachtliche Informationsdefizite, die unbedingt behoben werden mußten: „Jetzt erzähl mir doch bitte mal von Anfang an, was geschehen ist."

In einer Stimmlage, die implizierte, sie, Sabine Sikora, sei lediglich eine unbeteiligte Zuschauerin gewesen, berichtete sie Herrn Schweitzer von den Geschehnissen. Zuvörderst sei da ein Anruf gewesen, Stimme ganz klar männlich. Diese habe ihr unter Angabe der exakten Adresse mitgeteilt, ihr Mann vögle gerade mit einer anderen. Daraufhin sei sie mit der Knarre aus Jürgens Nachttisch zu ihrem Auto gerannt und losgefahren. Allerdings habe sie die Hausnummer erst im falschen Teil des Bischofswegs gesucht, fast schon an der Buchscheer unten, und ihre Wut sei so gut wie verraucht gewesen, als sie endlich vor dem Anwesen aus dem Auto stieg. Was dann geschah, habe Herr Schweitzer ja selbst miterlebt. Tja, und Lola habe die ganze Zeit im Türrahmen gestanden, dort, wo links das Klo sei, mit verschränkten Armen, und habe trotz ihrer Knarre keinerlei Angst gezeigt. Das sei ihr so richtig aber erst im nachhinein bewußt geworden. Und, wie gesagt, da sei sie schon fast wieder zur Besinnung gekommen. Aber als sie dann Jürgen vor sich sah, mit seinem gleichzeitig dämlichen und arroganten Grinsen, da habe sie gar nicht mehr anders gekonnt. Sie habe sich noch gewundert, wie leicht sich der Abzugshebel nach hinten drücken ließ. Auf alle Fälle aber habe sie auf die Beine gezielt. Beim ersten Schuß, beim zweiten habe sie gar nicht mehr richtig hingeguckt. Dann habe sie noch ganz kurz überlegt, auch Lola abzuknallen. Zum damaligen Zeitpunkt jedoch war ihr gar nicht klar, daß es sich bei der Dame um einen Herrn handelte. Ja, hätte sie da nur ein bißchen nachgedacht, er, Simon Schweitzer, habe es ihr ja gesagt, aber sie sei schon immer sehr impulsiv gewesen, dann, ja dann wäre ihr auch ein Licht aufgegangen. So jedoch sei ihr Hirn wie vernebelt gewesen, immer habe sie an all die anderen Frauen denken müssen, mit denen Jürgen sie im Laufe ihrer Ehe betrogen habe. Und was auch komisch gewesen sei, die Pistole habe sie gar nicht entsichern müssen, sie hätte auch gar nicht gewußt, wie das zu bewerkstelligen sei, und daß sie überhaupt geladen war, habe sich erst beim Schießen herausgestellt. Und, ach, fast habe sie es vergessen, die Bullen haben sie auch schon danach gefragt, ja, sie habe schon einmal eine Pistole auf ihren Gatten gerichtet, das sei aber jene aus dem Juwelierladen gewesen, die bekanntermaßen nie geladen sei. Das sei jetzt aber auch schon so circa fünf Jahre her. Sie habe ihn seinerzeit auch bloß erschrecken wollen. Ihr Rechtsanwalt habe gesagt, daß das sehr schade sei, daß sie gleich zwei Schüsse habe abfeuern müssen, ansonsten hätte man locker leicht darauf plädieren können, sie, Sabine, habe gar nicht mit Patronen in der Kammer gerechnet. Und so lange es keine Leiche gab und Lola verschwunden war, so lange müsse man halt abwarten. Und die Erinnerung an ihre Flucht sei ihr so gut wie abhanden gekommen. An den Südfriedhof könne sie sich noch erinnern, und auch daran, wie sie zurück zum Auto gegangen sei. Ihr Wagen aber habe gar nicht mehr vor dem Haus gestanden, und drinnen war alles dunkel. Daraufhin sei sie erst so richtig in Panik geraten, vorher habe sie nur so einen Bewegungsdrang verspürt. Na ja, und den Rest kenne er bereits. Die Polizei hatte sie Stunden später bei der Alten Brücke festgenommen. Aber, ganz ehrlich, wo sie inzwischen herumgeirrt war, keine Ahnung, alles sei aus ihrem Gedächtnis gelöscht. Und die Pistole, wo die jetzt hin ist, da habe sie auch keinen blassen Schimmer.

Hier konnte Herr Schweitzer mit dem Wissen aufwarten, das er auch der Polizei weitergegeben hatte, daß Sabine die Pistole bei ihrer Flucht zumindest bis zur Sachsenhäuser Warte mit sich herumgetragen hatte. Das hatte er trotz des Regens deutlich ausmachen können. Wie eine Maschine hatte er Sabines Informationsflut verarbeitet. Daraus ergaben sich mehr Fragen denn Antworten. Diejenige mit der zentralistischsten Bedeutung sprudelte auch sofort aus ihm heraus: „Was willst du eigentlich von mir?"

„Ich möchte, daß du Jürgen findest."

„Haha, soll ich mich der Tauchmannschaft anschließen, die gerade den Main nach der Leiche absucht?" Humor war eine von Herrn Schweitzers Stärken.

„Ich glaube, Jürgen lebt. Lola hat ihn mit dem Wagen irgendwohin gefahren und pflegt ihn jetzt gesund."

„Warum sollte sie das tun?"

„Um mich hier schmoren zu lassen. Das ist vielleicht so eine Art Rache an mir."

Doch so leicht ließ sich Herr Schweitzer nicht um den Finger wickeln. Wenn er es recht bedachte, so hätte genausogut Sabine, während er im Hotel Holiday Inn auf die Polizei wartete, zum Wagen zurückkehren, was sie ja auch zugegeben hatte, die Leiche in den Kofferraum zerren, an den Main runterfahren und den Körper dann den Fluten anheimgeben können. Theoretisch. So viel Kraft traute er der Dame aber nicht zu. Und daß Lola ihr dabei geholfen hatte, auch Quatsch. Ebenso wie der Gedanke an einen großangelegten Versicherungsbetrug. Nach einer Lebensversicherung fragte er erst gar nicht, einer Mörderin werden keine Prämien ausgezahlt, so blöd sind die Versicherungsgesellschaften auch wieder nicht. Was blieb, war ein großer Haufen Chaos. An dieser Stelle dachte Herr Schweitzer an Schmidt-Schmitt, der ihm vor gut einer Stunde den Rat erteilt hatte, sich doch mal Jürgen auf dem Video genauer anzuschauen.

„Ich weiß nicht", beantwortete er endlich die Frage der mutmaßlichen Mörderin, „in meinen Ohren klingt das alles sehr obskur. Die ganze Show, nur um dir eins auszuwischen ..."

„Ich habe keine andere Erklärung."

Die hatte Herr Schweitzer auch nicht. Außerdem hatte es da noch ganz andere brennende Fragen, denen eine gewisse Relevanz nicht abgesprochen werden durfte. Und wer nicht fragt, schlaumeierte er nun, erhält auch keine Antworten. Trotzdem merkwürdig, daß man Lola bislang fast gänzlich außer acht gelassen hatte. „Was ist eigentlich mit Lola?"

„Was soll denn mit Lola sein?“

„Wie heißt die mit richtigem Namen, und warum sucht die keiner?“

„Oh je, mein Namensgedächtnis. Rechtsanwalt Mauer hat‘s mir gesagt, ich hab ihn aber vergessen. Irgendwas mit Hanisch oder so. Aber gesucht wird sie. Dringend sogar. Schließlich ist sie eine wichtige Zeugin, sagen jedenfalls die Bullen.“

In der Zeitung hatte er davon aber nichts gelesen. Vielleicht auch deshalb, um die Ermittlungen nicht zu gefährden. Sei es, wie es sei, Lola war wichtig, da mußte er noch mal beim Schmidt-Schmitt nachhaken. Noch immer suchte Herr Schweitzer nach einer tragfähigen Mehrheit seiner vielen widersprüchlichen Gefühle, die ihm nahelegte, entweder den Bettel hinzuschmeißen oder sich mit Haut und Haaren dem Fall zu widmen. Er befand sich im Zwiespalt. Am späten Abend wollte er eine endgültige Entscheidung treffen. Vielleicht ergab sich bei der erneuten Videoanalyse noch etwas.

„Ich setze eine Belohnung aus, wenn du Jürgen findest. Zwanzigtausend, ist das okay?“ fragte Sabine in ihrer selbstgefälligen Art.

Immer nur Geld, Geld, Geld, dachte Herr Schweitzer. Das ist wahrscheinlich in diesen Kreisen so üblich. Hat man keine Freunde, muß man für alles Scheine auf den Tisch legen. Die Zwanzigtausend reizten ihn nicht. Voller Hinterlist fragte er zurück: „Gilt das auch für den Fall, daß ich Jürgens Leiche finde?“

Sabine wußte natürlich genau, ein Jürgen in Leichenform würde sie für mehrere Jahre hinter Gitter bringen. Daran konnte ein auch noch so gewiefter Hubertus Mauer nichts ändern. Totschlag im Affekt, auf weniger würde sich keine Staatsanwaltschaft einlassen. Aalglatt kam ihre Antwort: „Zwanzigtausend. Dead or alive, wie es im Wilden Westen so schön hieß.“

„Du weißt, daß dich Jürgens Tod ins Gefängnis bringt?“

Die Juweliersgattin erhob sich.

„Setzen Sie sich bitte wieder“, meldete sich nun erstmals der Beamte zu Wort.

Die Juweliersgattin setzte sich wieder. In ihrer Mimik lag pure Verachtung für den Staatsdiener. „Ich befinde mich bereits im Gefängnis.“

Ach so, stimmt, dachte Herr Schweitzer, schlimmer konnte es für Sabine auch nicht mehr kommen. Die Todesstrafe war bekanntlich abgeschafft und wurde nur noch in Bananenrepubliken wie Amerika angewandt. „Auch wieder wahr. Da bist du schon.“

„Suchst du Jürgen nun oder nicht?“

„Sag ich dir morgen. Was war das eigentlich für eine Waffe, mit der du auf Jürgen geschossen hast?“

„Eine Walther PP, sieben Komma noch was Millimeter. Die habe ich heute morgen anhand von Fotos identifizieren müssen."

„Dazu warst du in der Lage? Ich hätte das nicht gekonnt. In dem ganzen Aufruhr, in dem du dich befunden haben mußtest ..."

„Das gehört zu meinem Beruf. Auf Details achten ..."

Wer's glaubt, wird selig, spottete Herr Schweitzer leise. Aber begeistert war er schon ein bißchen. So ein komplizierter Fall. Welcher Privatdetektiv würde sich danach nicht die Finger lecken? „Genau. Auf Details achten. Sag mal, warum haben die Bullen dich die Waffe überhaupt identifizieren lassen? Die hätten doch bloß die Patronenhülsen am Tatort untersuchen müssen."

„Die waren weg."

„Weg?"

„Richtig. Weg. Wie mein Mercedes und Jürgen. Einfach weg."

Herr Schweitzer fand es bezeichnend, erst der Mercedes und dann Jürgen. Was wollte man von so einer auch anderes erwarten? Er gab dem Beamten ein Zeichen, daß für ihn die Unterredung beendet war.

Insgesamt waren es drei schwere Eisentüren, die er passieren mußte, bis er wieder frei durchatmen konnte.

An der Konstabler Wache warb ein Kaufhaus mit reduzierten Preisen um Kundschaft. Mit dem Vorsatz, in Zukunft mehr aus seinem Typ zu machen, erwarb Herr Schweitzer zwei Hemden und eine schwarze Stoffhose.

Und jetzt mal in aller Ruhe, dachte er sich. Es kam selten vor, daß er allein in Marias Heim herumturnte. Schon vor ein paar Jahren hatte er von seiner Freundin die Schlüssel bekommen, denn in ihrer Abwesenheit mußte Herr Schweitzer regelmäßig die Post kontrollieren und die Blümchen gießen. Von Berufs wegen war seine Liebste sehr oft auf Reisen.

Den Stuhl hatte er gegen einen bequemen Sessel getauscht, und auch die Flasche Rotwein fehlte nicht. Im IT-Bereich war er mittlerweile insoweit firm, daß er ohne Mühe den Computer einschalten und einfache Aufgaben in Angriff nehmen konnte, ohne daß seine Maria dabeisein mußte. Inbrünstig betete er, das Scheißding möge ausnahmsweise mal nicht rumzicken. Es wäre nicht das erste Mal gewesen, daß der Computer seinen ganz persönlichen Kleinkrieg mit ihm, Herrn Schweitzer, führte. Nachgerade zeremoniell füllte er den Rotwein ins Glas. Er drückte auf die Wiedergabetaste.

Schon beim ersten Anschauen bekam er ein vages Gefühl von dem, was Schmidt-Schmidt gemeint haben könnte. Je öfter er die Szene abspulte, umso konkreter nahm dieses Gefühl Formen an. Zur Steigerung seiner nun sensibilisierten Aufnahmefähigkeiten drehte sich Herr Schweitzer einen

Joint, den er aber im Garten rauchte, denn Maria war Nichtraucherin und besaß zudem ein feines Näschen. Allzuviel Dope bröselte er aber nicht hinein, das hätte dann womöglich eine gestörte, surreale Sichtweise zur Folge gehabt.

Alles in allem war es aber maximal ein ambivalentes Gefühl, welches sich seiner bemächtigte. Jürgen benahm sich, wie es sich für einen Angeschossenen gehörte. Er kippte mit waidwunden Augen vornüber und legte dabei die rechte Hand auf die Schußwunde. Blut war noch keines zu sehen, aber so kurz nach dem Schuß ist das normal, sagte sich Herr Schweitzer. Außergewöhnlich war jedoch seine linke Hand, die zu einer Kugel geformt sich der Schützin entgegenstreckte. Für Stalingrad war der Detektiv zu jung, so daß er in seinem Leben noch niemanden hatte sterben sehen. Und doch ahnte er, so wie Jürgen starb man allenfalls auf Bühnen. Im Theater. Dort, wo pathetische Gesten auf der Tagesordnung respektive im Programmheft standen. So konnte man es sehen. So mußte man es aber nicht sehen. So weit es Herr Schweitzer einzuschätzen vermochte, war Jürgen Sikora ja auch im Leben ein Schaumschläger und großen Gesten nicht abgeneigt. Warum also nicht auch im Tode?

Er schaltete den Computer aus. Hmm? Was nun? Er wußte es nicht. Als Übersprungshandlung goß sich Herr Schweitzer erneut sein Glas voll.

Dann ließ er noch einmal alles Revue passieren. Keine Schmauchspuren an Sabines Kleidung. Lolas merkwürdiges Verhalten während und nach der Tat, wobei noch gar nicht klar war, wie sie denn allgemein reagiert hatte. Aber merkwürdig war es so oder so. Keine Patronenhülsen am Tatort. Der Mercedes, keine vierzig Minuten nach der Tat verschwunden und erst am nächsten Morgen am Main entdeckt. Die Tatwaffe, unauffindbar. Sabine Sikora, eine Frau mit tausend Gesichtern, mal kleines verzogenes Gör, mal ausgefuchste Geschäftsfrau. Und das Opfer erst. Ein Großmaul vor dem Herrn. Ein Frauenheld mit homosexuellen Neigungen. Ein Spieler. Ebenfalls von der Bildfläche verschwunden.

Und jede Menge anderer offener Fragen. Wer ist eigentlich der Besitzer des Hauses, in dem der Mord geschah? Lola selbst? Was ist mit Fingerabdrücken im Mercedes, anhand derer man doch den letzten Fahrer identifizieren könnte? In welchem Zusammenhang stehen die Drogen, die er bei der Frau Rauscher entdeckt hatte? Und was ist mit der Kneipe Zur schwulen Frau Rauscher? Wem gehört sie, wer ist der Geschäftsführer?

Herr Schweitzer wechselte auf die Couch und schloß die Augen. Sein Denkapparat glühte. Um noch zusätzliche Kapazitäten zu mobilisieren, massierte er sich die Stirn. Zwei Dinge kristallisierten sich heraus. Zum einen war er wegen des ausgefallenen Mittagsschlafes sehr, sehr müde. Zum anderen konnte er laut Schmidt-Schmitt um die Ecke denken. Jaja, der Schmidt-Schmitt. Es könnte nicht schaden, mit dem mal einen trinken zu gehen. Er machte einen aufgeweckten Eindruck, sah nicht so aus, als verschmähte er Alkohol und hatte obendrein nichts gegen Privatdetektive. Beste Voraussetzungen also für einen intensiven Gedankenaustausch. Morgen würde er Sabine sagen, daß er am Ball bleibe. Heute würde er sich mit der Rotweinflasche anfreunden und sein restliches Gras aufrauchen. Gott hat uns die Zeit geschenkt, von Eile hat er nichts gesagt. So sagt man in Finnland. Auf Herrn Schweitzer und Sachsenhausen ließ sich das ebenfalls anwenden.

Den nächsten Tag ließ er gemütlich angehen. Marias Kühlschrank war wie immer gut bestückt. Seine zwei Spiegeleier garnierte er mit spanischer Chorizo, Zwiebeln und Knoblauch.

Vom sicheren Fensterplatz aus sah Herr Schweitzer einen weiteren rabenschwarzen Vormittag heraufziehen. Zwar regnete es noch nicht, doch war dies nur eine Frage der Zeit. Eine tiefhängende Wolkendecke drückte auf die Seelen der Frankfurter Einwohnerschaft. Am besten, dachte er, man geht wieder ins Bett und wartet auf den Frühling. Doch Herr Schweitzer wollte sich seinen Aufgaben stellen. Per Telefonat versicherte er Sabine, sich auf die Suche nach Jürgen zu begeben. Hahaha, begann er hernach sein Selbstgespräch, ich habe ja nicht mal einen Ansatzpunkt, wo sich der Juwelier, so er denn noch am Leben weilte, aufhalten könnte. Er wäre froh gewesen, gäbe es eine wenn auch noch so abwegige Spur. Gelangweilt tigerte er zwischen Marias Skulpturen herum. Zu seinem Leidwesen hatte ihm Schmidt-Schmitt gestern auch noch gesagt, er wolle heute freimachen. Zwar besaß Herr Schweitzer dessen Handynummer, aber er genierte sich ein wenig, den Oberkommissar zu stören. So wie der in letzter Zeit aussah, dachte er, verschläft er den kompletten Tag. Und wenn er etwas nachvollziehen konnte, dann war es das Schlafbedürfnis anderer Menschen.

Verdrießlich erinnerte er sich an den Zustand seiner eigenen Wohnung. Im Prinzip war seit Wochen Großreinemachen angesagt. Da der Tag eh gelaufen war, gab sich Herr Schweitzer einen Ruck. Seine Mitbewohnerin war arbeiten, so konnte er sich nach Gutdünken mit Wischmop und Wassereimer austoben. Ein Blick nach draußen verriet ihm, daß es noch trocken war. Er schloß alle Fenster und machte sich auf die Socken. Mit den ersten schweren Regentropfen erreichte er seine Wohnung im Mittleren Hasenpfad. Herr Schweitzer schaltete sein Hirn aus und begab sich an die Arbeit.

Als der Putzteufel drei Stunden später mit dem vorgezogenen Frühjahrsputz fertig war, fiel er ermattet in die Federn. Er war zufrieden mit sich. Bad und Küche erstrahlten in neuem Glanze, und es roch nach frischer

Zitrone. Laura würde ihn mit Lobeshymnen überschütten. Aktivierte Räucherstäbchen begleiteten seinen Schlaf.

Weder die Tageszeitung noch die Nachrichten im Radio brachten neue Erkenntnisse im Mordfall Sikora an den Tag. Lustlos stöberte Herr Schweitzer in den Unterlagen zur Führerscheinprüfung. Er wurde das Gefühl nicht los, jemand hatte ihm einen gebrauchten Tag angedreht. Nie im Leben würde er es sein, der Jürgen aufspürte. Dead or alive, kamen ihm Sabines Worte in den Sinn. Er schaute auf die Uhr. Viertel vor fünf. Zu nichts hatte er Bock. Herr Schweitzer überlegte, ob er sich in eine Kneipe setzen und besaufen sollte, dieser Tag hatte nichts anderes verdient. Selbstverständlich schüttete es, als würde gleich die Welt untergehen. Wenn doch wenigstens Maria da wäre, man könnte ins Kino oder ganz toll essen gehen. Das Weinfaß war auch keine rechte Alternative. Ausnahmsweise würde ihn das dort übliche Dummrumgebabbel nur noch mehr runterziehen. Es war die pure Langeweile, die ihn dazu veranlaßte, sich ein heißes Bad zu gönnen. Danach wollte er zum Abendbrot kurz in eine Apfelweingaststätte und sich später mit einem Buch ins Bett begeben. Doch es kam anders.

Der Handkäs war nicht worst case, sondern best Käs gewesen. Das Frankfurter Nationalgericht hatte seine Lebensgeister reanimiert. Herr Schweitzer war wieder bester Dinge. Er saß allein an einem Tisch im Eichkatzerl und genoß das Treiben um sich herum. Etliche Rentner saßen beim Abendschoppen. Kinder tobten durch die Bankreihen. Ein zotteliger Hund hatte sich vor dem Ofen niedergelassen. Die Wirtsleute Gabi und Helmut hatten alle Hände voll zu tun. Es war die typische Sachsenhäuser Atmosphäre, die Herrn Schweitzer wieder am Leben teilhaben ließ. Daß er Maria vermißte, war nicht weiter tragisch, morgen würde sie ja wieder bei ihm sein. Die Grüne Soße mit Kartoffeln und hartgekochten Eiern, die er als Hauptspeise serviert bekam, erschien ihm wie eine Verlockung aus dem Paradiese.

Nach dem Mahl war er sogar wieder zu einem Schwätzchen mit Helmut fähig. Dabei ging es, wie sollte es auch anders sein, um den Mordfall. Herr Schweitzer jedoch hielt sich bedeckt, was sein Mitwirken anging. Der Wirt meinte, es sei doch gehupft wie gesprungen, ob man die Leiche nun fand oder eben nicht, die Sikora sei doch schon so gut wie verurteilt. Der Detektiv ließ sich nun doch zu einer Äußerung hinreißen, nämlich der, daß es sehr wohl einen Unterschied mache, sei man nun der Leiche habhaft oder vermisse man sie weiterhin. Jaja, kam man schließlich überein, so eine Leiche helfe manchmal schon aus der Bredouille. Genau, und weiter als bis zur Griesheimer Schleuse kann sie sich ja nun auch nicht fortbewegt haben. Allerdings seien Leichen ab und an sehr eigen, kann also sein, sie verheddern sich unterwegs in Baumwurzeln oder versenkten Fahrrädern oder so, da stecke man nicht drin, im Eigenleben einer Leiche.

Ein Blick nach links, ein Blick nach rechts. Was sah er da? Eine Leuchtreklame, die da nicht hingehörte. An und für sich sind solche illuminierten Hinweise in einer Großstadt nichts Außergewöhnliches, ein urbaner Mikrokosmos ist schließlich einem steten Wandel unterworfen, trotzdem stutzte Herr Schweitzer. Keine fünfzig Meter rechts vom Eichkatzerl, die Dreieichstraße Richtung Main hoch, befand sich eine weitere Fast-Stammkneipe des Detektiven. Der Frühzecher. Dort trafen sich Sachsenhausens Nachtschwärmer, wenn alle anderen Kneipen schlossen. Seit über einem Jahrzehnt galt dieses Lokal als Institution nimmermüder Trinker. Und genau so lange wies ein unscheinbarer Schriftzug über der Einganspforte auf den Frühzecher hin. Nun hatte sich der Wirt und Altrocker René also in Unkosten gestürzt und sich mit den roten Leuchtröhren eine neue Vermarktungsstrategie zurechtgelegt. Herr Schweitzer fühlte sich magisch angezogen. Er wollte nur mal gucken. Ein Bier, vielleicht zwei, auf keinen Fall mehr. Nur noch sporadisch hatte er in den letzten Monaten dem Frühzecher einen Besuch abgestattet. Man wird ja auch älter, und der Körper spielte immer weniger mit. Er rechnete nicht damit, daß um diese Uhrzeit schon viel los sein würde.

Und er sollte recht behalten. Fatalerweise jedoch erblickte Herr Schweitzer seinen Kumpel Frederik Funkal als einzigen Kunden am Tresen hocken. Als einfacher Streifenpolizist war dieser natürlich nicht oder nur peripher in den Mordfall Sikora involviert. Mit neuen Informationen war also nicht zu rechnen.

„Grüß dich, Simon. Was treibt dich mal wieder her?“ wurde er auch sogleich bei seinem Eintritt von René willkommen geheißen.

„Deine neue Reklame. Mann, die ist so groß, bestimmt kann man die schon vom Weltall aus erkennen.“

„Ha, siehst du. Und wenn sie schon so alte Männer wie dich anlockt, ist es nur eine Frage der Zeit, bis sie sich amortisiert hat.“

Herr Schweitzer fand nicht, daß er schon zu den alten Männern gehörte. Mit einem jugendlichen Schwung erklomm er den Hocker links von Funkal.

Auch jener begrüßte ihn: „Schau an, schau an, der Herr Detektiv. Hab gehört, du mischst beim Sikora-Fall mit.“

„Wie man‘s nimmt“, präzisierte Herr Schweitzer, der sich schon lange nicht mehr darüber wunderte, wie schnell in Sachsenhausen Neuigkeiten die Runde machten. Und zu René: „Ein Bierchen, wenn‘s keine Umstände macht.“

„Ist schon in Arbeit." René deutete zum Zapfhahn.

Der Detektiv registrierte die beiden vor Funkal stehenden Pilsgläser. Er dachte sich nichts dabei, denn wenn der Polizist Durst hatte, war es meist ein großer. Und was ihm dann am wenigsten behagte, war das Warten. Doch heute verhielt es sich anders. Das zweite Bier war gar nicht ihm. Es gehörte dem Oberkommissaren Schmidt-Schmitt, der gerade von der Toilette zurückkehrte und große Augen machte, als er Herrn Schweitzer sah. „Wen haben wir denn hier? Ist das aber eine Überraschung."

„Die Überraschung ist ganz meinerseits. Guten Abend, Herr Schmidt."

„Gerade eben noch haben wir uns über dich unterhalten", erklärte Frederik Funkal.

„Hoffentlich nur Gutes", sagte Herr Schweitzer und wischte sich den Schaum vom Mund. Er konnte sich nicht erinnern, wann er Funkal das letzte Mal so nüchtern erlebt hatte. Das mußte schon lange her sein.

„Immer nur Gutes. Ansonsten hätten wir ja gelästert. Und, Simon, jetzt mal unter Männern, wir sind doch keine alten Tratschweiber, oder?"

„Nein, natürlich nicht."

„Siehst du. René, noch einen Schoppen, please."

Aha, dachte Herr Schweitzer daraufhin, das mit Funkals Nüchternheit dürfte auch bald Makulatur sein. Wie in den guten alten Zeiten würde sich der Polizist volle Kanne zurußen. Das war eine Spezialität von ihm. Für seinen Lebenswandel sah er noch erstaunlich gut aus.

Funkal: „Wo waren wir stehengeblieben?"

„Bei der Sedlurak", antwortete Schmidt-Schmitt.

„Stimmt. Die schreibt in ihrer Freizeit also Gedichte?"

„Wenn ich's dir sage ..."

Da es sich offenbar um einen älteren Gesprächsfaden handelte, hielt sich Herr Schweitzer raus. So viel zum Thema alte Tratschweiber, dachte er nur.

„Hätte ich jetzt nicht gedacht, die Sedlurak macht doch eigentlich einen soliden Eindruck. Doch wenn du sagst, sie schreibt Gedichte ... warum hast du sie dann nicht mal zum Logopäden geschickt? Vielleicht wäre eure Beziehung damit zu retten gewesen."

Herrn Schweitzer fiel auf, wie intim die beiden miteinander umgingen.

„Oh, versuch du mal, Lyriker zu kurieren. Eher bringst du einem Offenbacher den Umgang mit Messer und Gabel bei."

„Hey Jungs", unterbrach René, „jetzt macht mal halblang. Offenbacher sind auch nur Menschen. Ich kenne sogar ein paar, die haben es bis nach Frankfurt geschafft."

„Nee ...", kam es von Funkal.

„Doch. Einer hat sogar eine von hier geheiratet."

„Das geht?“ beteiligte sich nun auch Herr Schweitzer am Dummrumgebabbel.

„Tja, das Grundgesetz“, dozierte René mit gestrecktem Zeigefinger, „da steht drin, alle Menschen sind gleich.“

„Das geht zu weit“, tat nun der Schmidt-Schmitt entrüstet, „man kann doch nicht zivilisierte Menschen mit Neandertalern gleichstellen.“

Funkal: „Jetzt übertreibst du aber, Mischa. Ich habe im Dienst mal einen Kollegen kennengelernt, der war gebürtiger Offenbacher und konnte ...“ Er legte eine dramatische Kunstpause ein.

„Ja?“

„Sag schon ....“

„Jetzt mach‘s nicht so spannend.“

„... Auto fahren.“

„Hahaha, der war gut“, stellte Herr Schweitzer fest. Wohlweislich verschwieg er seine ersten Fahrstunden und die Tatsache, daß er aus Gründen der Dabbischkeit auf Automatik lernte.

So ging das Geläster über die liebe Nachbarschaft noch eine Weile weiter. In Frankfurt, und wegen der geographischen Nähe ganz speziell in Sachsenhausen, gehörten solche, die Menschenwürde malträtierenden Gespräche über Offenbach zum spaßigen Alltag. Der Fairneß halber sei aber auch einmal gesagt, daß es sich jenseits der imaginären Kulturgrenze nicht wesentlich anders verhielt. Die Zurückgebliebenen dort – oder sollte man besser sagen: die dort Zurückgebliebenen? – sahen in Frankfurts Bevölkerung eine Bande Koks schnüffelnder und dem Heroinrausche frönender Drogensüchtiger. Selbst Kids im zarten Vorschulalter bekämen ohne Ecstasy nichts gebacken. Ganz so falsch lagen sie damit nicht, auch wenn hüben wie drüben eine gewisse Ausschmückung kaum zu leugnen war.

Und außerdem hatte es in Offenbach sogar eine Domstraße. Nicht daß dort je eine Kathedrale erbaut worden war, nein, die Offenbacher Domstraße hieß nur deswegen Domstraße, weil man früher, bevor alles verbaut wurde, von dieser Stelle aus einen sehnsüchtigen Blick auf den Frankfurter Dom genießen durfte. So hat halt jeder seine Sehenswürdigkeiten, auch wenn sie manchmal ganz schön weit entfernt waren.

Es dauerte nicht lange, und Herr Schweitzer war auch mit Mischa Schmidt-Schmitt per du. Frederik Funkals Bierkonsum hatte die gewohnte Schlagzahl erreicht. Die familiäre Dreisamkeit ausnutzend eruierte der Detektiv nun ein paar Fakten, die ihm bis dato verborgen waren. So seien zum Beispiel im Benz der Sikora keine Fingerabdrücke außer den ihren festzustellen gewesen, mit einem Tuch sei das Lenkrad und der Türgriff feinsäuberlich blankpoliert worden. Der Eigentümer der schwulen Frau Rauscher sei identisch mit dem Mordhausbesitzer und seit geraumer Zeit auf Reisen, wie eine aufmerksame Nachbarin der Polizei mitgeteilt hatte.

Und da es der Oberkommissar augenscheinlich ernst meinte mit der Zusammenarbeit mit dem Detektiv, fand es nun auch Herr Schweitzer an der Zeit, alle Karten auf den Tisch zu legen. Er beugte sich zu Schmidt-Schmitt: „Pssst."

„Ja, ich bestell ja gleich die nächste Runde."

„Nee, nix da, das meine ich nicht."

„Was'n sonst?"

„Opium bei Frau Rauscher ..."

„Hä?"

Das „Hä" war berechtigt, es war doch recht zusammenhangslos dahergesagt. In aller Ausführlichkeit klärte Herr Schweitzer nun seinerseits den Oberkommissar auf. Er verheimlichte auch nicht, ein klitzekleines Tütchen Gras für sich abgezweigt zu haben, im Gegenzug aber schon mal vorab das Opium von einem Sachverständigen, der natürlich anonym bleiben müsse, habe überprüfen lassen. Eins-A-Qualität sei es gewesen, das Opium. „Giorgio-Abdul kennt sich da nämlich aus." Ups. Das war ihm so rausgeflutscht.

„Jaja, der Giorgio-Abdul aus der Brückenstraße", sprach nun unerwarteterweise Schmidt-Schmitt, „der kann's auch nicht lassen, immer auf einen kleinen Nebenverdienst erpicht, der Bub. Aber ganz ernsthaft, Simon, mit Dealerei hat der Mord doch nun wirklich nichts zu tun."

„Ich wollt's halt nur mal erwähnen. Hätte ja sein können ..."

„Nett von dir. Ich weiß deine Offenheit zu schätzen. Sag mal, was machst du morgen früh?"

„Ausschlafen. Ich hol nachher meine Freundin vom Bahnhof ab. Sie kommt erst kurz vor zwölf an. Wieso?"

„Morgen früh gibt's an der Griesheimer Schleuse eine große Aktion. Sämtliche Tauchtrupps der Gegend werden dort sein. Wir werden nach der Leiche suchen."

„Warum ausgerechnet da?"

„Weil sich Leichen immer an Schleusen versammeln."

„Tun sie das?"

„Klar. Und bei den Wassermassen der letzten Wochen sowieso. Du mußt dir das so vorstellen, Simon, paß auf. Die Leiche treibt gedankenverloren so im Main vor sich hin. Dann, plumps, fällt sie über das Wehr. Und zack, brechen die nachstürzenden Fluten über sie herein und verhindern, daß sie wieder auftauchen und nach Luft schnappen kann. Das ist quasi wie ein Strudel, nur senk- statt waagerecht. Kapiert?"

„War ja auch fein erklärt."

„Also, bist du dabei? Als wir das letzte Mal so eine Aktion hatten, kamen gleich zwei Leichen zum Vorschein."

„Zwei auf einmal, das ist ein Haufen Holz."

„Eher ein Haufen verwestes Fleisch. Vielleicht haben wir diesmal Glück, und die richtige ist dabei."

Herr Schweitzer hatte sich aus dem Bett gequält. Ausnahmsweise war Maria mit ihm aufgestanden. „Steuererklärung" und „doofer Tag" hatte sie auf seine Nachfrage hin erläutert.

Späterhin sah die Welt einen weder Tod noch Teufel noch Wetterkatastrophen fürchtenden Privatdetektiv am Mainufer gen Goldstein radeln. Im Regelfall bevorzugte er bei derartig vakanten Wetterlagen ja die Strassenbahn, doch waren sowohl die Stationen in Griesheim als auch die in Goldstein dermaßen weit weg vom Schuß, und der jeweilige Anschluß an die Buslinie hätte erst noch herausgefunden werden müssen, daß er sich für die einfachste Methode entschieden hatte. Immer wieder mußte er Pfützen ausweichen. Nur eine Handvoll anderer Radfahrer begegneten ihm. Die sahen aber aus wie gedopt. Sicherlich trainierten sie für die Tour de France.

Schon beim Einbiegen zu der in den letzten Weltkriegstagen von einer Pioniereinheit der Wehrmacht gesprengten und erst 1950 wiedereröffneten Staustufe bemerkte Herr Schweitzer eine Ungereimtheit. Er vollführte eine elegante Kehrtwendung. Das Wasser- und Schiffahrtsamt Aschaffenburg schrieb sich mit fff – Schifffahrtsamt. Neue Rechtschreibung. Er zeigte dem Schild einen Vogel. Ein paar Meter weiter war sogar davon die Rede, daß das Betreten des Betriebsgeländes strompolizeilich verboten sei. Gut, Aschaffenburg gehörte zu Bayern, und der dortige Menschenschlag hatte gewaltig einen an der Raffel, aber bei aller Liebe, den Main als Strom zu bezeichnen, dazu hätte sich nicht mal die Frankfurter Oberbürgermeisterin durchringen können. Doch vielleicht siedelten Aschaffenburger gerne an Strömen und handelten vorausschauend. Wer weiß, einige Kontinentalplattenverschiebungen und ein paar Millionen Jahre später, und durch Bayern flösse beispielsweise ein mit dem Main vereinigter Nil. Das würde den Vorteil haben, dachte Herr Schweitzer, daß man es dann zu den Pyramiden nicht mehr so weit hätte.

Er trug sein Fahrrad die Treppe hoch und überquerte die beiden dreihundertvierundvierzig Meter langen Schleusenkammern, in denen zwei Frachtschiffe und ein Schubverband vertäut lagen. Schon beim Kontrollturm erspähte er auf der Griesheimer Seite ein hektisches Treiben. Blausilbrige Polizeiautos parkten an der Uferböschung und mehrere Wasserfahrzeuge waren im Fluß zugange. Taucher waren mit ihren Anzügen und Sauerstofflaschen beschäftigt. Drei Walzenwehre stauten die schlammigen

Fluten. Etliche Strudel zeugten von der gewaltigen Kraft der Wassermassen. Instinktiv suchten Herrn Schweitzers Augen nach an der Oberfläche treibenden Leichen.

Die Oberkommissarin Sedlurak war in ein Gespräch mit Schmidt-Schmitt vertieft, während sich Herr Schweitzer dezent im Abseits hielt. Skeptisch beäugte er den Himmel, der sich über Höchst schon wieder rabenschwarz präsentierte und nur darauf wartete, erneut anzugreifen. Er schloß sein Fahrrad ab und ließ sich auf einem Poller nieder.

Nachdem Herr Schweitzer einige Zeit aufmerksam den jeweiligen Aktivitäten der verschiedenen Berufsgruppen zugeschaut hatte, näherte sich ein sichtbar erholter Oberkommissar. „Das wird heikel." Erst dann folgte die Begrüßung: „Na, du bist ja doch gekommen."

„Wie du siehst. Was wird heikel? Die Strömung?"

„Ja, der Tauchleiter hat seine Bedenken geäußert, aber Frau Sedlurak hat auf die Aktion bestanden. Komm doch mit, da vorne steht unser Bus, da gibt's Kaffee und außerdem ist es windgeschützt."

Herr Schweitzer folgte.

„Ah, tut das gut." Er labte sich an dem heißen Gesöff. „Wie lange wird das hier dauern? Was schätzt du?"

„Wenn es nach der Sedlurak geht, dann so lange, bis jeder Kubikzentimeter abgesucht ist. Die Pedanterie dieser Dame ist berüchtigt. Deswegen ist sie ja auch mit auf's Boot gegangen. Kontrollsucht nennt man das unter Psychologen, glaub ich."

„Ist daran eure Beziehung gescheitert, an ihrer Kontrollsucht?"

„Simon, Tipp von mir, du solltest Privatdetektiv werden ..."

„Schlechter Vorschlag. Laut Auftrag sollte ich Jürgen Sikora suchen."

„Tust du doch, na ja, immerhin guckst du dabei zu."

„Klar, aber wenn die Polizei die Leiche findet, krieg ich keine Belohnung. Also, was mache ich hier eigentlich?"

„Das nennt man Ausschlußverfahren. Ist die Leiche erst mal tot, erübrigt sich die weitere Suche."

Und Herr Schweitzer hegte noch eine ganz andere Befürchtung: „Und wenn sich die Leiche durch die beiden Schleusenkammern geschlichen hat und nicht am Wehr hängengeblieben ist ..."

„Dann, mein lieber Simon, ja dann sind wir so weit wie vorher. Aber jetzt mal ganz unter uns, ich glaube, die Sedlurak liegt sowieso falsch mit ihrer These."

„Und was ist ihre These?"

„Mord natürlich."

„Und was ist deine These?"

„Jürgen Sikora lebt und wird irgendwo von Lola gepflegt. Dazu würde nämlich die neueste Spur passen."

Sofort war Herr Schweitzer statisch aufgeladen. Sämtliche Sinne waren in Aufruhr, wovon seine sich sträubende Armbehaarung beredtes Zeugnis ablegte. „Bitte? Welche neue Spur?"

„Sag aber nicht, wir seien blöd. Natürlich haben wir es sofort überprüft, aber es hat sich als sehr schwierig gestaltet. Das Handy, mit dem der Anruf bei der Sikora eingegangen ist, war unter einem anderen Namen registriert. Du erinnerst dich, die Sikora hat doch behauptet, jemand habe sie angerufen und behauptet, ihr Mann gehe gerade fremd."

„Wie sollte ich das vergessen haben?"

„Und nun hat sich herausgestellt, daß der Typ, dem das Handy gehört, niemand anderes ist als dieser Stefan Kalter, der Besitzer des Hauses, in dem der Mord geschah, und dem gleichzeitig auch noch die Kneipe in Sachsenhausen gehört."

„Aber der ist doch im Ausland und unauffindbar."

„Und wenn schon. Doch bedenke, er hat Lola in seinem Haus wohnen und die schwule Frau Rauscher alleinverantwortlich führen lassen. Warum sollte er ihr nicht auch sein Handy überlassen haben?"

„Ist Lola denn nirgendwo sonst polizeilich gemeldet? Oder wohnt sie auch in dem Haus?"

„Gemeldet ist sie in Eschersheim. Aber der Bewohner dort hat ausgesagt, Lola, beziehungsweise Waldemar Hanuch, sei vor einem knappen halben Jahr dort ausgezogen. Bis dahin habe man vier Jahre in einer Wohngemeinschaft gelebt. Der Großteil seiner Habseligkeiten lagert dort im Keller. Und die Befragung der Nachbarn im Bischofsweg hat ergeben, Herr Hanuch habe dort des öfteren genächtigt."

„Und auch gewohnt?"

„Nein, keine Spur von Klamotten oder auch nur einer zweiten Zahnbürste."

„Und die Suche nach Lola läuft? Ich weiß, eine blöde Frage ..."

„Drei Beamte sind eigens dafür abgestellt, die Homosexuellenszene Frankfurts zu durchforsten."

„Hihi, keine angenehme Aufgabe, wie ich annehme."

„Hast du 'ne Ahnung. Wir haben auch schwule Jungs unter uns. Die machen so was gerne."

„Aha." Herr Schweitzer blickte zum Fluß. Nach wie vor versuchte ein Boot, so nahe wie möglich an das Wehr heranzukommen. Es schaukelte beträchtlich. „Was jetzt?"

„Na, was wohl? Sabine Sikora wird heute oder spätestens morgen früh auf freien Fuß gesetzt."

„Du beliebst zu scherzen."

„Ganz und gar nicht. Sieh es doch mal so: Je mehr wir herausfinden, umso mehr wird Frau Sikora entlastet. Und nicht vergessen, Hubertus Mauer ist der beste Anwalt weit und breit."

„Entlassen? Einfach so?"

„Auf Kaution, natürlich. Und mit Auflagen. Jeden Tag beim Polizeirevier melden, das Übliche eben. Die Sedlurak ist deswegen schon fuchsteufelswild. Kann ich irgendwie auch nachvollziehen ..."

Zehn Minuten darauf wurde das Unternehmen eingestellt. Eine lautstark mit dem Einsatzleiter des Tauchtrupps zeternde Oberkommissarin näherte sich dem VW-Bus. Vehement verteidigte dieser seinen Entschluß, wegen einer Leiche mache er seine Mitarbeiter nicht zu solchen, und damit basta.

Und das werde ein Nachspiel haben, so die Sedlurak.

„Komm mit, Simon. Besser, wir verziehen uns. So, wie die Dame gerade drauf ist. Statten wir doch der schwulen Frau Rauscher noch einen Besuch ab. Guck, ich hab die Schlüssel. Vielleicht haben wir dort ja was übersehen. Mehr können wir im Moment sowieso nicht tun."

„Ich bin aber mit dem Fahrrad da."

„Das kommt bei mir in den Kofferraum."

„Dadada", offenbarte Herr Schweitzer ungeahnte Talente hinsichtlich der Kunstrichtung für Verblödete. Gleich nachdem der Oberkommissar die Rolläden hochgezogen hatte und ein wenig trübes Licht ins Lokal flutete, erspähte er die ihm bekannte Geldkassette auf dem verwaisten Tresen. Obwohl die schwule Frau Rauscher erst seit wenigen Tagen geschlossen war, machte sie den Eindruck eines edgarwallaceschen Spukschlosses. Fehlten nur noch das Spinngewebe und der Hund von Baskerville.

„Was is'n dadada?"

„Die Kassette, von der ich dir erzählt hab, und wo die die Drogen deponiert haben."

„In dem Ding hier?" Schmidt-Schmitt nahm sie in die Hand und schnüffelte daran. „Riecht nach Geldkassette."

„Na und? Die Drogen waren schließlich in Plastiktütchen eingeschweißt."

„Dann fangen wir mal an. Du oben, ich unten."

Herr Schweitzer betrat Neuland beziehungsweise den Darkroom. Der schmale Durchgang war in rotes Licht getaucht. Ein Kondomautomat hing neben einem gerahmten Foto von der Berliner Loveparade. Nur mit Tangas bekleidete, hübsche junge Burschen lächelten anzüglich von einem mit bunten Girlanden geschmückten Anhänger. Herr Schweitzer konnte gar nicht anders, als sich vor Augen zu führen, wie Mann sich hier verlustierte. Trotz seiner toleranten Einstellung entfuhr ihm ein „Bäh". Da die Wände kahl und auch sonst keine Einrichtungsgegenstände vorhanden, war die Durchsuchung schnell abgeschlossen.

Auch die anderen Räume im Kellergeschoß bargen keine Geheimnisse. Auf dem betonierten Boden des Getränkelagers sah er ein benutztes Kondom liegen. Ebenfalls „Bäh".

Er ging wieder nach oben. Schmidt-Schmitt saß an einem Tisch und spielte mit etwas, das aussah wie ein jadegrünes Ei. „Was hast du da?"

„Hmm." Der Oberkommissar schüttelte das Ding. „Das hab ich im Sicherungskasten gefunden."

„Gib mal her, bitte." Herr Schweitzer drehte das Ei zwischen den Fingern und betrachtete es von allen Seiten. „Ich glaube, ich habe so was schon gesehen. Guck, hier steht sogar was drauf."

„Ja, ich bin doch nicht blind. Ist aber Chinesisch, wenn du mich fragst. Siehst aus wie ein Haus. Was das Zeichen wohl bedeutet?"

„Haus", antwortete der Detektiv schelmisch. „Nein, im Ernst, das sieht aus wie ein Glücksstein. In Bangkok habe ich so Steine auf einem Markt gesehen. Die werden da an die Touristen verkauft."

„Bangkok ist doch Thailand und nicht China."

„Das schon. Aber die Thais sind Weltmeister im Kopieren. Denk doch nur mal an die Rolex-Uhren, die man dort kaufen kann. Die sehen auf den ersten Blick alle aus wie echt." Der vielgereiste Weltmann Schweitzer schüttelte den Stein vor seinem rechten Ohr. „Hier stimmt was nicht." Er runzelte die Stirn und drückte mit dem Daumennagel leicht in die Oberfläche des Steins. „Ich glaube, der ist innen hohl."

„Steine sind innen nicht hohl."

„Eben."

Doch da war Schmidt-Schmitt schon aufgestanden. Zurück kam er mit einem Bembel. „Der dürfte robust genug sein."

„Das ist jetzt aber Blasphemie, was du da vorhast. Du kannst doch einen heiligen Apfelweinbembel nicht als Hammer mißbrauchen."

„Und boing", sprach Schmidt-Schmitt. „Schon geschehen."

Zwischen ihnen lagen etwa drei Millimeter dicke Schalen und ein Splitter vom Boden des Bembels.

Herr Schweitzer: „Was hab ich gesagt ... der schöne Bembel."

Außerdem lag zwischen den Schalen eine unförmige Masse, die aussah wie der Kotklumpen eines seltsamen Tieres.

„Und was haben wir denn hier?" Der Oberkommissar nahm den Klumpen in die Hand und knetete ihn.

„Opium. Ist doch glasklar", schlaumeierte Herr Schweitzer aufs Geratewohl.

„Du kennst dich ja bestens aus. Ich gehe mal davon aus, du hast dir in Laos damit die Lichter ausgeschossen."

„Versucht, Mischa. Ich hab nur versucht, mir damit die Lichter auszuschießen. Hat aber nicht geklappt. Vielleicht liegt es daran, daß wir in Frankfurt und Umgebung mit Ebbelwei groß geworden sind, da wirkt so läppisches Opium nicht mehr."

„Witzbold."

„Yeap. Und was glaubst du jetzt? Kann es vielleicht doch sein, Jürgen und Lola wollten ins Drogengeschäft einsteigen? Wenn du mich fragst, sieht das Ganze nach professionellem Schmuggel aus. Die haben das Zeug als Glückssteine importiert und damit den Zoll an der Nase herumgeführt." Herr Schweitzer nahm eine Schale und besah sich die Bruchstelle. „Was das wohl für Material ist?"

„Keramik oder so etwas in der Art." Auch Schmidt-Schmitt beteiligte sich an der Untersuchung. „Hmm, kann sein, deine These ist gar nicht mal so falsch. Besser, ich ruf mal den Zoll an. Die sollen mal mit Spürhunden hier antanzen, vielleicht hat's noch mehr davon in diesen Räumen."

Doch Herr Schweitzer war noch lange nicht zufrieden. „Wie das wohl mit unserem Fall zusammenhängt? Ich krieg's einfach nicht auf die Reihe."

Der Oberkommissar zögerte mit seiner Antwort.

Dann aber: „Ich würde das eher unabhängig voneinander betrachten. Bis auf weiteres jedenfalls mal."

„Meinst du?"

„Im Moment meine ich gar nichts. Wenn wir schon nicht die Leiche finden, dann wenigstens die Pistole."

„Ja, die wäre sehr hilfreich, die Pistole", sinnierte Herr Schweitzer.

Schmidt-Schmitt telefonierte mit der Zollfahndung.

„Die sind in circa zwei Stunden hier. Wollen wir solange was trinken? Ich hab im Kühlschrank Ebbelwei gesehen."

Herr Schweitzer sah auf die Armbanduhr. „Geht net. Hab nachher noch Fahrstunden. Da ruinier ich mir doch bloß meinen Ruf, wenn ich da besoffen aufkreuze."

„Falsch. Damit würdest du deinen Ruf untermauern."

Er mußte lächeln. „Ist der wirklich so schlecht, mein Ruf? Ich dachte, ich würde um die Ecke denken können ..."

„Das eine hat mit dem anderen nix zu tun. Und außerdem hast du bisher noch nicht um die Ecke gedacht. Wird Zeit, damit anzufangen, sonst lösen wir den Fall nie."

Herr Schweitzer mußte sich beeilen, wollte er noch pünktlich zur Fahrstunde erscheinen. „Ich geh jetzt mal. Sonst komme ich noch zu spät."

Brigitte wirkte wie aus der Zeit gefallen. Hellblau das Kleid über der braunen Baumwollstretchhose. Kirschrot der Pullover. Pagenkopf. Hundertfünfundzwanzig momentan hungrige Kilo ihr Kampfgewicht. Wenn sie aß, das tat sie vier bis fünf Mal täglich, schaufelte sie mit Vorliebe Burgers bis zum Platzen der Stretchhose in sich hinein. Ihre Kolleginnen hatten ihr den Beinamen Männerflüsterin gegeben. Obwohl ihre Ausdünstungen jeden noch halbwegs funktionierenden Geruchssinn kränkten, gelang es Brigitte kraft ihres Atombusens gelegentlich, den ein oder anderen männlichen Fahrschüler unter sich zu begraben. Wegen ihrer unersättlichen Lust übte sie das Einparken am liebsten auf dem Parkplatz des Frankfurter Waldstadions. Okay, dort hatte es keine anderen Autos, zwischen denen man das Parklückeneinschätzen hätte lernen können, aber man sollte da nicht so kleinlich sein. Zur Nivellierung dieses Mankos lagen im Kofferraum des Automatik-Audis nämlich jede Menge Holzklötzchen, mit denen man den Ernstfall simulieren konnte.

„Aber das Einparken hab ich doch schon hinter mir", protestierte Herr Schweitzer.

Brigitte hatte sich neben das nach ihrem Dafürhalten kernige Mannsbild von Fahrschüler gewuchtet. Ihr Sitz war in der hinterletzten Kerbe eingerastet. „Wollen wir uns nicht duzen? Das fördert den Lernerfolg."

Herr Schweitzer hatte davon zwar noch nichts gehört, aber er willigte ein. Kinderlos wie er war, hatte er von Pädagogik recht wenig bis gar keine Ahnung.

„Nun, Simon, glaub mir, es ist ein großer Unterschied, ob man mit Automatik- oder Schaltgetriebe einparkt. Das wirst du gleich sehen. Ich habe hinten extra zehn Meter freigelassen. Da kann also nichts schiefgehen. Und jetzt schmeiß die Karre mal an." Salbungsvoller hätte auch das Timbre einer Märchenerzählerin nicht klingen können.

Noch während der Detektiv den Schlüssel drehte, wollte er einräumen, die zehn Meter seien doch wohl etwas übertrieben, er sei schließlich nicht blöd. Nur gut, daß er dazu nicht mehr kam, denn kaum war der elektrische Funke des Anlassers übergesprungen und der Schaltknüppel auf R gelegt, machte der Audi einen gewaltigen Satz nach hinten. Herr Schweitzer erschrak enorm, und die Fahrlehrerin stampfte nach feiner englischer Art ihre Quadratlatschen mit der Wucht einer Planierraupe auf das Bremspedal, so daß des Schülers Sitz zuzüglich der Karosserie quietschte und ächzte.

Erst als er seine Stimme wiedergefunden hatte – vorher ging nicht –, quietschte und ächzte Herr Schweitzer: „Was war denn das eben?"

Brigitte drehte Däumchen. „Der Unterschied zwischen Automatik und Gangschaltung."

Nun denn, dachte Herr Schweitzer, mit ausgeklügelter Pädagogik hat diese Erklärung aber nichts zu tun. „Wieso fährt das Auto los? Ich habe doch gar kein Gas gegeben."

„Aah, jetzt kommen wir der Sache schon näher. Weißt du, Simon, ein Automatik-Auto fährt immer von alleine."

„Ich brauch also nur noch lenken?"

„Ja, Simon, sehr, sehr gut. Das hast du jetzt ganz, ganz fein bemerkt. Aber ...", Brigitte deutete durch die Windschutzscheibe, „nennst du das Lenken?"

Herr Schweitzer schaute nach vorne. Oh, zwei der vier Holzbälkchen, die vormals eine Parklücke darstellten, waren ganz schön zur Seite geschleudert worden. Eine bittere Prise Untergangsstimmung ließ seine Stimme vibrieren: „Uiuiui, wenn das echte Autos gewesen wären, das hätte aber einen gewaltigen Schaden gegeben."

„Jaaa, so könnte man es ausdrücken, Simon. Aber zum Glück bist du bei Brigittchen in guten Händen." Ihre fleischige Hand tätschelte Herrn Schweitzer Oberschenkel gefährlich weit oben.

Der Detektiv jedoch hatte das soeben Geschehene noch gar nicht richtig verarbeitet. Noch hielt er diese körperliche Berührung für pädagogisches Kalkül. „Also gut, beim Automatik-Auto immer ans Lenken denken."

„Nicht immer. Auf einem großen Salzsee zum Beispiel wäre das manchmal auch zu vernachlässigen."

Ganz schön spitzfindig, die Dame, dachte Herr Schweitzer. „Aber, wie verhindere ich denn, daß das Auto einen so plötzlichen Satz macht? Muß ich das Standgas runterdrehen? Ist der Audi gerade kaputt? Ist schließlich schon ein älteres Modell."

„Die Bremse", startete Brigitte nun einen Versuch, die Unwissenheit ihres Schützlings zu eliminieren.

„Die Bremse? Du meinst, ich muß immer bremsen, während das Auto von sich aus fährt? Das ist doch ziemlich unlogisch. Man könnte doch beispielsweise den Motor so einstellen, daß das Auto nicht von sich aus drauflosfährt, dann bräuchte ich auch nicht immerfort zu bremsen. Schließlich bin ich ja schon mit dem Lenken beschäftigt."

„Aber du hast doch eben gar nicht gelenkt." Brigittes Taktik bestand nun darin, den hörigen Führerscheinanwärter erst einmal gehörig runterzuputzen, um ihm dann mit allem erzieherischem Feingefühl wieder aufzubauen.

„Ja schon, dennoch könnte ich beim nächsten Mal dran denken. Jetzt, da ich's weiß ..."

„Ich will dich ja nicht entmutigen, Simon, aber zum Fahren gehören noch eine ganze Menge anderer Sachen." Tätschel, tätschel.

„Was'n?"

„Verkehrsschilder beachten. Die anderen Autofahrer im Auge behalten, denen könnten ja auch Fahrfehler unterlaufen. Hin und wieder in den Rückspiegel gucken. Gegebenenfalls den Verkehrsnachrichten zuhören. Und, und, und. Ich weiß, ihr Männer habt eure Probleme damit, zwei Sachen gleichzeitig zu tun."

Was sollte denn das jetzt schon wieder, überlegte Herr Schweitzer. Ist Brigitte etwa eine Lesbe? Aber wieso streichelt sie dann meinen Oberschenkel? Wird Zeit, einen Schutzwall zu errichten. Er preßte die Beine zusammen.

Doch gerade diese Abwehrmaßnahme forderte Brigittchen heraus: „Jetzt mach dich mal locker, Simon. Du bist ja ganz verkrampft."

„Gar nicht." Mit angestrengter Leichtigkeit versuchte der Detektiv ein Lächeln. Heraus kam eine häßliche Grimasse.

Aua, dachte daraufhin die Fahrlehrerin, ist der aber verklemmt. Dabei ist er so knackig, der Bub. Allerdings fanden nur wenige Frauen Herrn Schweitzer knackig. Hier jedoch griff die Relativitätstheorie.

In den nächsten anderthalb Stunden stellte sich heraus, daß der Fahrlehrerin Geduldsfaden aus Stahl und Herr Schweitzer gar nicht so begriffsstutzig war, wie es zu Beginn den Anschein hatte. Am Ende der Lektion waren die Holzklötzchen zwar arg ramponiert, der Audi um Jahre gealtert, doch Brigitte konnte nicht umhin, ihren Schüler mächtig zu loben: „Simon, ich muß sagen, du hast Talent."

„Wirklich?"

„Aber logo. In zwei Monaten hast du deinen Lappen, dafür lege ich meine Hand ins Feuer."

Im Moment jedoch lagen ihre Pranken wieder einmal auf Herrn Schweitzer, der von sexueller Erregung so weit entfernt war wie die Kanzlerin von einer Modellagentur.

Bei alten Männern weiß frau immer, wo sie sich aufhalten: auf dem Sofa. Meist schlummernd. Des Sommers konnte es auch der Liegestuhl sein, sofern er im Schatten stand. Doch noch war tiefster Winter, so vereinfachte sich für Maria die Sucherei. Mit einem edlen Teakholztablett in der Hand betrat sie ihr Wohn-Eßzimmer. Es gab Chili con carne. Ein Blick genügte, und sie hatte ihren Liebsten entdeckt. Ein Speichelfaden, der sich noch nicht entschieden hatte, ob er nun der Erdanziehungskraft, 9,81 Meter pro Sekunde, erliegen sollte, hing an Herrn Schweitzers weit aufgerissenem und konvulsiv zuckendem Kiefer. Die dabei erzeugten Geräusche erinnerten an den Todeskampf eines waidwunden Rotwilds. Dies war jedoch kein Grund zur Panik, ein leichter Stoß in die Rippen hatte schon immer Abhilfe geschaffen. Oder, wie heute, der Geruch nach Eßbarem. Herrn

Schweitzers feines Spürnäschen führte nämlich ein Eigenleben. Zuerst verstummten die unappetitlichen Geräusche, hernach schlossen sich die Lippen. Dann, als der Duft im Kopf andockte, entfuhr ihm ein Seufzer wie nach einem Orgasmus und die Nasenflügel bebten. Unterstützt wurden sie dabei von der Oberlippe, die sich samt Mundwinkel zu einer grotesken Schnute kräuselte. Von diesem Zeitpunkt an dauerte es nur wenige Sekunden, und sein Erfahrungsschatz sandte positive Informationen zu den Glückshormonen. Huhu, altes Haus, das riecht aber lecker hier. Da Herr Schweitzer ein vorsichtiger Mensch war, setzte er hinter die nun geflüsterte Parole „Essen?" ein Fragezeichen.

„Ja, mein Schatz, Essen ist fertig. Wo mag der Herr speisen?"

Nach dem Mahle unterhielten sich die beiden noch kurz über die Sikoras. Dabei ließ Maria einen Spruch vom Stapel, der sich späterhin als überaus nützlich erweisen, ja, fast sogar schon philosophische Prophezeiung transportieren sollte. Und der lautete so: „Wenn alle um die Ecke denken, so ist die Gerade eckiger als das Um-die-Ecke-Denken."

Da stand er nun, der Satz. Da saß er nun, der Herr Schweitzer. Zum Staunen und Nachdenken verdammt von seiner Maria.

Und noch später, als sich das Liebespaar zur Ruhe bettete, kam von Maria noch ein Hinweis, der es in sich hatte, und mit dem Männer schon oft genug in der Menschheitsgeschichte nichts anzufangen wußten. Er, Herr Schweitzer, möge doch bitte darauf achten, das T-Shirt, welches er sich gerade über den Kopf streifte, bei seiner nächsten Wäsche „links herum" zu waschen. Das in Bangkok erstanden Kleidungsstück trug den Schriftzug Singha Beer.

„Klar doch." Zu mehr hatte es bei Herrn Schweitzer nicht mehr gereicht. Der Tag hatte ihm seine Kräfte geraubt.

Am Morgen hatte sich der müde Krieger insoweit erholt, daß Maria von der Heide ihr Recht einfordern konnte. Kein Erbarmen hatte sie gekannt. Gerade die letzte praktizierte Stellung war immens aufs Kreuz gegangen. Nun war der Krieger erneut müde. Mit letzter Kraft schleppte er sich die Treppen hoch.

Das orangefarbene Lämpchen des Anrufbeantworters zwinkerte ihm zu. Vorerst durfte es weiterblinken. Eine große Schüssel Obstsalat sollte Herrn Schweitzer aufpäppeln.

Erst nach der ausgiebigen Mahlzeit und der Lektüre der Frankfurter Rundschau bequemte sich der Herr ans Telefon. Er möge Sabine Sikora anrufen. Sofort.

Der Befehlston der Dame ging ihm gegen den Strich. Jetzt erst recht nicht, dachte er eingeschnappt, ich muß einkaufen gehen.

Erst als das und ein bißchen Gebabbel mit diesem und jenem unterwegs erledigt waren, tätigte er das Telefonat. Eine aufgewühlte Sikora berichtete ihm, ihr Anwalt habe sie rausgepaukt, sie sei nun wieder frei, aber es fehlen fünfzigtausend Euro. Herr Schweitzer intervenierte, ihm fehlten auch permanent fünfzigtausend Euro, sie befände sich da in bester Gesellschaft, das sei nun jetzt aber mal gar nicht schlimm, doch Sabine blieb hartnäckig. Aus dem Tresor im Laden, dort fehlte das Geld. Sie könne sich das gar nicht erklären, daß heißt, erklären könne sie es sich schon, denn am Abend der ... ähem ... Tatnacht habe sie das Geld noch weggeschlossen, bevor sie das Geschäft in der Textorstraße verlassen hatte. Und wenn er, Herr Schweitzer, sie fragte, dann könne dahinter, ganz logisch, nur diese blöde Schnecke von Lola stecken. Sag ich doch, sag ich doch, die pflegt gerade ihren Jürgen gesund und hat ihm dabei die Schlüssel geklaut. Oder, das könne sie sich inzwischen auch recht gut vorstellen, ihr Gatte habe Lola die Schlüssel freiwillig gegeben. Man brauche da nur mal richtig nachdenken, dann komme man ganz von alleine drauf, daß es sich nur so verhalten könne, wie gerade geschildert. Der nun hellwache Herr Schweitzer, clever wie er war, wollte daraufhin natürlich wissen, was das für Geld sei, das da abhanden gekommen wäre. Daß er da ins Wespennest gestochen hatte, war recht leicht an Sabines folgendem, nach Worten suchendem Gestammel zu entnehmen. Schwarzgeld oder Drogenhandel oder beides, denn Einnahmen aus Drogengeschäften waren meist ziemlich schwarz – außer in Holland, da war der Fiskus nämlich pfiffiger als hierzulande –, das war, an was Herr Schweitzer sofort dachte. Aber er ließ Sabine ausreden, denn die war noch nicht fertig. Und außerdem habe sie jetzt obendrein noch ein richtiges Detektivbüro beauftragt. Zack. Das saß. Was bildete sich die dämliche Ziege eigentlich ein? Meint wohl, sie hätte es hier mit einem blutigen Anfänger zu tun. Hä? War es nicht er, der gute alte Herr Schweitzer, der, vor zwei Jahren erst, zwei um sich ballernde Mafiabanden auf einen Streich so mir nichts, dir nichts husch, husch ins Körbchen beordert hatte? Hä? Gut, beruhigte er sich aber ebenso schnell wieder, so ganz allein hatte er dies nicht bewerkstelligt. Na ja, und ein richtiger Detektiv war er ja auch noch nicht. Noch nicht. Und ob er mal schnell vorbeikommen und sich die Scheiße hier mal ansehen wolle? Er wollte. Klar doch. Schließlich war man im Showgeschäft ganz schnell weg vom Fenster. Zehn Minuten, mehr brauche er nicht. Piep, piep, piep.

Etwas länger dauerte es dann doch. Ein Anruf Schmidt-Schmitts war die Ursache hierfür. Nur zu seiner, Herrn Schweitzers, Information, der Trick mit den chinesischen Glückssteinen sei dem Zoll durchaus bekannt. Allerdings sei dieser Schmuggel nicht hier in Frankfurt, sondern in Hamburg aufgedeckt worden. Im Herbst letzten Jahres sei dies geschehen.

Wegen Krankheit geschlossen, stand auf dem Zettel, der die Eingangstür des Juweliergeschäfts in der Textorstraße zierte. Herr Schweitzer mußte also zuvörderst am Seiteneingang klingeln, bevor er Einlaß fand.

„Da bist du ja endlich“, empfing ihn Sabine Sikora.

„Ja, der leitende Ermittlungsbeamte hat mich noch über die neusten Entwicklungen informiert.“ Bewußt haute er ein wenig auf die Pauke, schließlich galt es, der Konkurrenz Paroli zu bieten.

„Die da wären?“

Herr Schweitzer überlegte kurz, ob es Sinn machte, damit herauszurücken. Er entschied sich für die direkte Art: „So, wie es aussieht, ist dein Gatte in einen großangelegten Drogenhandel involviert. Die Bullen ermitteln bereits in diese Richtung.“

Er hatte fest damit gerechnet, Sabine würde nun aus allen Wolken fallen. Doch das Gegenteil war der Fall. Geradenwegs so, als hätte er ihr gerade das Wetter der nächsten Tage mitgeteilt, fiel ihre Reaktion aus: „Aha.“

Das erstaunte nun den Detektiv gar sehr. Lautete nicht sein ursprünglicher Auftrag, er solle herausfinden, ob Jürgen wieder auf die schiefe Bahn geraten sei? Und wenn Drogenhandel für Sabine keine schiefe Bahn ist, was dann? Oder wußte sie bereits von diesen Aktivitäten? Oder, noch mysteriöser, war die Dame höchstselbst darin verwickelt? Stammten die verschwundenen fünfzigtausend Euro etwa aus diesem Geschäft? „Hast du das der Polizei schon erzählt?“

„Was?“

„Daß Geld aus dem Tresor gestohlen ist?“

„Nein. Wieso sollte ich?“

„Weil dies ein Hinweis darauf sein könnte, daß Jürgen tatsächlich noch am Leben ist. Wie wär‘s damit?“

Doch auch so war Sabine nicht beizukommen. Unwirsch erklärte sie: „Selbst die Staatsanwaltschaft geht mittlerweile davon aus, daß Jürgen noch lebt. Lola ist bereits zur Fahndung ausgeschrieben.“

Soso, dachte Herr Schweitzer daraufhin, warum bin ich wieder mal der letzte, der davon erfährt? Obendrein fand er es merkwürdig, nach einem Zeugen polizeilich suchen zu lassen. Hieß es nicht bei seiner Lieblingssendung Aktenzeichen XY immer sehr höflich, der, die, das möge sich bitte umgehend bei der nächsten Polizeidienststelle melden? Oder war Lola mehr als eine Zeugin? Ihm kam ein absurder Gedanke. Was, wenn Jürgen nur leicht verletzt gewesen war, und Lola ihn dann erst so richtig und final abgemurkst und die Leiche hat verschwinden lassen? War das eine weitere Option? Doch warum sollte sie das tun? Vielleicht gab es irgendwelche Unstimmigkeiten betreffs des Opiums und Marihuanas. Aber spätestens nach der Rückkehr des Hauseigentümers wäre die Blutlache entdeckt und die Polizei verständigt gewesen, stets vorausgesetzt, Sabine hätte stillgehalten. Lola konnte doch gar nicht wissen, daß er, Herr Schweitzer, die Szene heimlich gefilmt hatte. Oder wollte Lola nach dem Mord zum Tatort zurückkehren, um die Spuren zu verwischen? Hmm, dachte er weiter, möglich wäre es, wenn auch mit sehr viel Arbeit und Risiko verbunden.

Ob so vieler Ungereimtheiten blieb ihm nur die Flucht nach vorne: „Sag mal, Sabine, was willst du eigentlich von mir? Wenn du mir nicht sofort sagst, was das für Geld war, daß da aus eurem Tresor verschwunden ist, informiere ich persönlich die Bullen."

Sabine jedoch reagierte ausweichend, nur auf den ersten Teil ging sie ein: „Ich möchte, daß du mir das Geld wiederbringst."

„Ich dachte, ich soll Jürgen wiederbringen."

„Jaja, das auch." Der Rest von ihr zeugte von Desinteresse.

Herr Schweitzer reichte es: „Wie hoch ist eigentlich die Lebensversicherung im Falle von Jürgens Ableben?" Richtig viel Zorn lag in seiner Stimme.

„Was geht dich das an?" Ihre Nase war hochgezogen, bei Regen würde Wasser reinlaufen.

Darauf hatte der Detektiv bloß gewartet. Na warte, dir geb ich's. Er zückte sein Handy und gab Zahlen ein. Seine eigenen zwar, aber als Täuschungsmanöver durchaus wirksam.

„Hey, was machst du da?" wurde er von der Sikora angeschnauzt.

„Na, was schon. Die Polizei verständigen."

„Laß das."

„Wenn du mir sagst, wie hoch die Versicherungssumme ist und woher das Geld aus dem Safe stammt ..."

„Eine Million."

„Und das Geld im Safe? Heimliche Geschäfte?"

Die Juwelierhändlerin spuckte es ihm ins Gesicht: „Vorauszahlung von einem Kunden für eine Schweizer Uhr. Maßanfertigung. So, zufrieden?"

„Wer's glaubt, wird selig." Auch Herr Schweitzer konnte patzig sein, wenn es drauf ankam. Im übrigen wollte er nur noch raus hier. „Ich muß jetzt los, Jürgen suchen. Das Geld ist nicht so wichtig. Außerdem habe ich eine verdammt heiße Spur, wo Lola und dein Mann sein könnten." Natürlich hatte er nichts dergleichen, aber er wollte unbedingt Sabines Reaktion testen.

Frau Sikora verfiel in eine Art Schockstarre. Aber nur für fünf Sekunden, dann schüttelte sie sich wie nach der Einnahme einer bitteren Medizin. Und ihre Selbstbeherrschung war wieder wie ehedem. Ihre Arroganz gleichfalls: „Du? Eine heiße Spur?"

„Glaub's oder glaub's nicht, mir egal. Tschömidö."

Mit dem Liebreiz einer Klapperschlange stieß Frau Sikora hervor: „Und denk an das Geld."

Die ist ja völlig plemplem, dachte Herr Schweitzer, und außerdem eine Beleidigung meiner Intelligenz. Seiner Wut zum Trotz schloß er die Tür leise.

Wieder auf dem Gehsteig, schnappte er tief nach Luft. Das beruhigt, hatte er mal gehört. Dann machte er eine Bestandsaufnahme seiner selbst. Die vorwiegende Gefühlsregung war Aufgewühltheit. Ergo standen zwei Möglichkeiten zur Disposition.

Ein Joint oder ein Apfelwein. Für beides war es prinzipiell zu früh am Tag. Doch Prinzipien waren schon immer dazu da, durchbrochen zu werden. Geographisch lag der Apfelwein näher. Er schaute auf die Uhr. Prima, elf Uhr, um diese Zeit öffneten die meisten Apfelweinschenken ihre Pforten. Die magische Anziehungskraft des Eichkatzerls war unmöglich zu ignorieren.

Vom Handkäs mußte er stets pupsen, vom Rippchen mit Kraut rülpsen. Beides erledigte Herr Schweitzer so geräuschlos als irgend möglich. Obschon ein paar Leute da waren, die er mehr oder weniger flüchtig kannte, hatte er mit Bedacht einen leeren Tisch gewählt. Da saß er nun, und sein zweites Glas Tiefgespritzter lächelte ihm zu. Hier wollte er so lange bleiben und trinken, bis der Gott der Weisheit ihm irgendeine Idee eingeben würde, wie's nun weiterging mit dem wirren Sikora-Fall. So, wie bisher, konnte man ja nicht unbedingt behaupten, es sei eine Struktur zu erkennen. Von Helmut, dem Mundschenk, ließ er sich Block und Kugelschreiber bringen.

Und dann fing er ganz von vorne an. In Laos. Dort, wo ihm Jürgen das erste Mal begegnet war. Auf der Veranda seines Bungalows in Vang Vieng. Bedauerlicherweise fehlte ihm die Erinnerung daran gänzlich. Diverse Joints und jede Menge Alkohol hatten für einen Filmriß der ersten Kategorie gesorgt. Unweigerlich gedachte er dem Crailsheim-Harald, der ja auch mit von der Partie gewesen war. Schade, daß er dessen Nachnamen nicht wußte, sonst hätte er im Telefonbuch seine Nummer eruieren und mit ihm reden können. Eventuell fiel ja an besagtem Abend eine Bemerkung von Jürgens Seite, die irgendeinen noch so kleinen Hinweis in sich barg. Es wäre nicht das erste Mal gewesen, daß er, Herr Schweitzer, nach bewährtem Rezept durch die Sachsenhäuser Devise Immer horche, immer gucke zu einer Lösung gelangte.

Das Wiedersehen in Vientiane jedenfalls war noch frisch in Erinnerung. Er ließ den Film in seinem Kopf ablaufen. Sogar die bunten Glühbirnen des Restaurants am Mekong sah er leuchten. Und der Kellner, im Trikot der deutschen Fußballnationalmannschaft war auch wieder da. Jürgen, der Mann von Welt, der große Zampano, obwohl Anthony Quinn das einst besser hinbekommen hatte. Sabine, das graue unscheinbare Mäuschen, ihrem Gatten hörig, und ganz anders als ihre Darbietungen in heimatlichen Gefilden. Nein, da war nichts, was eine Spur hätte sein können. Leider.

Beim dritten Glas des Göttertrunks kam Herrn Schweitzer Marias philosophisch angehauchter Ausspruch „Wenn alle um die Ecke denken, so ist die Gerade eckiger als das Um-die-Ecke-Denken" wieder in den Sinn. Doch wie ließ er sich anwenden? Wo mußte der Hebel angesetzt werden?

Er probierte es einfach mal. Es gab keine Leiche, keine Schmauchspuren an Sabines Kleidung, es wurden keine Patronenhülsen am Tatort gefunden, und die Pistole war auch verschwunden. Okay, eine Blutlache war vorhanden, und die Tatwaffe war auf seinem Video zu erkennen. Aber die Leiche sowie die Hülsen ... Was, wenn weder das eine noch das andere tatsächlich existierte? Alle Welt sucht zwar danach, doch alle Welt sucht seit Menschengedenken auch nach dem Sinn des Lebens. Und nach Gott. Bislang ohne Erfolg. Lange kann man nach etwas suchen, was es nicht gibt, noch nie gegeben hat. Und sollte es sich in der Tat so verhalten, wie jetzt mal theoretisch angenommen, dann, ja dann konnte es nur eines bedeuten, nämlich, daß die komplette Szene extra für ihn arrangiert worden ist. Herr Schweitzer bestellte noch einen Schoppen.

Er konnte es selbst nicht glauben, erachtete die Lage als hoffnungslos. Das waren doch bloß Phantastereien, sagte er sich. Trotzdem hatte er kaum eine andere Wahl, weil die komplette Ermittlungsarbeit ja bei der Polizei in guten Händen war. Wollte er, Herr Schweitzer, Sachsenhausen mit einem Erfolg verblüffen, mußte er andere Wege gehen als Staatsanwaltschaft und Kripo. Also verbiß er sich in die Vorstellung, alles sei explizit für ihn in Szene gesetzt worden. Und allsogleich war er beim Versicherungsbetrug. Eine Million Euro lautete die Summe. Dafür nahm man gerne eine paar Unannehmlichkeiten auf sich. Er versetzte sich in Sabines und Jürgens Lage. Angenommen, sie brauchten die Moneten dringend, der Gründe konnte es viele geben, schlechte Wirtschaftslage, Spielschulden, Geldgier und so weiter, hätten sie es sich dann nicht einfacher machen können? Jürgen taucht unter, Blut wird auf dem Teppich verschmiert, mein Gott, ein kleiner Schnitt in die Pulsader, ein Liter, vielleicht etwas mehr, davon stirbt doch keiner, der Hausbesitzer kehrt von seiner Reise zurück und geht dann sofort zur Polizei, als er das Blut entdeckt, und Sabine meldet ihren Gatten als vermißt, wartet die gesetzliche Frist ab, bis Jürgen für tot erklärt wird – eine Leiche braucht's hierfür nicht – und kassiert dann die Million. Danach wird fifty-fifty geteilt, und Jürgen fängt irgendwo auf diesem

Planeten ein neues Leben an. Ein falscher Paß, das war's. Warum also dieser ganze Aufwand? Eventuell hatten die Sikoras bereits in Laos, als sie von ihm erfuhren, er sei Detektiv, mit dem Pläneschmieden begonnen. Was Herrn Schweitzer so ganz und gar nicht in den Kram paßte, war der Umstand, daß sie damit ein verdammt hohes Risiko fuhren. Beim besten Willen konnte er sich nicht vorstellen, daß eine Versicherung gezwungen war, die Prämie an jemanden auszuzahlen, der unter Mordverdacht stand, selbst wenn das Verfahren wegen Mangel an Beweisen eingestellt werden würde, so wie es momentan den Anschein hatte. Er überlegt, ob er jemanden kannte, der sich mit Versicherungen auskannte. Auf Anhieb fiel ihm sein Kumpel Ferdi, der Taxifahrer, ein. Hatte der nicht in seiner Jugend eine Versicherungslehre absolviert? Herr Schweitzer glaubte, dem war so. Obendrein spukte der Gedanke an den Crailsheim-Harald in ihm. Konnte dieser alternde Revoluzzer mehr wissen? Er konnte, wenn er an dem Abend in Laos nicht genauso volltrunken war wie er selbst. Und dann war da noch das Geheimnis um Herrn Schweitzers Videoaufnahmen. Hatte Sabine nicht alles dafür getan, daß er am Ball blieb, ihr ein Foto von Lola besorgte? Oder kam ihm das im nachhinein nur so vor? Woher sollten sie wissen, daß er sich just im Garten befand, als das Trio schauspielerisch groß auftrumpfte. Trio? Was war die Rolle Lolas? War sie in alles eingeweiht oder war ihre Anwesenheit purer Zufall? War Sabine ihm unauffällig gefolgt, als er Marias Bungalow verließ, um die Fotos zu schießen? Möglich. Er hatte nicht darauf geachtet. Das Geld aus dem Tresor. Drogenhandel oder doch so, wie Sabine ihn glauben machen wollte?

Auch noch andere Aspekte wie ihre Flucht, vorgetäuscht oder echt, begleiteten Herrn Schweitzers Frühschoppen. Er dachte und dachte und dachte. Beim sechsten Apfelwein hielt er zwei Dinge für dringend geboten. Seinen Kumpel Ferdi wegen der Versicherungsprämie befragen und den Crailsheim-Harald ausfindig machen. Das dürfte nicht so schwierig sein, wie er eingangs gedacht hatte. Haralds giftgrüne Jogginghose und sein hellblaues Käppi mit dem roten Stern müßten in einer Kleinstadt wie Crailsheim, wo immer die genau liegen mochte, weithin bekannt sein.

Eine fast schon vergessen geglaubte Mittagssonne erhellte seinen Heimweg. Herr Schweitzer wertete diese überraschende Wetterbesserung als ein Zeichen zum Guten hin. Noch bevor er sich zum Mittagsschlaf bettete, holte er seinen Atlas hervor. Crailsheim, aha, nicht weit weg von Schwäbisch Hall. Das dürfte zu schaffen sein. Gute Nacht. Ein weiterer Handkäs-Furz entfuhr ihm.

Ein Glas Nackter Jörg drei Euro fünfzig. Das war auf der Schiefertafel vom Weinfaß, wo jede Woche aufs neue der Wein der Woche gepriesen wurde, zu lesen. Herrn Schweitzer war es sofort aufgefallen, als er die gut Stubb – frankforderisch für Salon – betrat. Er hatte gut und lange geschlafen und eine Verabredung mit Ferdi.

„Ist der Nackte Jörg jetzt unter die Weinbauern gegangen?“ fragte er die alte Wirtin, noch vor der allgemeinen Begrüßung.

„Hallo, Simon. Du siehst ja zum Gotterbarmen aus. Was haste denn getrieben?“

„Hallöchen“, erwiderte er, der nicht fand, daß er zum Gotterbarmen aussehe. „Ich war heute beim Frühschoppen. Das haut rein. Gerade in unserem Alter.“

Das Weinfaß hatte eben erst geöffnet, so war er der einzige Gast. „Magst du ein Gläschen vom Nackten Jörg?“

„Wenn er nicht reingepinkelt hat: Ja.“

„Hihihi, die Idee ist mir am Wochenende gekommen. Da hab ich den Nacktarsch die Mörfelder entlang radeln sehn.“

Blitzschnell kombinierte der Detektiv. „Aha, ein Nacktarsch also. Und was für einer?“

„Kröver Nacktarsch. Ich dacht, das paßt irgendwie.“

„Ja, dann schenk mir mal ein Gläschen ein, bitte.“ Eigentlich hatte Herr Schweitzer nicht vor, nach seinem ausschweifenden Frühschoppen schon wieder Alkohol zu konsumieren. Aber andererseits machte dies den Kohl auch nicht fett, sagte er sich, obwohl der Kohl, allem voran der Helmut, ja schon sehr früh sehr fett war. Außerdem gehorchte er der Patina der Gewohnheit, nur selten trank er Selters im Weinfaß.

Während Bertha die Flasche entkorkte, sagte sie: „Du, Simon, sag mal, die schwul Frau Rauscher, was mir da zu Ohren gekomme is, die ham da mit riesige Menge von dene Drogen gedealt. Stimmt das?“

„Stimmt“, antwortete er einsilbig und wunderte sich wieder einmal über die Sachsenhäuser Gerüchteküche, gleichwohl er es hätte besser wissen müssen.

„Und daß die desdewesche dichtgemacht ham, das stimmt auch?“

Es schien nicht der richtige Augenblick für eine allumfassende Aufklärung zu sein, denn dafür hätte er ganz weit ausholen müssen. Bei Lola zum Beispiel. „Ja, desdewesche ham die dichtgemacht. Wesche dene Droge.“

Sein Handy klingelte. Es war Ferdi, der ihm erklärte, es werde etwas später, er habe gerade einen Fahrgast nach Hanau gehabt. „Kein Problem. Ich hab gerade Spaß mit dem Nackten Jörg“, erwiderte Herr Schweitzer und unterbrach sofort die Verbindung. Sollte Ferdi sich doch seine Gedanken machen.

Beim nächsten Glas Nackter Jörg rief der Taxifahrer erneut an, es werde noch später, an der Mainkur habe er einen Platten, und der Ersatzreifen sei auch platt, aber ein Kollege komme demnächst vorbei und befreie ihn aus der mißlichen Situation.

So kam es, daß Herr Schweitzer an diesem Tag zum wiederholten Mal ziemlich blau war, als Ferdi endlich um Viertel vor neun eintraf. Nichtsdestotrotz konnte er des Taxlers Ausführungen betreffs der Versicherungsproblematik problemlos folgen.

Er, Ferdi, sei sich zwar nicht hundertpro sicher, wie die Rechtslage heutzutage sei, aber gerade diese Konstellation habe er während seiner Lehrzeit durchgenommen. Zwar habe sich die Versicherungsgesellschaft damals gesträubt wie ein verklemmte Jungfrau, aber als klar war, daß die Staatsanwaltschaft nicht in die Revision gehen würde, blieb ihr nichts anderes übrig, als die Summe an den Typen, der unter Verdacht stand, seine Frau gemeuchelt zu haben, dann aber aus Mangel an Beweisen freigesprochen worden sei, auszuzahlen. Klar, die haben sich gewehrt wie verrückt, denn jede Verzögerung bringe erhebliche Zinserträge, aber zum Schluß haben sie in den sauren Apfel beißen müssen. Unter anderem könne er sich auch deswegen so prima erinnern, weil späterhin, etwa ein Jahr nach dem Freispruch, Beweise aufgetaucht seien, die den Mörder einwandfrei seiner Tat überführten, aber da war er schon über alle Berge. Und die Pinkepinke mit ihm, auch klar. „Wieso willst du das alles wissen?"

„Weil ich ein Fuchs bin. Du kennst mich doch."

„Und seit wann sind Füchse schwul und haben was mit unserem Nackten Jörg?"

Wie immer ließ Herr Schweitzer das einfache Volk nicht im Regen stehen. Per Daumen wies er Ferdis Blick den Weg zur Schiefertafel. „Da steht's. Drei fünfzig kostet ein Gläschen. Und Bertha hat mir hoch und heilig versichert, der Nackte Jörg habe wirklich nicht reingepißt."

Crailsheim, Kreisstadt im Landkreis Schwäbisch Hall, an der Jagst gelegen, 31.900 Einwohner, 1323 erstmals als Stadt genannt.

Mit Umsteigen in Nürnberg hatte Herr Schweitzer etwas über drei Stunden gebraucht. Und wieder schien die Sonne. Und alle außer Herrn Schweitzer freuten sich darüber. Ein Brummschädel wie anno dazumal in Vang Vieng ließ jede Erschütterung zur Qual werden. Er saß an einem Brunnen in der Altstadt. Hüpfballgroße Marmorkugeln wurden durch Wasserdruck nach oben gepreßt und ließen sich ohne große Mühe mit einem Finger um die eigene Achse drehen. Doch Herr Schweitzer hatte im Augenblick für derartige physikalische Betrachtungsweisen kein Auge. Er hielt Ausschau nach Obdachlosen, Punks, Hippies und ähnlichen Wesen, die nicht ins Raster der Spießbürgerlichkeit paßten.

„Ick bin aus Berlin, weeßte", hatte er vor drei Minuten die erste Abfuhr erteilt bekommen. Ein langhaariger Bombenleger war der Adressat seiner Frage gewesen, ob jener eventuell einen komischen Typen kenne, der hier in Crailsheim permanent mit giftgrüner Trainingshose und einem markanten hellblauen Käppi rumlaufe und auf den Namen Harald höre.

Es gehört zur Hoffnung, enttäuscht zu werden. Mit diesem schlauen Satz im Gepäck hatte Herr Schweitzer die Reise angetreten. Doch auf etwas mehr alternatives Pack hatte er schon gehofft. Das Straßenbild jedoch war geprägt von Menschen, denen man die in Baden-Württemberg beheimateten Häuslebauer schon auf zehn Meter gegen den Wind ansah. Die Sonne drohte, seinen Schädel zu platzen. Schwerfällig erhob er sich. Durst.

Keines Blickes würdigte er das Rathaus, das früher einmal als Kornspeicher und Versammlungssaal der Landstände diente. Durst.

Kleine Lichtblitze kündigten einen Kreislaufkollaps an. Herr Schweitzer wechselte in den Schatten. In den Lotto-Schreibwarenladen wäre er eingetreten, hieße der Jackpot Coca-Cola und würde sofort ausbezahlt werden. Durst.

Durst. Durst. Durst. Dadada vorne. Ein Bioladen. Wahrscheinlich keine Coca-Cola, aber Holundersaft aus biodynamischem Anbau. Im Augenblick hätte er auch Brennessel-Kuhfladen-Saft zu sich genommen. Ihm war alles egal, Hauptsache flüssig und kalt. Und man schaue, sogar ein Café war dem Laden angeschlossen. Ah, dachte Herr Schweitzer, der Stuhl hier ist ja wie geschaffen für mich und steht zusätzlich noch unter einem schattigen Bäumchen.

Und als hätte die weibliche Bedienung den Ernst der Lage erkannt, kam sie auch ganz fix angeeilt. „Was wünscht der Herr?“

„Saft.“

„Welchen? Wir hätten ...“

„Vollkommen schnurz. Am besten gleich drei große Gläser. Und mit Eis, wenn‘s keine Umstände macht. Bitte.“

„Ist recht.“ Die hübsche Dame warf einen sonderbaren Blick auf ihn, jedoch nicht wegen seines Äußeren. Doch das klärte sich kurz darauf.

„Sag mal, bist du nicht der komische Simon aus Frankfurt?“ fragte das Mädel neugierig, als sie die drei Flaschen Bionade brachte. Dazu drei Gläser mit Eis.

Herr Schweitzer hatte nun alle Schmerzen, die man sich nur wünschen konnte. Normalerweise litt er nicht unter Realitätsverlust, sondern genoß ihn. Doch was war das eben? Hatte sie ihn komischer Simon aus Frankfurt genannt? Irgendetwas war hier oberfaul. Er kniff sich in die Wange, ob der Kreislaufkollaps, ohne daß er davon etwas mitbekommen hatte, doch noch eingetreten war. Aber der Kniff tat weh. Und in Crailsheim war er nie in seinem Leben gewesen, ganz sicher nicht, das vergißt man doch nicht. Wer also wollte ihm hier übel?

„Na klar, du bist der Simon. Ich hab dich gleich erkannt. Du suchst den Hasi, stimmt's? Seltsam, daß er mir nicht gesagt hast, daß du kommst."

Eine Falle, ganz eindeutig. Den Hasi suchte er gewiß nicht, und komisch war er mitnichten. Na ja, vielleicht für hiesige Verhältnisse, wo doch alles nur so wimmelte von Schaffe-schaffe-Häuslebauern. Am besten, ich trinke erst mal eine Flasche, überlegte er, möglich, ich sehe danach wieder klarer.

„Du fragst dich vielleicht, woher ich dein Gesicht kenne ..."

Und wie Herr Schweitzer sich das fragte. Als sexy Coverboy einer erotischen Frauenzeitschrift hatte er nämlich noch nicht seine Brötchen verdient. Obschon kaum noch eine Steigerung möglich war, trat sie ein.

„... du hängst beim Hasi am Kühlschrank."

Für's Hängen schien tatsächlich der richtige Augenblick gekommen zu sein. Schon immer hatte sich Herr Schweitzer gewünscht, den eigenen Todeszeitpunkt selbst zu bestimmen. Der Ast des Baumes müßte stark genug sein. Ein kurzer Abschiedsbrief an Maria. Den Totkörper verbrennen, die Asche in alle Winde verstreuen. Von ihm aus bräuchte man nicht viel Wirbel verursachen. Aber erst trinke ich die Bionade aus.

Einen letzten Wunsch hatte er noch: „Wer ist der Hasi? Ist das dein Hasi? Seid ihr glücklich miteinander?"

„Hi. Du bist wirklich so komisch, wie Harald dich beschrieben hat. Er hat also nicht übertrieben."

Harald? Hatte er da eben Harald gehört? „Harald?"

„Ja, mein Freund. Ich heiße Sina."

Im Nu war Herr Schweitzer wieder einsatzbereit. Der pochende Kopf ward zur Bagatelle. Falls gewünscht, konnte er doch noch den sexy Coverboy abgeben. Er schnellte aus dem Stuhl empor. „Oh, ist das aber angenehm." Er reichte Sina die Hand. Und seine Sinne waren auch wieder in Reih und Glied: „Nein, ich habe Harald mein Kommen nicht angekündigt, soll eine Überraschung sein."

„Oh, da wird er sich aber freuen. Er dürfte bald hier sein. Warte am besten hier. Ich muß jetzt wieder reingehen. Kundschaft."

„Was verschlägt dich denn an den Arsch der Welt?" fragte Harald. Die weithin leuchtende Jogginghose hing über dem Wäscheständer, das Käppi hatte er auf.

Nach einer kurzen Begrüßung war man zu dessen Wohnung aufgebrochen. Herr Schweitzer hatte für ein Taxi plädiert, Harald aber dem Besucher erklärt, in Crailsheim habe es keine weiten Wege. Nun saß man in dessen Küche.

„Du erinnerst dich doch noch an den Jürgen, mit dem wir in Vang Vieng die Nacht durchgefeiert haben ..."

„Und ob. Eines der größten Arschlöcher, die mir je über den Weg gelaufen sind."

So drastisch hätte es Herr Schweitzer jetzt nicht ausgedrückt, doch im Kern stimmte er ihm bei. „Weißt du noch, was in dieser Nacht alles geredet wurde? Mir fehlen da nämlich ein paar Stunden. Äh ... Filmriß ... und so."

„Deswegen kommst du extra nach Crailsheim? Warum hast du mich nicht einfach angerufen?"

„Ich habe deinen Nachnamen vergessen."

„Aber wir haben doch unsere Visitenkarten getauscht. Da steht meine Telefonnummer drauf."

„Haben wir?"

„Ja, schau, deine hängt am Türrahmen hinter dir."

Herr Schweitzer drehte sich um, und siehe da, tatsächlich, dort hing sie. „Seltsam", sprach er, „wo hab ich denn deine?"

„Damals hattest du sie ins Portemonnaie gesteckt."

Oh je, dachte er, das ist jetzt aber peinlich. Er breitete alles, was sich in seiner Geldbörse befand, auf dem Tisch aus. Und, was sagt man dazu, es war so, wie Harald sagte, eine ihm unbekannte Visitenkarte steckte zwischen Kreditkarte und einem alten Einkaufszettel. Harald Haas, stand drauf, mit Telefonnummer und allem Pipapo. „Huch, da ist sie ja. Ist mir das aber unangenehm." Dem genialen Genie Schweitzer ging auch umgehend ein Lichtlein auf, was es mit Hasi auf sich hatte.

Hasi grinste. „Komm mal mit."

Es war nicht weit. Der Kühlschrank stand in der Ecke zum Balkon. Auf der weißen Tür prangte ein reichlich vergrößertes Foto. Ein Herr mit freiem Oberkörper und irrem Gesichtsausdruck umgarnte archaisch tanzend und sein Hemd über dem Kopf schwingend eine südländisch aussehende Frau, die locker seine Tochter hätte sein können. Der Herr war er, Herr Schweitzer. Im Hintergrund die Discobar, in der Hand eine Riesenzigarette. Es brauchte kaum Phantasie, um sich vorzustellen, daß es sich um einen Joint handelte. Die Aufnahme war allererste Sahne. Die im Hintergrund zu sehende Bergkette von Vang Vieng wurde bereits von frühmorgendlichen Sonnenstrahlen malerisch illuminiert. Wäre da nicht der wie die Axt im Walde sich aufführender Dickwanst abgebildet gewesen, man könnte dem Werk einen gewissen künstlerischen Wert nicht absprechen.

„Wenn du möchtest, kann ich dir das Foto als Datei schicken."

Darauf war Herr Schweitzer nun gar nicht erpicht. Seine Mails rief er auf Marias Computer ab, er hatte ja keinen. Aus Gründen der Schicklichkeit verbot sich das von selbst. „Oh, laß mal." Wollte er weiterhin ein auf Rosen gebetteter Göttergünstling bleiben, durfte seine Freundin vom Treiben dieser Nacht nichts erfahren.

Bei Kaffee und Kuchen füllte Harald Herrn Schweitzers Gedächtnislücken nach und nach mit Leben. Er war erstaunt zu erfahren, was man in besagter Partynacht so alles anstellte. Gott sei Dank hatte sich die von ihm bedrängte Südlandfrau recht bald verabschiedet. Ihr Freund habe sie von der Tanzfläche gezerrt und Herrn Schweitzer dabei noch ein Bier ins Gesicht geschüttet. Völlig dicht sei sie gewesen, habe sich kaum noch auf den Beinen halten können. Er, Herr Schweitzer, übrigens auch nicht. Jürgen habe ihn mehrfach stützen müssen, immer wieder sei er hingefallen. Und in den Nam Xong habe er auch noch gereihert.

Gegen Ende wußte Harald aber auch von interessanteren Dingen zu berichten. So erfuhr Herr Schweitzer, daß Jürgen dem Hasi ganz gewaltig auf die Eier gegangen war, indem er in einem fort gejammert habe, wie langweilig und monoton sein Leben in Frankfurt doch sei. Wie gerne er nach Chiang Rai auswandern wolle, dort habe es ihm extrem toll gefallen. Das Klima dort sei Zucker, und bald käme er auch ans große Geld, dann könne er sich das leisten. Immer wieder habe er von Chiang Rai und Zucker gefaselt, bis es Harald nicht mehr ausgehalten und dem Jürgen einen Maulkorb verpaßt habe. Und am Morgen bei Herrn Schweitzer auf der Veranda habe dieser bescheuerte Typ dann auch noch angefangen, Haralds Knie zu streicheln. Also schwul, der Kotzbrocken, mindestens aber bisexuell. Er, Harald, habe sich dann auch ganz schnell vom Acker gemacht. „Du bist dann auch sofort ins Bett, noch bevor ich die Stufen runter bin. Geschlafen hattest du ja bereits im Korbsessel."

Letzteres konnte sich Herr Schweitzer sehr gut vorstellen. Er hatte sich bereits gefragt, wie er diesen Gewaltakt durchgestanden habe. Im Korbsessel seinen Rausch auszuschlafen war immer noch besser als so manch anderes böse Erwachen, das er in seiner Karriere schon durchlitten hatte.

„Jetzt noch einmal, was treibt dich nach Crailsheim? Bestimmt nicht das schöne Wetter."

Warum nicht? Im Süden schien wenigstens die Sonne. Ohne Berücksichtigung der Feinheiten beleuchtete Herr Schweitzer für Harald ein weiteres Mal den vermeintlichen Sikora-Mord. Außerdem habe sich seine Reise gelohnt, das mit Chiang Rai sei sehr, sehr bemerkenswert und unbedingt bei den nun folgenden Überlegungen mit einzubeziehen.

„Du denkst also wirklich, die haben das alles nur inszeniert?"

„Bislang eine der ganz wenigen Thesen, die alle Indizien berücksichtigt. Okay, fast alle. Und falls die jetzt doch noch die Leiche finden, was soll's, ich meine, was habe ich zu verlieren?"

„Wenn wir das Foto mit dir als tanzender Derwisch einem breiten Publikum zugänglich machen, eine ganze Menge."

„Haha, sehr spaßig."

Damit war der detektivischen Pflichtauffassung Genüge geleistet. Wie zwei alte Waschweiber tratschte man noch mit aller Inbrunst. Peu à peu baute man dabei dem laotischen Dope und der Herzlichkeit der Bewohner ein Denkmal aus Wolken. Jointwolken.

Harald fuhr dann Herrn Schweitzer noch zum Bahnhof nach Nürnberg. Wieder mal war es nach Mitternacht, als der Nachtschwärmer in einen traumlosen Schlaf fiel.

Einer fleischgewordenen Litfaßsäule nicht unähnlich lümmelte er sich in Bermudashort und grauen Baumwollstrümpfen auf einem Hocker, der seiner um etliche Zentimeter kleineren Mitbewohnerin Laura Roth als Hilfsmittel diente, um an die höher gelegenen Küchenschränke zu gelangen. Wie immer, wenn er häusliche Arbeiten zu verrichten hatte, schäumte er nicht gerade über vor Lebenslust. Koch- und Buntwäsche, Spülstop, Pflegeleicht, Flecken, Wolle, Abpumpen, Spülen, Schleudern, Bügelleicht und Start waren die Schlagworte, mit denen Herrn Schweitzers Waschmaschine, eine Bosch maxx, dem Endverbraucher die Arbeit zu erleichtern suchte. Wie alle Maschinen, so konnte auch diese nicht sprechen. Dabei hätte er gerade jetzt sehr gerne mit ihr gesprochen. So, wie man halt mit Freunden redet, denn unter dem Firmennamen Bosch stand der Zusatz „friends for life".

Die meisten Frauen denken stets, Männer können nicht zuhören. Im Laufe der Zeit haben diese jedoch eine ganz spezielle Methode entwickelt, Wichtiges von Unwichtigem zu trennen. Liebling, beim Aldi haben sie diese Woche Eieruhren im Angebot, ist zum Beispiel auf der Prioritätenliste eine um einiges weniger gewichtige Komponente als Schatz, unser Haus brennt, ruf doch bitte mal die Feuerwehr. Bei der heutigen Informationsflut konnte diese Art der Selektierung unter Umständen lebensrettend sein. Herr Schweitzer war da nicht anders. Ohne Eieruhr konnte er leben, in brennenden Häusern fühlte er sich unwohl. Marias wohlgemeinter Tipp, das Singha-Beer-T-Shirt auf links zu waschen, hatte der Detektiv ohne nachzufragen registriert gehabt. Dieses Versäumnis drohte ihm gerade, zum Verhängnis zu werden, denn die Waschmaschine zeigte sich von ihrer unkooperativen Seite. Nirgends war ein Hinweis zu lesen, bei welcher Schalterkonstellation man auf links waschen könne. Herrn Schweitzers Urvertrauen bekam erste Risse. Bisher waren sie, Herr Schweitzer und seine Waschmaschine, immer gut miteinander ausgekommen. Er hatte ein Herz für sie, sie hatte ein Herz für ihn. Okay, okay, bisher waren seine

Anforderungen auch nicht sonderlich hoch gewesen. Alles, ob Bunt- oder Weißwäsche, ob Baumwolle oder Polyester, Lederjacke oder Bettbezug, wurde bei dreißig Grad gewaschen. Damit ging zwar nicht jeder hartnäckige Fleck heraus, doch wurde dies von maximal der Hälfte der Bevölkerung überhaupt wahrgenommen. Und hin und wieder passierte es auch, daß ein vormals weißes Wäschestück durch die Dreingabe eines Batikhemdes dessen Grundfarbe annahm. Aber was soll's, wofür gab es Kaufhäuser, wo man sich Ersatz besorgen konnte?

Eine ausgereifte Persönlichkeit erkennt man daran, daß sie sich ihrer Schwachstellen bewußt ist. Herr Schweitzer mit seinen über fünfzig Lenzen kannte die seinen. Technik war eine davon. Das Bedienen von Waschmaschinen hatte er nicht von der Pike auf gelernt. Er zögerte, den Startknopf zu drücken. Einsam lag das T-Shirt in der Trommel. Er war ja nicht blöd. Wer weiß, was passierte, wenn man die anderen Klamotten auch auf links wusch? Womöglich fransten sie aus. Wenn er sich doch bloß gemerkt hätte, wie herum sich die Trommel im Normalfall drehte. Drehte sie sich links, also gegen den Uhrzeigersinn, war alles in Butter. Drehte sie sich allerdings nach rechts, wüßte Herr Schweitzer nicht, wie man dieses Fiasko aufhalten konnte. Klar, er hätte einen Probelauf ohne Wäsche in die Wege leiten können, aber gerade in Zeiten des Umweltschutzes wäre dies ein ziemlicher Frevel gewesen. Sein überhitztes Hirn gelangte an seine Belastungsgrenze. Drücken oder nicht drücken, das war hier die Frage.

Mut sammeln.

Drücken.

Warten.

Die Maschine gab erste Geräusche von sich.

Wasser strömte in die Trommel.

Und dann, der große Moment.

Die Trommel drehte sich.

Nach links, juchhu.

Der Erfolg schien greifbar, sein Lieblingsshirt würde die Tortur heil überstehen.

Doch halt, was ist denn jetzt?

Die Rotation kam zum Stillstand.

Irgendein nicht zu verdrängendes Detail aus seinem Erfahrungsschatz ließ ihn ahnen, eine Katastrophe nahte.

Als wolle die Waschmaschine ihn zusätzlich ärgern, gab sie ein häßliches Geräusch von sich, das dem eines bevorstehenden Vulkanausbruchs recht ähnlich war.

Und dann war sie da, die Katastrophe. Die Trommel drehte sich erneut. Nach rechts, diesmal.

Herr Schweitzer reagierte wie Helden in Extremsituationen reagieren. Anstatt fassungslos und sehenden Auges in sein Unglück zu rennen, handelte er, ohne eine einzige Sekunde zu verlieren. Er drückte auf Spülstop. Die Maschine gehorchte ihm aufs Wort. Ein letzter Seufzer und das nasse, zu einem Klumpen geformte Wäschestück fiel von oben nach unten. Hmm, dachte Herr Schweitzer nun und kratzte sich am Kopf. Da hatte er in seinem Leben nun so viel Wissen angehäuft, aber ein simples Shirt auf links zu waschen, das war ihm offensichtlich nicht gegeben. Insgeheim verfluchte er die Firma Bosch, die solche Geräte ohne ordentliche Beschriftung auf den Markt brachte. Ein einfaches L als Abkürzung für Links hätte ihm gereicht. Von ihm aus hätte es auch auf englisch dort stehen können. L für Left, damit wäre Herr Schweitzer noch fertiggeworden. Aber den Trick des Linkswaschens der werten Kundschaft zu verschweigen, fand er einfach nur frech. Hätte er etwas mehr Zeit, würde er dem Kundenservice einen geharnischten Brief schreiben.

Der Widerstand war jedoch noch lange nicht gebrochen. Die Maschine ließ sich nicht öffnen. Verloren blinkte eine rote Leuchtdiode. Herr Schweitzer ließ sich nicht beirren. Mit aller Kraft und einem lauten Ruck zerrte er am Griff und überlistete den Schließmechanismus. Geschäumtes Wasser begann sich über den Küchenboden zu ergießen. Handlungsunfähig schaute er diesem Vorgang zu. Das vermutlich durch seine Unfähigkeit verdorbene Lieblingsshirt aus der Trommel zu befreien, brachte er nicht über sich. Herr Schweitzer nahm eine Auszeit. Gar arg war seine Geduld strapaziert. Er verließ den Unglücksort und schenkte sich einen Kaffee ein.

Nach etwa sechs Minuten war er wieder im Vollbesitz seiner geistigen Kräfte. Während er geschmeidig den Boden wischte, kicherte er dümmlich. Tja, sagte er sich, so ist das mit dem Kreuz der Linkswaschkunst, nicht jeder beherrscht sie.

Was Plan B anging, war Herr Schweitzer eine Koryphäe. Er nahm das tropfnasse Wäschestück aus der Maschine, untersuchte es auf Schäden, fand keine, ging ins Bad und wusch es dort mit der Hand.

Man sollte es nicht für möglich halten, aber es funktionierte. Schmutzwasser strudelte in den Abfluß. Herr Schweitzer wußte, eine endgültige Bestandsaufnahme würde er erst nach dem Trocknen machen können, aber dennoch, dank seines beherzten Eingreifens hatte er sein T-Shirt vorerst vor dem Untergang gerettet.

Als er es über den Wäscheständer hing, kam ihm ein Gedanke. Ein Gedanke, der durchaus seinen Sinn hatte. Was, wenn Linkswaschen bloß eine Metapher war? Eine Metapher für Handwäsche. Herr Schweitzer beschloß, da mal nachzuhaken. Am besten bei einem Geschlechtsgenossen. Frauen würden sich, gemein wie sie nun mal sein können, bestimmt über ihn lustig machen.

Erstmals war im Norden des Königreichs eine deutsche Zeitung eingetroffen, die über den Mord berichtete. Der, der sich nun Lothar Beitz nannte und sich nicht daran gewöhnen konnte, hatte sie entdeckt. Nur alle zwei bis drei Tage traf eine Lieferung mit der Presse aus aller Welt im Städtchen ein. Lothar beeilte sich. Natürlich hatte er es nicht abwarten können und den Artikel schnell mal überflogen. Doch nun wollte er zu Waldemar, hören, was der dazu sagte.

Ihre Unterkunft hatte bei weitem nicht die Klasse des Hotels in Bangkok, wo sie die ersten beiden Nächte verbracht hatten. Dafür war sie billig und lag nur zehn Minuten zu Fuß vom touristischen Zentrum, der Phahonyothin Road, entfernt. Im voraus hatten sie für ein halbes Jahr gezahlt und damit den Mietzins ein wenig gesenkt. Daß ihre Visa nur für jeweils drei Monate Gültigkeit besaßen, war zu vernachlässigen. Die laotische Grenze lag in der Nähe. Ein Tagesausflug auf die andere Seite, eine Zehn-Dollarnote zwischen den Seiten des Reisepasses, und schon bekam man weitere drei Monate Aufenthaltsrecht. Lothar war erstaunt, wie schnell sie sich hier eingelebt hatten. Gerade gestern erst hatten sie einen Schweizer kennengelernt, der hier mit seiner thailändischen Frau ein Restaurant betrieb.

Wie eine Trophäe warf Lothar die Zeitung auf das Bett, in dem sich Waldemar Hanuch frisch geduscht und nur mit einem Handtuch bekleidet räkelte. „Was soll ich damit?"

„Lesen. Seite neunzehn."

Der Ventilator hatte aber etwas dagegen. Erst als er ausgeschaltet war, ließ sich die Zeitung problemlos handhaben.

Nachdem die Lektüre beendet war, sagte er: „Siehst du, Jürgen, äh, Lothar, wie ich es dir gesagt habe, als erstes buchten sie Sabine ein. Aber sie wird bald wieder frei sein, die Kriminalisten von heute verfügen über die raffiniertesten Techniken. Es ist nur eine Frage der Zeit, bis sie die Blutspritzer richtig untersucht haben und sie die Pistole finden. Ich frag mich aber schon die ganze Zeit, warum du dir solche Sorgen um Sabine machst. Vor ein paar Wochen noch wolltest du sie unbedingt loswerden."

„Wir sind immerhin verheiratet. Und Sabine hat auch ihre gute Seiten."

„Viele dürften es aber nicht gewesen sein."

„Was denkst du, wie lange das Geld reicht?"

„Meins mit eingerechnet sollten wir uns das nächste halbe Jahr keine Gedanken machen müssen."

„Und dann?"

„Du immer mit deinen Sorgen. Dann ... dann werden wir hiermit stinkreich." Waldemar Hanuch warf einen chinesischen Glücksstein in die Luft und fing ihn wieder auf. „Vielleicht könnten wir das auch an Touristen verkaufen. Einige von denen kommen ja eigens dafür angereist."

„Und wenn uns die Polizei aufspürt?"

„Bullen sind wie Jahreszeiten. Sie kommen und gehen ..."

„Was ist denn mit der Waschmaschine los? Simon. Simon, wo bist du?"

Simon hatte ein verspätetes Mittagsschläfchen veranstaltet. Noch etwas zerknautscht hing er seinem letzten Traum nach. Das zog sich in die Länge. Mit den Kulissen der realen Welt konnte er noch nichts anfangen. Verpennt rieb er sich die Äuglein. Die meisten Fenster der Bankentürme, die den Panoramablick seines Schlafzimmers ausfüllten, waren erleuchtet. Die armen Schweine, dachte er, müssen auch immer länger arbeiten. Vor fünfzehn oder zwanzig Jahren hatte man als Banker um diese Uhrzeit längst Feierabend. Aber so ist das eben im ungezügelten Kapitalismus, den wir fast alle gewählt haben. Angebot und Nachfrage, auch hinsichtlich der Überstunden, die von den Arbeitgebern fast kaum noch bezahlt wurden. Doch wer rief da nach ihm? Hatte Herr Schweitzer nicht eben seinen Namen gehört? „Jaha, ich bin hier. Ich komme gleich."

Und als er in der Küche stand: „Was gibt's?"

„Was es gibt?" Seine Untermieterin Laura Roth hatte offensichtlich keine gute Laune. „Schau dir das mal an. Die Tür unserer Waschmaschine ist am Arsch. Sie schließt nicht mehr richtig."

Na, na, na, dachte Herr Schweitzer, was sind denn das für unflätige Ausdrücke.

„Hast du heute gewaschen?" Ihre Betonung lag auf dem Du.

Oh, oh, oh, dachte er, der allsogleich einen Zusammenhang erkannte, nun. „Hab ich. Aber was ist denn kaputt?"

„Das sagte ich schon. Die Tür. Sie läßt sich nicht mehr schließen."

„Laß mal sehen." Herr Schweitzer bückte sich. Mit grübelndem Gesichtsausdruck, den er sich bei Handwerkern abgeguckt hatte und der lediglich dem Zweck diente, Ahnungslosigkeit zu kaschieren, begann er mit der scheinbar fachmännischen Untersuchung des Schadens.

Laura jedoch kannte Herrn Schweitzer zur Genüge und durchschaute dessen Getue. „Was machst du da? Das sieht doch jedes Kind, daß der Haken abgebrochen ist. Da muß jemand mit aller Gewalt dran gezerrt haben."

Ihre grimmige Miene ließ keinen Zweifel daran, wen sie mit Jemand gemeint hatte. Ihn, Herrn Schweitzer nämlich. Nun erkannte auch er, wo der Hund begraben lag. Das abgebrochene Teil lag unter einem Küchenstuhl. Er nahm es in die Hand. „Plastik. Das Teil ist aus Plastik. Da zahlt man sich dumm und dämlich für so eine Waschmaschine, und dann machen die den Haken aus Plastik. Ich verstehe das nicht. Es gibt einfach keine Wertarbeit mehr in Deutschland. An allen Ecken und Enden wird gespart. Sag doch mal selbst, würdest du für solch ein wichtiges Teil Plastik verwenden?"

„Wieso hast du denn überhaupt gewaschen? Im Bad hängt ein einzelnes T-Shirt auf der Leine. Du willst mir doch nicht sagen, daß du deswegen die Maschine angeworfen hast."

„Doch, doch." Herr Schweitzer fühlte sich nicht wohl in seiner Haut. „Das ist wegen dem Aufdruck auf dem T-Shirt. Damit der nicht verwischt, mußte ich das Ding auf links waschen, sonst verwischt er doch, der Aufdruck."

„Na und? Ich wasche permanent Kleidungsstücke auf links, und meine Trommeln sind immer voll."

„Das geht?"

„Was geht?"

„Alles zusammen waschen."

So langsam verzweifelte Laura. „Natürlich nicht. Kochwäsche gehört da zum Beispiel nicht mit rein. Ist doch logisch. Sag mal, du wäschst doch nicht zum ersten Mal. Bisher hast du dich auch nicht so blöd angestellt."

Herr Schweitzer jedoch sah einen Ausweg aus dieser ausweglosen Situation: „Ich wollte halt nicht, daß die Farbe auf andere Teile abfärbt. Ist das so schwer zu verstehen?"

Skeptisch beäugte sie ihren Mitbewohner. Zögerlich sagte Laura: „Gut. Das leuchtet mir ein. Aber das erklärt noch lange nicht den abgebrochenen Haken."

Doch längst hatte der Detektiv Oberwasser bekommen: „Guck, aus Plastik. Das ist ein ganz normales Verschleißteil. Die können nach so langer Zeit schon mal kaputtgehen. Das ist wie mit den Keilriemen bei Autos." Nur gut, daß er in seiner letzten Theoriestunde, in der der Aufbau eines Motors durchgenommen worden war, aufgepaßt hatte.

Mit diesem passenden Vergleich hatte er Laura den Wind aus den Segeln genommen. „Tja, wenn du meinst. Und woher bekommen wir jetzt so ein Ersatzteil?"

„Ich klingele gleich morgen früh beim Güney, der kennt sich aus."

Güney war sein türkischer Nachbar, den er in Notfällen stets kontaktierte, denn er war handwerklich viel geschickter als er, Herr Schweitzer.

„Na gut, bis morgen kann ich noch warten, aber denke dran, ich fahre in drei Tagen in Urlaub, bis dahin müßte meine Wäsche trocken sein."

Uff, sagte sich der Detektiv, das ist ja gerade noch mal gutgegangen. Vorsichtshalber, und bevor er es vergaß, schrieb er auf einen Zettel den Namen seines hilfsbereiten Nachbarn. Auch nahm er sich vor, fürderhin seine Klamotten wieder auf rechts zu waschen. Alles andere war haarspalterischer Weiberkram, der nur dazu da war, Männern eins auszuwischen.

Nur ungern drang Herr Schweitzer in die Privatsphären anderer Leute ein. Doch Schmidt-Schmitt hatte ihn darum gebeten. Und, wenn es ihm keine Umstände mache, eine Pizza wäre prima. An die vierzig Grad Fieber hätten ihn niedergestreckt. Außerdem könne er mit erstklassigen Infos aufwarten, das sei doch ein vorzüglicher Handel für ihn, Simon. Also, was ist, Pizza gegen Infos?

Selbstverständlich hatte Herr Schweitzer eingewilligt, zumal der Weg zu Schmidt-Schmitt recht kurz war. Er wohne zur Zeit in seiner Gartenhütte bei der S-Bahnstation Mühlberg. Zu Hause habe er die Handwerker. Da könne man gar nicht richtig gesunden, bei dem Lärm, den die veranstalten.

Das ursprünglich aus Neapel stammende Nationalgericht Italiens besorgte Herr Schweitzer beim Pizzabäcker in der Offenbacher Landstraße. Quattro stagioni mit doppelt Zwiebeln. Schon wieder schien die Sonne. Noch mehr Regen hätte Frankfurt auch nicht verkraftet. An manchen Stellen war der Main bereits über die Ufer getreten.

Schmidt-Schmitt konnte gut erklären. Auf Anhieb fand Herr Schweitzer dessen Gartenhütte. Rauch stieg aus dem Schornstein und malte abstrakte Figuren in Baumhöhe.

„Hereinspaziert, hereinspaziert“, hieß ihn der Oberkommissar willkommen.

Der Kranke lag in mehreren Decken eingemummelt auf einem schäbigen Sofa, das den Anschein erweckte, erst im allerletzten Moment dem Sperrmülltod von der Schippe gesprungen zu sein. „Ah, riecht das gut.“

„Seit wann liegst du hier?“

„Seit gestern abend.“ Als habe er seit Tagen nichts gegessen, verschlang Schmidt-Schmitt die Pizza.

Herr Schweitzer schaute ihm dabei zu. Ein kleiner gußeiserner Ofen mit vielen Schnörkeln, wie sie früher gebaut wurden, bollerte vor sich hin. Dort, wo das Abzugsrohr in die Wand eingelassen war, zeugten schwarze Rußstellen vom ständigen Gebrauch. Dreckige oder fast schon blinde Scheiben, so genau ließ sich das nicht mehr unterscheiden, erschwerte das Einfluten von Tageslicht. Eine nackte Glühbirne baumelte von der Decke und verteilte trauriges Licht in der Hütte, die dringend mal gesäubert werden müßte. Laub vom letzten Jahr hatte sich in den Ecken versammelt.

Den Mund noch voll vom letzten Bissen reichte ihm der Oberkommissar den Pizzakarton. Er nickte Richtung Ofen. Herr Schweitzer öffnete das Türchen und schob ihn hinein. Sofort züngelten die Flammen auf der Suche nach neuer Nahrung um den Karton.

„Gemütlich, hier.“

„Ja, und weißt du was? Frauen haben hier keinen Zutritt."

„Warum denn das?"

„Die würden sofort zu putzen anfangen und dabei die ganze Atmosphäre zerstören", antwortete Schmidt-Schmitt und lächelte wie ein Spitzbub.

„Und die Sedlurak, war die auch nie hier, als ihr noch zusammen wart?"

„Doch. Die hat ständig hier rumgewischt. Und mich dann immer angenölt, was ich für eine Drecksau bin. Seitdem ist es ehernes Gesetz: solange ich lebe, keine Frau mehr hier rein."

„Guter Plan", bestätigte Herr Schweitzer, der zwar nicht unter einem Putzfimmel litt, doch jetzt und hier am liebsten selbst einen Besen in die Hand genommen hätte. Ein kleiner Käfer mit schwarzem Panzer und vielen Beinchen krabbelte vor seinen Füßen.

Wie ein Bauarbeiter wischte sich Schmidt-Schmitt den Mund am Ärmel seines Hemdes ab. „So, das war herrlich." Er goß sich einen Jägermeister ein: „Für die Verdauung. Du auch?"

„Laß mal gut sein. Erzähl mir lieber, was es Neues gibt."

„Sabine Sikora dürfte endgültig aus dem Rennen sein."

„Versteh ich nicht."

Kurze Zeit später hatte Herr Schweitzer verstanden. Man habe nämlich das Blut am Tatort einer genauen Untersuchung unterzogen. Und Simon würde es nicht für möglich halten, aber, und jetzt kommt's, es habe sich dabei um altes Blut gehandelt. Blut, das teilweise schon geronnen war, bevor es auf dem Boden verteilt worden sei. Das bedeute, lieber Simon, man habe die Kripo aufs Kreuz legen wollen und einen Mord oder Totschlag im Affekt nur vorgetäuscht. Die Staatsanwaltschaft, und nicht nur die, gehe nun davon aus, man habe Jürgen bereits im Vorfeld Blut abgezapft, um es dann am Tatort auf dem Boden zu verteilen. Bedauerlicherweise, oder zum Glück aus Sicht der Ermittlungsbeamten, sei diese Blutkonserve aber nicht fachmännisch gelagert worden, so daß ein nicht unbeträchtlicher Teil davon geronnen sei. Und er, Herr Schweitzer, sei von wem auch immer ebenfalls geleimt worden, und seine heimliche Filmerei sei Teil des Plans gewesen. Die komplette Chose sei zwar immer noch mehr als absurd, doch ermittle man inzwischen gegen den Jürgen Sikora wegen Versicherungsbetrug. Für ihn, Mischa Schmidt-Schmitt, sei das aber immer noch sehr an den Haaren herbeigezogen, erst gestern habe er zusammen mit der Sedlurak die Sabine ein weiteres Mal in die Zange genommen, und wenn ihn seine Menschenkenntnis nun nicht völlig täuschte, ganz ehrlich, nein, die Juweliersgattin habe nichts damit zu tun. Um es mal mit aller Brutalität zu sagen, die sei viel zu doof für solch einen ausgeklügelten Plan, wie er hier vorliege. Und außerdem wisse man nun auch, was aus Lola beziehungsweise Waldemar Hanuch geworden sei.

Herr Schweitzer war sehr konzentriert bei der Sache: „Was?"

„Wir haben die Fluggesellschaften gecheckt. Lola hat am Morgen nach der Tatnacht einen Flieger nach Colombo bestiegen. Das ist die Hauptstadt von Sri Lanka."

Das wußte der Detektiv, denn dort waren Maria und er auf ihrem Trip nach Laos umgestiegen. „Ja? Und Jürgen? War der auch auf der Passagierliste?"

„Nein, leider nicht. Wir haben alle Flughäfen Deutschlands abgeklappert."

„Seltsam ist das. Findest du nicht?"

„Vielleicht. Aber, was du auch nicht weißt, die Sikora behauptet, aus dem Safe des Juwelierladens seien knapp hunderttausend Euro verschwunden. Ich glaube ihr nicht."

„Mir hat sie gesagt, es seien fünfzigtausend gewesen. Die soll ich ihr wiederbeschaffen." Herr Schweitzer war nun mehr und mehr davon überzeugt, im Safe habe gar kein Geld gelegen. Was bezweckte Sabine mit ihren unterschiedlichen Angaben? Die Versicherung würde im Fall des angeblich verschwundenen Geldes aus dem Tresor eh nicht zahlen, schließlich hatte Jürgen ja offiziell Zugriff und im Prinzip war es als Ehepartner auch sein Geld. „Wie geht's jetzt weiter?"

„Wir haben die zuständigen Behörden in Sri Lanka um ihre Unterstützung gebeten. Für einen internationalen Haftbefehl hat es natürlich nicht gereicht. Aber du weißt ja, die Mühlen der Diplomatie und Justiz mahlen sowieso langsam. Es kann also noch etwas Zeit vergehen, bis da was passiert."

Herr Schweitzer hatte eine Idee, war sich aber nicht sicher, ob er sie preisgeben sollte. Er entschied sich für die Geheimhaltung. „Hmm, wenn ihr die Lola habt, dann seid ihr wohl am Ziel, oder?"

„Zumindest sehr nahe an der Lösung. Vorausgesetzt natürlich, sie oder er plaudert."

„Das Blut im Mercedes?"

„Ebenfalls altes Blut. Paßt also ins Schema."

„Na dann, ich muß jetzt."

„Alles klar, Simon. Wenn du willst, können wir im Sommer hier mal zusammen grillen. Meine Holzfällersteaks sind legendär."

Als Herr Schweitzer wieder an der frischen Luft war, und diesmal war es wörtlich zu nehmen, dermaßen abgestanden hatte es in Schmidt-Schmitts Hütte gerochen, wußte er nicht, ob er gerade einen Fehler begangen hatte oder nicht. Was er dringend benötigte, waren klare Gedanken. Die Oberräder Gärten boten ihm die Gelegenheit für einen spontanen Spaziergang.

Herr Schweitzer war quasi schon mittendrin und brauchte ihn bloß fortzusetzen. Warm genug war er angezogen.

Die Idee, die ihm vorhin gekommen war, bezog sich auf Lolas Flug nach Sri Lanka und dem, was ihm der Crailsheim-Harald bezüglich Chiang Rai erzählt hatte. Es war mehr als ein vages Gefühl. Jede Wette, sagte er sich, Lola hat den Weiterflug nach Bangkok in einem anderen Reisebüro gebucht. So hatte sie ihre Spuren verwischt, und so lange die Kripo nicht die richtigen Fragen stellte, würden auch die richtigen Antworten ausbleiben. Das war sehr engstirnig von der Kripo, doch in ihm floß das Blut eines wahren Detektiven. Seit seinem Besuch in Crailsheim hatte Herr Schweitzer eine Wandlung durchlebt. Nun wollte er den Fall alleine lösen. Er würde der Held seines eigenen Lebens werden, nicht weiter eine Randfigur bleiben. Und obendrein gibt es nichts außer dem, was man selber schafft, das hat jedenfalls Serge Lentz einst oberschlau geschrieben. Der Flug nach Bangkok war für ihn beschlossene Sache. Fragt sich nur, ob die Wirklichkeit mit seinem Anspruch Schritt halten konnte. Wenn ja, würde man seinen Namen fürderhin in einem Atemzug mit den Journalisten der Watergate-Affäre nennen. Aber so ganz allein auf sich gestellt – Herrn Schweitzers Unterbewußtsein meldete erste leise Zweifel an.

Kurze Zeit später war es schon eine ganze Armada von Zweifeln. Im Laufe seiner Promenade durch Oberrads Gärten setzte eine Art kathartischer Effekt ein. Herr Schweitzer sah sich in Chiang Rai, etwas überspitzt gesagt, regelrecht am Boden zerstört. Sprachbarrieren türmten sich zur Chinesischen Mauer, unautorisiertes Handeln zu lebenslanger Haft, und die Magerkost in einem thailändischen Gefängnis würde ihn final dahinraffen. Nein, nein und nochmals nein, ein lupenreiner Hungertod war ganz und gar nicht in seinem Interesse. Er würde Hilfe brauchen, so viel stand fest. Trotzdem sollte die Aufklärung für immer mit seinem Namen geschmückt sein. Das würde ihm jede Menge Folgeaufträge verschaffen. Und er, Herr Schweitzer, durfte dann wählen, welchen Fall er übernahm, und welchen nicht. Logisch, genau davon träumte jeder Detektiv, warum also nicht auch er? Wem halt so die Stunde schlägt ... nur den Mutigen gehört die Welt. Er wechselte in Paulchen Panthers Schrittrhythmus. Das passende Liedchen dazu entströmte seinen Lippen.

Um die leeren Worte mit Inhalt zu füllen, kehrte er zu Schmidt-Schmitt zurück. Der war Oberkommissar, hatte Beziehungen und war ihm sehr sympathisch. Und grillte nach eigener Aussage die besten Holzfällersteaks.

Die menschliche Psyche ist eines der letzten großen Geheimnisse unserer Erde. Bereits beim Eintreten war Herrn Schweitzers Zuversicht hinsichtlich seines erneuten Thailand-Abstechers trotz der vorausgegangenen Euphorie beträchtlich geschwunden. Bevor er doch noch auf Reisen ging, bedurfte es weiterer Hinweise. Waldemar Hanuchs gebuchter Flug nach Sri Lanka war ihm hierfür nicht ausreichend genug. Er weihte Schmidt-Schmitt in seine Überlegungen mit ein. Den Crailsheim-Harald verschwieg er weiterhin. Herr Schweitzer hatte nicht vor, dem Sportsfreund aus dem Fränkischen Unannehmlichkeiten zu bereiten. Wer weiß, wie die Bullen im Süden so drauf sind, wenn sie vom Opium Wind bekommen? So verkaufte er dem Oberkommissar seine Informationen um Jürgen Sikora als seine eigenen. Schmidt-Schmitt bekam auch sofort große Ohren, als er von dem Detektiven erfuhr, daß Jürgen in Laos damit geprahlt hatte, demnächst gehe ein Geldregen auf ihn nieder und Chiang Rai sei ein hübsches Fleckchen zum Leben.

„Was meinte Jürgen bloß mit dem Geldregen?“ Schmidt-Schmitts Worte waren fast ein Flüstern.

„Drei Möglichkeiten, wenn du mich fragst“, erwiderte Herr Schweitzer. „Das Geld der Lebensversicherung, jenes aus dem Tresor oder ...“

„... das aus dem Opiumhandel mit den chinesischen Glückssteinen“, vollendete der Oberkommissar den Gedankengang seines Gegenübers.

„Was glaubst du, wie lange braucht ihr, um herauszukriegen, ob Lola von Colombo aus weitergeflogen ist?“

„Morgen, wenn ich das heute noch veranlasse.“

„Das ist sehr gut. Und ich habe da noch eine Idee. Ich weiß, sie klingt merkwürdig, aber ich glaube, wenn ihr Lolas Sitznachbarn im Flieger überprüft, dann könnte es sein, so rein theoretisch jetzt mal jedenfalls, daß da ein Typ gesessen hat, der dem Jürgen Sikora irgendwie ähnlich sieht.“

„Du meinst, ein falscher Paß ...“

„Eher ein echter, vielleicht geklaut oder dupliziert, auf einen wirklichen Namen lautend. Ich denke, so etwas zu besorgen, dürfte in einer Stadt wie Frankfurt kein Problem sein.“

Der Oberkommissar lachte lauter als es sein Gesundheitszustand erlaubte. Sein Husten klang nicht wirklich gut. Erst als Herr Schweitzer ihm auf den Rücken haute, verebbte er wieder. „Alles okay?“

„Ja, danke, danke, geht schon wieder. Sag mal, willst du nicht bei uns anfangen? Wir können so Leute wie dich gebrauchen.“

„Wie?“

„Na ja, auf die Idee mit dem Sitznachbarn muß man erst mal kommen. Auch, wenn‘s vielleicht nicht stimmt, aber als Möglichkeit durchaus in Betracht zu ziehen.“

„Ja. Aber denkst du denn, die Sedlurak sieht das genau so?“

„Laß mir diese blöde Kuh aus dem Spiel. Die ist schon längst wieder mit anderen Sachen beschäftigt. Jetzt, da die These mit dem Mord so gut wie widerlegt ist, wird sie sich wieder mit Straftaten beschäftigen, die ihrer Karriere förderlicher sind. Ich kenne die Dame bestens. Und so ein schnöder Versicherungsbetrug oder was auch immer für eine Bagatelle dahintersteckt, nein, Simon, so etwas ist eindeutig unter der Würde von Madame."

„Umso besser. Du leitest jetzt also die Ermittlungen?"

„Woher soll ich das wissen? Ich bin krankgeschrieben. Und weil ich keine Telefongespräche annehme, vor allem nicht, wenn sie aus dem Kommissariat kommen, bin ich darüber nicht informiert."

„Du hast aber eine komische Arbeitsauffassung."

„Hab ich die? Komm du mal in mein Alter ..." Schmidt-Schmitt schmunzelte. Er war locker zehn Jahre jünger als der Detektiv.

„Kann ich offen mit dir reden?" fragte Herr Schweitzer.

Der Oberkommissar war ob dieser Wendung doch ein wenig irritiert: „Tun wir das nicht schon die ganze Zeit?"

„Schon. Aber ..."

Und nun traute sich der Detektiv doch noch, sein Anliegen hervorzubringen. Es sei von großer Bedeutung für ihn, Herrn Schweitzer, wenn er in diesem Fall mit einem Erfolg aufwarten könne. Er, Mischa, wisse ja, er wolle sich in absehbarer Zeit mit einem Detektivbüro selbständig machen, und ein vorzeigbares Ergebnis, das hätte schon was für ... für ... na ja ... er wisse schon ... für die Publicity. Und: „Jetzt mal ehrlich, nehmen wir mal an, ich würde Lola und Jürgen in Thailand ausfindig machen. Auf wessen Hilfe könnte ich rechnen, um die beiden dingfest zu machen?"

„Du kannst Fragen stellen."

„Gelle. Also, wie sieht's aus?"

„Ich komme mit."

Nun war es an Herrn Schweitzer, irritiert zu sein. Und zwar restlos. „Mitkommen? Wohin?"

„Nach Schenga-Hai oder wie das Kaff dort drüben heißt."

Reflexartig verbesserte er: „Chiang Rai." Erst dann wurde Herrn Schweitzer bewußt, in welche Kalamitäten er sich gerade manövriert hatte.

Doch bevor er sich darüber noch weitere Gedanken machen konnte, fuhr Schmidt-Schmitt fort: „Nur damit eins von vorneherein klar ist: Den Flug mußt du selbst zahlen. Dienstreise gilt nur für mich. Du reist als Tourist ein, mehr nicht."

So schnell konnte es bisweilen gehen, und ein unausgegorener Plan wurde zu einer geballten Ladung impulsiven, adrenalinhaltigen Handelns. Nur, daß Herr Schweitzer damit überfordert war. „Äh. Maria. Wir wollten am nächsten Samstag in ein Jazzkonzert. Und ..."

Der Oberkommissar winkte ab und griff nun doch zum Telefon. Man möge doch bitte ganz schnell zwei Flüge nach Bangkok buchen. Oder besser noch, nach ...

„Chiang Rai“, half Herr Schweitzer aus.

... exakt, Chiang Rai. Nein, er fliege mit einem immens wichtigen und glaubwürdigen Zeugen, der wahrscheinlich den Aufenthaltsort der Gesuchten im Sikora-Fall kenne. Und nochmals nein, er nehme keine Rücksicht auf die Bewilligung von Reisespesen, der Herr, Simon Schweitzer mit Namen, komme hundertprozentig mit, ansonsten sie ihn alle mal ... und wenn er nicht in einer Stunde die Flugbestätigung habe, kündige er. Jawohl, auf der Stelle. Und ja, der Schweitzer schreibe sich mit tz, nur, damit das richtig verbucht werde.

Aber der Tz-Schweitzer war nun etwas konsterniert. Nicht nur der Tod kommt immer zur Unzeit, manchmal auch die Arbeit.

„So. Hast du gehört, wie das funktioniert? Das solltest du dir auch aneignen. Immer schön einen auf große Fresse, am besten schreien, und schon sputen sich alle. Pah, das wäre doch gelacht, wenn wir die Tickets nicht bewilligt bekommen.“

Herr Schweitzer konnte nur noch stammeln: „Stark. Ich muß dann nur noch Maria informieren. Vielleicht kann sie ja mit Karin zum Konzert. Äh ... das könnte Knatsch geben. Und ... ähem ... wenn sie deine Kündigung annehmen ...“

„Machen die nicht. Ganz sicher nicht. Und selbst wenn ...“, Schmidt-Schmitt gönnte sich eine Pause, in der er kurz nachdachte und dann verschmitzt lächelte, „... ist das auch kein Problem. Dann fang ich halt bei der neugegründeten Detektei Schweitzer an.“

Außerdem müßte ich ein paar Fahrstunden verlegen, überlegte Herr Schweitzer, die Unterlagen für die Theorie kann ich ja mitnehmen und unterwegs ein bißchen lernen. Ihm war sehr flau im Magen. Auf was hatte er sich da schon wieder eingelassen? Er träumte von einem beschaulichen Leben als Rosengärtner, wohlwissend, daß es ihn auf Dauer langweilen würde. Da muß ich jetzt durch, da hilft kein Flehen und Beten. Herr Schweitzer bediente sich eines Tricks, den er sich für derartige Situationen angeeignet hatte. Er stellte sich sein Leben in zwei Wochen vor, da würde das Abenteuer hinter ihm liegen. Und wenn alles einigermaßen glatt vonstatten ging, so würde er was zu erzählen haben. Im Weinfaß. Im Frühzecher. Oder sonstwo. Egal, wie es letztendlich ausging, wichtig war, die Routine im Leben gering zu halten.

Dann ging es Schlag auf Schlag. Noch auf dem Nachhauseweg klingelte Herrn Schweitzers Mobiltelefon und er erfuhr, die Plätze seien reserviert.

Kleines Handicap, so drückte sich Schmidt-Schmitt aus, der Flug gehe noch heute abend, das sei doch kein Problem für ihn, oder?

„Nein, nein.“ Zwar war er noch sehr, sehr wankelmütig, aber es galt, Entschlossenheit zu demonstrieren, schließlich war das ganze Unternehmen auf seinem Mist gewachsen, und ein Zögern seinerseits hätte dem Oberkommissar bestimmt nicht gefallen. „Nehmen wir ein Taxi zum Airport?“

„Natürlich, Simon, der Staat zahlt, das muß man ausnutzen. Ich bin gegen sieben bei dir.“

„Aber, was ist mit deiner Grippe?“

„Grippe? Welche Grippe?“

„Schon gut. Sieben, also?“

„Ja, und vergiß deinen Paß nicht.“

So sehr sich Herr Schweitzer auch bemühte, es wollte ihm nicht gelingen, über den Dingen zu stehen. Zu viele Unwägbarkeiten verursachten ein Kribbeln im Bauch. Er fragte sich, ob der Oberkommissar überhaupt wußte, was er tat. Es war doch bloß eine vage Vermutung, die er ihm gegenüber geäußert hatte. Und so mir nichts, dir nichts und holterdiepolter in ein fernes Land aufzubrechen, so gänzlich ohne Vorbereitung, das war Herrn Schweitzers Sache nicht. Dennoch blieb ihm nichts anderes übrig, er mußte sich den Dingen stellen. Mit zittrigen Fingern schloß er die Wohnungstür auf. Er fühlte sich, als würde er durch die Pforte der Unterwelt schreiten.

Kühlen Kopfes verrichtete er die nun notwendigen Schritte. Um seine Emotionen einigermaßen unter Kontrolle zu halten, trank er zwischendurch immer mal wieder einen großen Schluck Rotwein. Entgegen seinen Erwartungen zeigte seine Liebste vollstes Verständnis. Aufs Jazzkonzert könne sie ja mit Karin gehen, die Pflicht, mein Schatz, gehe vor, und die Konkurrenz im Detektivgewerbe schlafe nicht.

Auch dachte Herr Schweitzer daran, seiner Untermieterin Laura Roth eine Nachricht zu hinterlassen. Für unbestimmte Zeit müsse er ins Ausland, den deutschen Polizeiapparat unterstützen, und sie, Laura, möge sich doch bitte einen anderen an Land ziehen, der in ihrer beider Abwesenheit die Pflanzen versorge. Sie solle doch mal beim Güney klingeln. Da könne sie dann auch gleich fragen, er selbst habe es, sorry, vergessen, ob er sich nicht mal die defekte Waschmaschine angucken möchte. Und wegen der Flasche Wein brauche sie sich auch nicht zu sorgen, er organisiere eine neue, wenn er wieder zurück sei. Tschüssi, schönen Urlaub auch.

Pünktlich wie früher die Maurer klingelte Schmidt-Schmitt. Herrn Schweitzer rutschte das Herz in die Hose. Sein Gemütszustand befand sich irgendwo zwischen totaler Euphorie und dem Wunsch, sich einem gerade wo auch immer stattfindenden Massenselbstmord anzuschließen. Die eiserne Faust des Abenteurerlebens umklammerte seinen Magen. Kleine Schweißperlen benetzten sein Gesicht. Ein letzter Schluck direkt aus der Rotweinflasche und Herr Schweitzer war reisefertig. Paß, Geld und Haustürschlüssel – alles andere konnte er in Thailand nachkaufen.

Das Taxi, von dem Schmidt-Schmitt gesprochen hatte, war nichts anderes als ein Polizeiauto. Auf dem Weg zum Flughafen hing ein jeder seinen eigenen Gedanken nach. Gesprochen wurde kaum. Ein nasses Gewitter mit erheblichem Anteil an Schneematsch erleichterte die Abreise. Herrn Schweitzer fiel ein, daß er die Badehose vergessen hatte. Es konnte ja sein, der Oberkommissar hatte ein Hotel mit Swimmingpool gebucht, und Badehosen in Herrn Schweitzers Größe ließen sich nicht so ohne weiteres überall erstehen. Doch was soll‘s, sagte er sich, laß dich einfach überraschen.

Und die Überraschung ließ nicht auf sich warten. Man reiste erster Klasse.

Als Herr Schweitzer das nächste Mal wieder zur Besinnung kam, befand er sich an einem Ort, wo unser Alt-Bundeskanzler nach der Spendenaffäre seinerzeit auch hingehört hätte, lebten wir in einem Rechtsstaat: im Knast. Zu seinen Füßen gaben sich possierliche Kakerlaken ein fröhliches Stelldichein. Die Suppe, die vor knapp einer halben Stunde serviert wurde, hatte er nicht angerührt. Die Ingredienzien, eher spärlich als üppig, waren nicht so der Hit. Die Betreiber einer deutschen Fertigsuppenfabrik wären dafür hinter Gitter gelandet, hätten ihm also Gesellschaft leisten können. Herrn Schweitzers Magen knurrte wie der eines ausgehungerten Braunbären. Den Teller hatte er weit von sich geschoben. Er schwitzte, denn der Deckenventilator drehte sich in einer Geschwindigkeit, daß eine Fliege ihn als Karussell benutzte. Immerhin war Herr Schweitzer nicht alleine. Außer Schmidt-Schmitt schmückten noch drei weitere deutsche Staatsangehörige das etwa zwölf Quadratmeter große Verlies. Trotz dieser eher mißlichen Begleitumstände hoffte Herr Schweitzer, nicht auch noch die Nacht hier verbringen zu müssen, oder, aber da hätte es schon knüppeldick kommen müssen, nicht am Strang sein irdenes Dasein zu beenden. Im Prinzip, so redete er sich ein, war es doch nur ein unbedeutendes Kompetenzgerangel zwischen Polizei und Militär, welches zumindest den Oberkommissar und ihn vorübergehend außer Gefecht gesetzt hatte. Bestimmt löste sich dieses Mißverständnis in Bälde in Wohlgefallen auf. Bestimmt. Was die drei anderen Herrschaften anging, sah die Sache schon erheblich trauriger aus. Gut möglich, daß ein Teil davon demnächst am Galgen baumelte. Oder wie auch immer thailändische Behörden Drogendealer ins Jenseits beförderten. Ein elektrischer Stuhl wird‘s wohl nicht sein, dachte Herr Schweitzer – so, wie hier Ventilatoren nach Stromversorgung gierten.

Dabei hatte alles recht gut begonnen. Die Einreise und der Anschlußflug nach Chiang Rai waren wie am Schnürchen verlaufen. Schon bei der Paßkontrolle wurde Schmidt-Schmitt ein offizielles Schreiben überreicht, in dem ihm mitgeteilt wurde, die von der Sedlurak in die Wege geleiteten Maßnahmen zur Ergreifung und Auslieferung von Waldemar Hanuch alias Lola und Jürgen Sikora würden von der thailändischen Polizei mit allen nur erdenklichen Kräften unterstützt. Herr Schweitzer hatte sich noch über diese reibungslose länderübergreifende Zusammenarbeit gewundert, doch Schmidt-Schmitt hatte ihm lapidar erklärt, das sei mittlerweile gang und gäbe. So, wie das Verbrechen, habe sich auch dessen Verfolgung globalisiert. Und wenn man genügend Druck ausübe, klappe das schon. Auf die Frage, wie er das denn in aller Eile so prima hinbekommen habe, hatte der Oberkommissar erst recht geheimnisvoll getan, dann aber, auf wiederholtes Nachbohren Herrn Schweitzers, etwas undurchsichtig gesagt, er sei ja schließlich mal mit der Frau Oberkommissarin liiert gewesen, da bleibe es nicht aus, Dreck am Stecken zu entdecken. „Und glaub mir, die Sedlurak arbeitet auch nicht immer mit legalen Mitteln. Gerade die nicht, diese Schlampe.“

Als sie dann in Chiang Rai von einem Kontaktbeamten in Empfang genommen wurden, der zudem deutsch sprach, wenn auch mit leichtem Akzent, sah die Welt für Herrn Schweitzer noch sehr rosig aus. Ein Swimmingpool mit den Ausmaßen eines Basketballfeldes bildete den krönenden Abschluß ihrer Ankunft. Einziges Manko, wenn man es als solches zu bezeichnen gedenke, war das eheliche Doppelbett. Weder der Oberkommissar noch der Detektiv schliefen gerne mit einem Mann an ihrer Seite. Noch wußten sie ja nicht, daß sie das Schlafgemach nie benutzen sollten. Während Schmidt-Schmitt dem Polizisten mit dem lustigen Namen Rungroj ins Revier folgte, um die weitere Vorgehensweise mit der hiesigen Einsatzleitung abzusprechen, schnappte sich Herr Schweitzer ein Badetuch und legte sich in Boxershorts, die mit viel Phantasie auch als Badehose durchgingen, an den Pool, genehmigte sich einen Singapur Sling und döste ein wenig unter einem großen Sonnenschirm. Dabei hing er erstklassigen Gedanken nach. Er, Herr Schweitzer, direkt mitten am Schauplatz der Geschichte, wann hatte es so etwas schon einmal gegeben? Er, die rechte Hand eines Oberkommissars. Und daß sie überhaupt in Chiang Rai waren, hatten sie ausschließlich dem Sachsenhäuser Meisterdetektiv zu verdanken, ihm, der dank seiner Recherche in Crailsheim erst die nötigen Informationen beschafft hatte – der grobe Polizeiverstand hätte da jämmerlich versagt. Gestern Sachsenhausen, heute Chiang Rai. Wenn das nicht ganz, ganz großes

Kino war, was dann? Und die Kulisse erst. Ein königsblauer Himmel, in goldbestickte Sarongs gehüllte Bardamen und in großen Tontöpfen der Sonne entgegensprießende rote und gelbe Orchideen, tja, so war das Leben eben, wenn man oben mitmischte. Und auch sein Tipp, man solle doch mal des Waldemar Hanuchs Sitznachbarn im Flieger überprüfen – ein Volltreffer. Wie er, Herr Schweitzer, selbst. Das einzige, was momentan fehlte, war eine ihn ob seiner Geistesgaben anhimmelnde Maria von der Heide. Genüßlich schnupperte er am Singapur Sling, auf daß er auch olfaktorisch nicht zu kurz kam. Das Leben, ein immerwährendes Honigschlecken.

Nach dem dritten Cocktail war Herr Schweitzer doch noch eingeschlafen. Was brauchte der Schmidt-Schmitt auch immer so lange?

„Es geht los." Mit diesen Worten wurde er geweckt. Begleitet wurde der Oberkommissar von Rungroj und einem weiteren Beamten, an dessen Schultern ganz viele Streifen und Sternchen prangten.

Herr Schweitzer war noch gar nicht richtig wach, doch Mischa kümmerte sich darum wenig. „Paß uff. Der Typ, der unseren Jürgen Sikora einschließlich Inlandsflug bis nach Chiang Rai begleitet hat, heißt Lothar Beitz. Und dieser Beitz dürfte gar nicht hier sein, wie mir die Sedlurak vorhin am Telefon mitgeteilt hat. Der arbeitet nämlich gerade bei der Straßenreinigung in Frankfurt. Und vorbestraft ist der Knabe auch. Also, unsere Kollegen daheim lassen ihn gerade ins Präsidium bringen, und ich wette jetzt schon, der wird ganz überrascht tun, wenn er nach seinem Reisepaß gefragt wird. Ich kann's mir bildlich vorstellen: Oh, den wird mir jemand geklaut haben."

„Was machen wir jetzt?" fragte Herr Schweitzer.

„Du", Schmidt-Schmitt zog eine verächtliche Miene, „du ziehst dir erst einmal was an. Wie läufst du hier eigentlich rum? Du kannst dich doch nicht in einer Unterhose an den Swimmingpool legen. Ich bin nur froh, daß keine Pißflecken zu sehen sind. Die würden uns glatt einlochen." Später wurde man zwar doch noch eingelocht, aber nicht wegen Herrn Schweitzers Urinflecken.

Als er zehn Minuten später die eingeforderte Etikette erfüllte, wiederholte er seine Frage: „Und, was nun?"

„Nun wird's kompliziert." Und außerdem: „Hatschi", denn der Polizist war noch lange nicht genesen. „So, wie ich es verstanden habe, sind die Hoteliers hier angewiesen, die Daten ihrer Gäste der Polizei zu melden. Bei größeren Hotels geschieht das fast täglich. Kleinere hingegen lassen sich in der Regel Zeit. Momentan sind die Gesuchten leider noch nirgends registriert. Aber das will nichts heißen. In der Maschine Bangkok - Chiang Rai waren sie jedenfalls an Bord. Doch einen Trumpf haben wir. Es gibt hier nämlich nur eine Schwulenbar, die diesen Namen verdient, und wo man sich abends trifft.“ Schmidt-Schmitt schaute auf seine Armbanduhr. „Oh, muß mal die Zeit umstellen.“

Herr Schweitzer war da schon weiter: „Fünf Uhr, Thailand-Zeit.“

„Danke. In einer Stunde macht sie auf. Wir werden uns dort auf die Lauer legen. Sie ist gleich um die Ecke. Es kann aber ein paar Stunden dauern, bis die Gäste eintrudeln. So richtig ab soll‘s erst später gehen. Gegenüber ist ein Laden für Foot massage. Von dort aus haben wir den Eingang im Auge, ohne gleich die Pferde scheu zu machen.“

Wegen der Zeitverschiebung wäre es unsinnig gewesen, Maria gleich nach seiner Ankunft in Chiang Rai anzurufen, sie hätte noch selig geschlummert. Nun kam Herr Schweitzer ihrer Bitte nach. In aller Kürze, so ein Auslandsgespräch kann kosten, berichtete er ihr von seinem reibungslosen Flug und der bevorstehenden Observation, bei der man dann, wenn alles planmäßig verlaufe, Lola und Jürgen hopsgehen lassen wolle. Denkbar sei auch, sie erst bis zu ihrer Unterkunft zu verfolgen, um dann zuzuschlagen, das käme auf die Umstände drauf an. Schmidt-Schmitt und vor allem er, Herr Schweitzer, hätten alles im Griff.

Das höre sich gut an, entgegnete Maria, und, kleiner Scherz am Rande, er solle bei der Foot massage unbedingt ein Kondom benutzen, er wisse ja, AIDS und so.

Er müsse jetzt auflegen, man wolle jetzt gleich zu Potte kommen, Schmidt-Schmitt warte schon ungeduldig. Er vermisse sie. Und wegen AIDS brauche sie sich keine Sorgen machen, auch wenn er hier fremd war, gehe er nicht fremd.

Asiaten müssen sehr feine Näschen haben, überlegte Herr Schweitzer, als er sich auf die Liege zwischen dem Oberkommissar und dem Kontaktbeamten Rungroj niedergelassen hatte, denn obwohl er bereits im Wang Come Hotel ausgiebig geduscht hatte, begann die Dame, die ihn unter ihre Fittiche genommen hatte, umgehend mit einer wohltuenden und äußerst entspannenden Fußsäuberung. Herr Schweitzer war ein bißchen neidisch auf die beiden anderen, weil diese von hübschen und jungen Dingern bedient wurden, während die seinige wohl schon auf die sechzig zuging. Und weh tat sie ihm nun auch noch. Derweil sein rechter Fuß in ein warmes grünes Tuch gewickelt war, massierte sie seinen linken mit einem kleinen, vom vielen Gebrauch glattpolierten Holzstöckchen in einer Art, als wolle sie ihm die Knochen brechen. Doch auch Brachialgewalt konnte ihm nichts anhaben. „Very good“, stöhnte er. Dann zerrte die werte Dame kräftig an seinen Zehen und kitzelte mit den Fingernägeln deren Oberseite. Nichts von alledem erschütterte den Detektiv. Er wollte ja vor den anderen beiden nicht als Waschschlappen dastehen.

Bei der Gay-Bar drüben blieb es ruhig. Der junge Mann, der sie vor einer halben Stunde geöffnete hatte, fegte die Straße, goß Blümchen und setzte sich rauchend in einen grünen Plastikstuhl. Und wie es Herr Schweitzer von sich und Sachsenhausen kannte, immer wenn jemand Bekanntes vorbeikam, wurde ein kleines Schwätzchen gehalten.

Die Foot massage war beendet, fünf Euro hatte sie umgerechnet gekostet, und noch immer war kein einziger Gast in der Gay-Bar aufgetaucht. Rungroj schlug nun eine Ganzkörpermassage vor, die Schmidt-Schmitt aber ablehnte, weil man ja trotz aller Annehmlichkeiten immer noch einsatzbereit bleiben müsse. „Oder willst du, Simon, vielleicht in ein Handtuch gewickelt den Gesuchten nachjagen?“

„Wieso nicht? Ich hab damit keine Probleme, schließlich leg ich mich auch in Boxershorts an den Pool.“

„Kannst du knicken. Mit mir nicht. Rungroj, sag den Damen, wir möchten hier einfach nur sitzenbleiben. Es gibt auch ein Extra-Trinkgeld. Und was zu trinken wäre nicht schlecht.“

Ganze drei Stunden warteten sie nun schon. Die Schwulenbar hatte sich mit Herren aus aller Herren Länder gefüllt. Ab und an verschwand ein Pärchen auf unbestimmte Zeit, um hernach erleichtert wieder zurückzukehren. Herr Schweitzer fragte sich bereits, ob sich Lola und Jürgen etwa aus dem Staub gemacht oder heute einfach nur keinen Bock hatten auszugehen. Da die Liegen im Massagesalon von anderen Touristen in Beschlag genommen wurden, saßen die drei Musketiere mittlerweile auf Korbstühlen davor. Rungroj gebärdete sich wie ein waschechter italienischer Casanova, so forsch flirtete er mit einer der jungen Angestellten. Schmidt-Schmitt rauchte eine Zigarette nach der anderen. Wie in den Bergen von Laos wurde Herr Schweitzer von Moskitos weitestgehend verschont. Nur selten näherte sich ein lebensmüder Plagegeist. Selbst ein Phlegmatiker wie der Sachsenhäuser Detektiv hatte keine Mühe damit, die Stechmücken mit einem Schlag zu erledigen.

„Pssst“, sprach Herr Schweitzer, als er zwei Männer einem Tuk-Tuk entsteigen sah. Jürgen Sikora hatte er an der Kleidung erkannt. Ein rosa Hawaiihemd mit einer Blumenpracht, die dem Frankfurter Palmengarten gut zu Gesicht gestanden hätte, flatterte um seinen Oberkörper.

Gleich nach dem Pssst ließen Rungroj und Mischa ihre überdimensionierten Sonnenbrillen auf die Nasen rutschen. Das wirkte auf Herrn Schweitzer dermaßen komisch, so daß die zurechtgelegten Worte auf seinen Lippen erstarben. Er fühlte sich sowieso schon wie im Film – und nun so was. Vorsichtig streckte er seine geschundenen Knochen, eventuell mußte er gleich Gebrauch von ihnen machen.

„Ich gehen zu anderen Polizisten“, sagte nun Rungroj und entfernte sich.

„Was macht der?“ wollte Herr Schweitzer wissen.

„Der geht um die Ecke. Dort wartet die Einheit in einem Bus auf ihren Einsatz. Komm, wir riegeln den Haupteingang ab.“

„Nur wir zwei?“

„Probleme damit?“

„Ich? Quatsch.“

Aber kaum hatten sie sich mit einem Hauruck aus den Korbstühlen erhoben, tauchten Lola und Jürgen schon wieder auf.

„Was soll denn das jetzt wieder?“ zischte Schmidt-Schmitt. „Die sind doch gerade erst reingegangen.“

Doch damit nicht genug. Wie auf Bestellung kam ein Tuk-Tuk angerattert und verschluckte die beiden.

„Verdammter Bockmist“, fluchte der Oberkommissar.

„Was jetzt?“

„Was jetzt? Was jetzt? Steh nicht so blöd rum, wir brauchen auch ein Tuk-Tuk.“

Herr Schweitzer war jetzt heillos durcheinander. In Sekundenschnelle suchten seine Augen die Umgebung ab. Vor dem Wang Come Hotel erspähte er eins, doch waren die Insassen, vier kleine koreanische Gören, noch mit dem Begleichen des Fahrpreises beschäftigt. Schmidt-Schmitt hielt sein Handy ans Ohr. Offenbar versuchte er, mit Rungroj Kontakt aufzunehmen, um diesem die veränderte Situation zu schildern.

Man mußte schon genau hinschauen, wollte man seinen Augen trauen. Wie ein geölter Blitz schoß Herr Schweitzer über die Straße, wedelte mit ein paar Geldscheinen und erklärte den Koreanerinnen, die Fahrt zahle er. Bevor der Fahrer etwas erwidern konnte, steckte er ihm ein paar Scheine in die Hemdtasche und deutete zu Schmidt-Schmitt. Über Thais mochte man sagen, was man wollte, aber schwer von Begriff waren sie nicht. Mit einem lauten Zwischengas, wie bei mopedfahrenden Halbstarken üblich, signalisierte der Fahrer sein Einverständnis. Das Gefährt beschrieb eine enge Kurve, und Herr Schweitzer mußte mit seinem gesamten Gewicht dagegenhalten, andernfalls das Tuk-Tuk aus der Bahn geworfen und umgekippt wäre. Auch Schmidt-Schmitt hatte einen guten Tag erwischt. Ohne daß der Chauffeur groß die Geschwindigkeit reduzieren mußte, sprang der Oberkommissar auf.

„Follow the Tuk-Tuk in front of us.“ Herr Schweitzer zeigte nach vorne, wo gerade zwei rote Rücklichter nach rechts abbogen. Dann rückte er so weit als möglich in die Ecke, denn Tuk-Tuks boten im Normalfall nur für zwei Personen Platz. Man mochte nun einwenden, es seien aber schon zuhauf Tuk-Tuks gesehen worden, die mehrere Passagiere beförderten, aber dann waren es meist Asiaten. Und viele Asiaten ergaben einen Herrn Schweitzer. Trotz seines Bemühens konnte sich Schmidt-Schmitt nur auf eine Pobacke setzen. Der Rest der plastiküberzogenen Rückbank wurde vom Detektiv ausgefüllt.

Während der Oberkommissar verzweifelt um Kontaktaufnahme bemüht war, instruierte Herr Schweitzer den Fahrer dahingehend, nicht allzu nah aufzuschließen, man sei von der deutschen Polizei und die Boys da vorne gemeingefährliche Verbrecher aus Germany. Der Fahrer lachte, als gehörten Verfolgungsjagden durch Chiang Rai zu seinem täglich Brot und derartige Tollheiten zu seinem Wesen.

Doch die Besatzung des voranfahrenden Tuk-Tuks nahm die Verfolgung nicht zur Kenntnis. Gemächlich tuckerte der Zweitaktmotor. Ohne Eile bog man links in die Singhaklai Road ein. Immer wieder mußte Herr Schweitzer seinen Fahrer zügeln, der sich offensichtlich mehr Action wünschte.

Und endlich hatte auch Schmidt-Schmitt Rungroj am Telefon. „Ja, I don‘t know ... äh ... ich weiß nicht ... gerade sind wir an der Tourist Police vorbeigefahren. Und jetzt kommt ein Schild ... warte ... City Hall ... ja, mach schnell. Ich bleibe am Handy."

Bevor man die City Hall erreichte, setzte das verfolgte Tuk-Tuk erneut den Blinker. Vorsichtig, einigen Schlaglöchern ausweichend, bog es nach rechts auf einen Feldweg ein. Ein weißes Schild wies den Weg zur Mae Kok Villa.

Der Oberkommissar brüllte es ins Mobiltelefon: „Mae Kok Villa. Ich wiederhole, Mae Kok Villa. Du weißt, wo ..."

„Lights out", befahl Herr Schweitzer dem Fahrer. Man war in einer Sackgasse angelangt. Mae Kok hieß der Fluß, an dessen Südufer Chiang Rai zum überwiegenden Teil lag. Palmen säumten die Schotterpiste. Zwei riesige, für den Kochtopf bestimmte Enten watschelten über den Weg.

Der Fahrer bremste.

„Why?" fragte Herr Schweitzer. „Please go on."

Aber der Chauffeur hatte mitgedacht. Von hier aus seien es nur noch fünfunddreißig Meter oder weniger bis zum Guesthouse, und dahinter sei nichts mehr außer dem Mae Kok.

Schmidt-Schmitt und Herr Schweitzer hielten sich parallel von der von einigen kleineren Laternen erleuchteten Piste. Durch das Unterholz bahnten sie sich ihren Weg zum Guesthouse. Das Tuk-Tuk von Lola und Jürgen hatte wieder Kurs auf die Hauptstraße genommen. Vor einem kleinen Holzhäuschen brannte eine Glühbirne. Durch das Fenster konnten sie die Verfolgten sehen. Außerdem war noch eine weitere männliche Person anwesend, die ihnen aber unbekannt war. Sicher war nur, daß es kein Asiat war, zu mächtig war er von Statur.

Retrospektiv betrachtet war dies der Moment, in dem der Fehler geschah. Wenn man von einem Fehler sprechen konnte. Im Prinzip waren es aber nur zwei unterschiedliche Lebensphilosophien, die aufeinanderprallten. Die eine war die deutsche, die mit einer Minute sechzig Sekunden meinte, die andere die asiatische, die mit einer Minute eine Zeitspanne umfaßte, die unter einer halben Stunde lag. Mischa fragte nämlich Rungroj, wie lange er noch bis zur Mae Kok Villa brauche.

„Eine Minute, ich bin da“, lautete des Thais Antwort, obwohl der Einsatzwagen eben erst den Klang Wiang Tempel passiert hatte.

So geschah es, daß Schmidt-Schmitt und der Detektiv das Häuschen erstürmten, als sie zwei Scheinwerfer auf das Haus zufahren sahen und annahmen, es handele sich um Rungroj und seine Kollegen.

Die Eroberung geschah von zwei Seiten. Herr Schweitzer sollte erst dann durch den Hintereingang kommen, wenn er Schmidt-Schmitts Stimme vernommen habe.

„Keine Bewegung. Hände hoch, aber dalli“, dröhnte es von innen.

Das war sein Zeichen. Er drückte die Klinke. Verschlossen. Er hatte eine pfiffige Idee. Filmreif nahm Herr Schweitzer Anlauf. Die Holztür schien ihre beste Zeit hinter sich zu haben, sie machte einen morschen Eindruck. Mit der Schulter zuerst schmiß sich der Detektiv mit aller Kraft und Wucht dagegen. Doch war sie noch zerbrechlicher als vermutet. Anstatt nun aufzuspringen oder zumindest ein klein wenig nachzugeben, kippte die Tür wie ein Dominostein einfach nach innen. Und Herr Schweitzer mit ihr. Seine Fettpölsterchen ließen ihn weich fallen. Es sah aus, als reite er auf einem etwas groß geratenen Surfbrett.

„Warum gehst du nicht zum Spielen in den Garten?“ wurde er vom Oberkommissar vorwitzig begrüßt.

Da hatte er nun Kopf und Kragen riskiert, und der Blödian von Bulle klopfte dumme Sprüche. Haha, irre lustig, dachte Herr Schweitzer. Er erhob sich und klopfte die Holzsplitter von seiner Jeans. „Ich suche meinen roten Hüpfball. Habt ihr ihn hier irgendwo gesehen?“

Lola in Männerkleidung, Waldemar Hanuch also, Jürgen Sikora und der Unbekannte starrten Herrn Schweitzer ungläubig und offenen Mundes an. In Schach gehalten wurden sie von Schmidt-Schmitts Dienstwaffe. Von draußen hörte man das Knirschen bremsender Reifen. Die Verstärkung. Gleich würde die Situation vollends unter Kontrolle sein.

„Ihr seid verhaftet“, zischte der deutsche Polizist.

„Du hier?“ kam es noch von Jürgen Sikora, bevor etwa zehn Uniformierte das kleine Gebäude erstürmten.

Allgemein hatte man erwartet, Rungroj würde sich an die Spitze der Eroberer gesetzt haben. Doch weit gefehlt. Der Anführer war ein Koloß von Mannsbild. Nicht gerade typisch für den hiesigen Menschenschlag. Und von Höflichkeit hatte er obendrein auch noch nichts gehört. Als erstes bohrte er seine Maschinenpistole, ein nagelneues chinesisches Model, in Herrn Schweitzers Bauch, während den anderen Deutschen dieselbe Behandlung widerfuhr. Sowohl Schmidt-Schmitt als auch Herr Schweitzer waren ob der Brutalität des Einsatzes gar mächtig erstaunt. Noch dachten sie sich nichts dabei. Sicherlich klärte sich dieses Mißverständnis demnächst. In all dem Tohuwabohu und fremdsprachlichen Gekreische war ihnen aber entgangen, daß sich die Uniformen der Eindringlinge sehr wohl von denen der thailändischen Polizei unterschieden. Bestimmt nur die Vorhut, dachte Herr Schweitzer, als draußen ein weiteres Auto vorfuhr. Na endlich, gleich wird Rungroj seine Mannen zur Räson bringen.

Die Vermutung um Rungroj war ein Volltreffer, die mit seinen Mannen und der Räson ein frommer Wunsch. Denn kaum hatte ihr Kontaktbeamter den Raum in Begleitung zweier Kollegen betreten, erstarrten sie auch schon zu Salzsäulen. Ihre gezogenen Knarren hingen schlaff und seitlich herab. Es folgte ein Dialog zwischen dem Koloß und Rungroj, bei dem aber für jedermann ersichtlich war, wer von beiden Kraft seines Ranges mehr Autorität ausstrahlte. Es war der Koloß. Rungrojs Stimme war ein einziges devotes Piepsen. Gleichwohl er seinen Standpunkt zu vertreten verstand, hatte er keine Chance. Nicht hier und nicht jetzt.

Herrn Schweitzers Hände schmerzten vom Hochhalten. Obzwar er der Auseinandersetzung sprachlich nicht zu folgen vermochte, deuchte ihm, daß es mit dem verdienten Feierabendschoppen nichts werden würde.

Und so war es auch. Wie eine Viehherde wurden sie auf die Ladefläche des vor der Haustür parkenden Lasters getrieben. Von dort aus sah er noch, wie einer der Armeeangehörigen dem Koloß ein Kästchen zeigte, das voll mit kleinen beschrifteten Steinen war. Herrn Schweitzer waren sie wohlbekannt. Es handelte sich um chinesische Glückssteine. Auch Lola und Jürgen hatten die Szene verfolgt. Sie waren zu Tode betrübt. Und Herrn Schweitzer kam die Gelassenheit eines Unschuldigen immer mehr abhanden. Er befürchtete, aus dieser Nummer nicht mehr rauszukommen.

Ein philosophisch bewanderter Schriftsteller behauptete einstmals, die Nacht lösche alle Gegensätze. Zumindest auf den Knast in Chiang Rai ließ sich diese These problemlos anwenden. Polizeioberkommissar, Detektiv und schillernde Gestalten der Unterwelt konnten den sternenklaren Nachthimmel nur gemeinsam, partiell und durch Eisengitter gestreift zur Kenntnis nehmen. Im Moment jedoch fehlte ihnen jedweder Sinn von Romantik. Die Kakerlaken zu Herrn Schweitzers Füßen wurden immer mutiger.

Eine kletterte gerade auf seinen braunen Halbschuh. Angewidert schnickte er sie fort. Minütlich erwartete er Rungroj, damit dieser Alp endlich ein Ende fand. Doch dieser ließ sich ums Verrecken nicht blicken. Jetzt waren schon fast zwanzig Minuten um. Zu allem Überfluß machte sich Schmidt-Schmitts Grippe wieder bemerkbar. Er nieste und schnäuzte sich in einem fort und sah überhaupt recht unfit aus.

Alles halb so schlimm, beschwichtigte sich Herr Schweitzer, bald kommt Licht ins Dunkel und die liebgewonnene Freiheit hat mich bald wieder. Sein einziges Begehr galt einem Schoppen Ebbelwei. Genießbar ausschließlich in einer heimischen Kneipe. Ach ja, das Eichkatzerl, seufz. Ob die deutsche Botschaft schon informiert ist?

Da der Oberkommissar grippös außer Gefecht gesetzt war und Kopf nach unten an der kahlen Ziegelsteinmauer döste, war es an Herrn Schweitzer, Verantwortung zu übernehmen. „Du da, wer bist du denn?"

Es waren die ersten Worte, die trotz der vollzähligen Belegung des vielleicht zehn Quadratmeter großen Raums gesprochen wurden. Lola und Jürgen saßen Arm in Arm beieinander und trösteten sich nonverbal.

Der andere, ihm nicht bekannte Mann mit dem Pockengesicht und der schmierigen schwarzen Kurzhaarfrisur blickte finster vor sich hin. Als die Frage kam, erhob er den Kopf, lächelte maliziös und antwortete in einwandfreiem Hochdeutsch: „Fick dich."

Gut, dachte Herr Schweitzer, dann wäre dieses Thema auch erledigt. Er versuchte es bei Jürgen: „Ihr solltet euch um einen Anwalt kümmern. Ich kenne da ..."

Doch der Bösewicht fuhr ihm erneut in die Parade: „Hörst du schwer? Du sollst dich ficken. Und ihr zwei, ihr haltet gefälligst die Fresse." Letzteres war auf Lola und Jürgen gemünzt, die eingeschüchtert noch enger zusammenrückten. Herr Schweitzer hatte Mitleid mit ihnen.

Für Stunden war es der letzte gesprochene Satz in der Zelle. Doch die Gedanken sind frei. Sie hatten allerdings einen entscheidenden Nachteil: Sie kamen und gingen, wie es ihnen gerade gefiel. Herrn Schweitzer hinderten sie am Einschlafen. Immer wieder stellte er sich den Super-GAU vor. Er, vor einem thailändischen Gericht, angeklagt des Drogenhandels, eingezwängt zwischen Lola und Jürgen auf dem Podest des Galgens, bis aufs Gerippe abgemagert nach jahrelanger Haft und vergeblichen, diplomatischen Bemühungen, ihn nach Deutschland zu überführen. Schmidt-Schmitt war da schon nicht mehr dabei, hinweggerafft von einer tückischen Grippe. Bei dem Gedanken an Maria wurde er sehr traurig, Tränen kullerten über seine Wangen. Und außerdem, wer tröstet von nun an seine Mitbewohnerin Laura, wenn diese mal wieder von Männergeschichten am Boden zerstört angekrochen kam?

Doch bald schon war Herr Schweitzer wieder vernünftig. Vorerst ging es ums nackte Überleben. Gefühlsduselige Sentimentalitäten waren hier nicht gefragt. Nur die Harten kommen in den Garten. Gnaden- und erbarmungslos näherte er sich dem vorhin ignorierten Freßnapf. Kakerlaken sollen sehr proteinhaltig sein. Er betrachtete seinen Bauch. Nein, noch konnte er vom Fett zehren, Kakerlaken würden erst später den Speiseplan bereichern. Er mußte sich die Nase zuhalten, als er den Löffel zum Mund führte.

Die Nacht nahm und nahm kein Ende.

Wie stets, so ging auch diesmal die Sonne an diesem denkwürdigen Tag routiniert wieder auf, auch wenn Herr Schweitzer nicht mehr daran glaubte. Der Oberkommissar saß in eine löchrige graue Decke gehüllt an der Wand und gab durch die verstopfte Nase unappetitliche Geräusche von sich. Lola und Jürgen wirkten sehr verstört und irgendwie abwesend. Das an beiden Oberarmen tätowierte Kraftpaket unbekannten Namens schaute finster vor sich hin. Der Detektiv wurde den Verdacht nicht los, es mit einem Verbrecher zu tun zu haben, dem das Zuchthausleben in Fleisch und Blut übergegangen war, und dessen Gebärdenspiel nichts als Haß transportierte. Besser, sich vor dem in acht zu nehmen.

Der Kaffee, der zur labbrigen Toastbrotscheibe serviert wurde, hatte seinen Namen nicht verdient. Er war fast kalt und schmeckte echt ätzend. Das Kraftpaket schien daran gewöhnt zu sein. Wegen der Qualität der Kost fragte sich Herr Schweitzer unwillkürlich, ob Thailand mal von Briten kolonialisiert war.

Als sich kurz darauf die schwere Eisentür mit dem kleinen Guckloch erneut öffnete, glaubte Herr Schweitzer, man werde nun dem Haftrichter vorgeführt, zumal es der Koloß von gestern war, der eintrat. Aber in seinem Gefolge befand sich zu seiner Überraschung ein freudestrahlender Rungroj, der dem Detektiv zuzwinkerte. Diese kleine Geste kam gut an.

Aber es war der Koloß, der das Wort ergriff: „Mister Smit-Smit and Mister Sweissä?"

Trotz der Verunstaltung seines Namens erkannte Herr Schweitzer eine Verheißung: „Yes. It's me." Danach deutete er auf den darbenden Oberkommissar: „And he." Um Haltung einzunehmen, stand er auf. Fast hätte er salutiert.

„Please, follow me."

„Ihr sollt ihm folgen", übersetzte Rungroj, was aber nicht nötig war, auch Japanisch hätte Herr Schweitzer in diesem Augenblick verstanden.

Er griff Schmidt-Schmitt unter die Arme, um ihm beim Aufstehen zu helfen. Unterstützung erhielt er vom Koloß. Gemeinsam ging man einen langen Flur entlang in ein ordentlich aufgeräumtes Bürozimmer, in dessen Mitte ein quadratischer Tisch stand. Zwei Thais in Armeeuniform hantierten in der Ecke mit einer Bratpfanne. In weißer Paradeuniform mit güldenen Epauletten hing Thailands König in einem Bilderrahmen über der Tür.

„Die Eier sind gleich fertig", erklärte Rungroj dem verblüfften Herrn Schweitzer, derweil der Koloß Teller und Eßbesteck arrangierte. Als eine große Glasschale voller tropischer Früchte hereingetragen wurde, fühlte sich Herr Schweitzer fast schon wie im Schlaraffenland.

„Sit down, please", bat der Armeeangehörige höflich.

„Bitte setzen", übersetzte Rungroj abermals.

„Jaja, schon gut, ich verstehe Englisch."

Der Koloß nahm eine Banane aus der Schale und legte sie auf einen Buddhaschrein neben der Fensterbank. Liebevoll entzündete er einige Räucherstäbchen und faltete kurz die Hände.

Nachdem alle saßen und die Spiegeleier fertig waren, begann Rungroj mit dem Bericht, in dem sehr oft das Wort „sorry" vorkam. Alles sei ein großes Mißverständnis. Schmidt-Schmitt und Herr Schweitzer seien zur falschen Zeit am falschen Ort gewesen. Die thailändische Armee kämpfe schon seit längerer Zeit gegen das Drogenproblem an, man sei da auch sehr erfolgreich. Allerdings hapere es gelegentlich noch mit der Feinabstimmung zwischen Polizei und Militär, weswegen es gestern abend zu dieser bedauerlichen Aktion habe kommen können. Das Militär habe ja nicht gewußt, daß die deutsche und thailändische Polizei die Drogenhändler bereits im Visier hatten. Man habe dann natürlich versehentlich davon ausgehen müssen, die Herren Schmidt-Schmitt und Schweitzer seien ebensolche verabscheuungswürdigen Subjekte wie die anderen drei Männer, denen demnächst der Prozeß gemacht werde. Sorry. Und sein Kollege vom Militär lasse nachfragen, ob es ihnen auch an nichts gefehlt habe. Er sei doch sehr darauf bedacht, die deutsche Polizei zu unterstützen, wo es nur geht, schließlich sei der Feind derselbe. Und es sei auch erst gerade mal drei Monate her, da seien fünf in Deutschland ausgebildete Schäferhunde zwecks Erschnüfflung von Drogen in Chiang Rai eingetroffen. Wie es denn ihnen hier gefalle? Und in welchem Hotel sie wohnten? Und natürlich seien sie Gäste, die Rechnung gehe selbstverständlich auf Staatskosten. Vor der Tür stehe übrigens noch ein Wagen plus Chauffeur, über den sie je nach Belieben verfügen können. Und noch vielmals sorry, sorry.

Da der Oberkommissar dem Monolog nur mühsam folgen konnte, übernahm Herr Schweitzer die Initiative: „Wer ist der dritte Mann in der Zelle?"

Als verstünde der Koloß seine Sprache, übergab er Rungroj eine Kopie.

„Horst Keller aus Hamburg. Ist mit einem Schiff gekommen."

Horst Keller? Horst Keller? Der Name sagte ihm was. Während er die Kerne einer Honigmelone auf den Teller spuckte, fiel es Herrn Schweitzer wieder ein. Klar. Horst Keller. Das war doch der, der kürzlich erst aus dem Gefängnis gekommen und der Boß der Erpresserbande war, in der Jürgen Sikora vor mehr als zehn Jahren Mitglied war. Aha, dachte er, so schließt sich der Kreis. „Can I have another cup of Kaffee?"

Der Koloß stürzte zur Kaffeekanne, als sei Herr Schweitzer ein hochrangiger Staatsgast, von dem Thailands weiteres Schicksal abhing.

„Ich jetzt übrigens sehr offiziell Dolmetscher in diesem Fall von Drogen." Rungroj zuckte mit der Schulter und ergänzte: „Keine andere Wahl mir bleiben. Wenn Ihr habt noch Wünsche, sagt mir."

Er schaute zu Schmidt-Schmitt mit seinen blutunterlaufenen Augen. Der gehört ins Bett, dachte Herr Schweitzer, sonst ist er bald der Obhut des Herrn überlassen. Er fragte sich, was ein gesunder Oberkommissar jetzt wohl tun würde. Klar doch, die Vernehmung von Lola und Jürgen, schließlich mußte Schmidt-Schmitt der Sedlurak ja Bericht erstatten, sobald er zurück war. „Natürlich würden wir noch gerne eine kurze Befragung vornehmen, damit die Polizei in Frankfurt die Untersuchungen abschließen kann." Herr Schweitzer fühlte sich großartig. Eine Menge Verantwortung lastete auf ihm.

„Ich nichts anderes erwarten."

Rungroj sprach nun auf den Koloß ein. Offensichtlich hatte er etwas gut bei ihm, denn der Armeeoffizier nickte dauernd recht unterwürfig mit dem Kopf.

Jürgen Sikora und Waldemar Hanuch wurden hereingeführt. Auf Horst Keller konnte er verzichten, der würde ihm sowieso bloß raten, sich ins Knie zu ficken.

„Hallo Jürgen, schön, dich zu sehen."

Das ganze Machogehabe war aus dem knallbunten Hawaiihemd gewichen. „Äh."

„Wie du siehst, haben wir euch gefunden", begann Herr Schweitzer. „Das hast du wohl nicht erwartet, was?"

„Nein."

„Und du, Lola, wie steht's mit dir?"

„Was passiert jetzt mit uns?"

Herr Schweitzer holte tief Luft. „Es sieht nicht gut aus. Wäre Jürgen tatsächlich tot, hätten wir eine Chance, dich ausliefern zu lassen. Wegen Beihilfe zum Mord, gemeinsam geplant mit Jürgens Frau Sabine. Könnte sein, daß sich die Thais darauf einließen. Aber jetzt werdet ihr wohl des Drogenhandels angeklagt. Ihr solltet euch wirklich um einen guten Anwalt kümmern. Das Auswärtige Amt ist dafür zuständig."

Lola blickte zu Jürgen, der um Jahre gealtert wirkte und apathisch seine Hand betrachtete.

„Und jetzt möchte ich von euch hören, wie ihr auf die aberwitzige Idee mit dem vorgetäuschten Mord gekommen seid. Wir können uns noch immer keinen Reim darauf machen."

„Lola, erzähl du", sagte Jürgen resigniert.

Waldemar Hanuch räusperte sich. „Wo soll ich anfangen?" Die Frage war an Jürgen gerichtet.

„Am besten bei meiner Frau."

„Ja, seine Frau. Die Sabine. Der größte Grund, schwul zu sein." Affektiert schüttelte sich Lola, als sei die bloße Erwähnung von Sabines Namen der höchste Greuel auf Erden.

In den nächsten Minuten versuchte sich der Detektiv in die Lage von Jürgen und Lola zu versetzen. Nicht immer gelang ihm das. Als sei er ein Ehetherapeut, mußte er sich Dinge anhören, die bei ihm unter normalen Umständen ein Gähnen hervorgerufen hätten. Wie ferngesteuert erzählte Lola penibel von jedem noch so unwichtigen Detail aus Jürgens Eheleben. Unterdrückt habe Sabine ihren Gatten all die Jahre. Um jeden Euro mußte er betteln. Ein zerbrochener Mensch sei er gewesen, als sie sich vor einem Jahr kennenlernten. Nur mühsam sei es ihr, Lola, gelungen, aus Jürgen wieder einen lebensfähigen und selbstbewußten Mann zu machen. Doch immer, wenn sie sich ein paar Tage nicht gesehen hätten, sei er wieder in das seelische Loch gerutscht, aus dem sie ihn zu befreien suchte. Und immer schlimmer sei es geworden mit Sabines Großmannsucht, mit vollen Händen habe sie das gemeinschaftlich erwirtschaftete Geld ausgegeben.

Kommt die bald zur Sache, fragte sich Herr Schweitzer zwischenzeitlich.

Tja, und dann habe Sabine Wind von der Sache zwischen Jürgen und ihr bekommen. Das war der Zeitpunkt gewesen, an dem ihnen zum ersten Mal der Gedanken gekommen war, einfach zu verschwinden, alles hinter sich zu lassen und einen Neuanfang zu wagen. Und weil Sabine ja so grenzenlos jähzornig ist, war ihnen die Idee mit dem vorgetäuschten Mord gekommen. Über Wochen habe sie, Lola, Jürgen Blut abgezapft, sie habe eine abgeschlossene Berufsausbildung als Krankenpfleger, kein Problem also. Das Blut habe man im Kühlschrank gelagert und dann auf dem Boden des Tatorts verteilt. Alles sollte so aussehen, als habe Sabine tatsächlich ihren Gatten erschossen und dann im Main versenkt. Und das mit ihm sei reiner Zufall gewesen. Jürgen habe Herrn Schweitzer durch die Kamera entdeckt, die über der Tür angebracht ist und dazu dient, ankommende Besucher zu identifizieren. Jürgen wollte, während sie Sabine anrief und ihr mitteilte, ihr Gatte vergnüge sich gerade mit einer anderen, nur mal sehen, ob man bei dem Regen, der an diesem Tag niederprasselte, durch die Kamera noch etwas erkennen konnte. Natürlich habe Jürgen seine Pistole vorher mit Platzpatronen geladen. Allerdings habe man nicht damit gerechnet, daß Sabine die Waffe bei ihrer Flucht mitnehmen würde. Das sei wohl ein Fehler gewesen. „Deswegen habt ihr uns auch so schnell gefunden. Weil ihr bei der Untersuchung der Waffe festgestellt habt, daß Platzpatronen abgefeuert wurden. So wußtet ihr, daß Jürgen noch lebt. Hab ich recht?"

„Die Pistole ist bis heute verschwunden", sagte Herr Schweitzer knapp. „Warum habt ihr die Sache nicht einfach abgebrochen, als ihr mich in der Kamera gesehen habt."

„Wollten wir ja auch. Aber dann haben wir uns gedacht, es sei doch gar nicht so schlecht, wenn es einen zusätzlichen Beweis gibt. Daß du uns im Auftrag von Sabine beschattest, wußten wir da bereits. Du erinnerst dich, als du das Foto von uns bei der Frau Rauscher gemacht hast? Glaubst du vielleicht, wir haben nicht gemerkt, was du in Wirklichkeit fotografiert hast? Frau Rauscher bei Nacht, so ein Unsinn."

Eifrig machte sich Herr Schweitzer Notizen. Er hoffte, seine Klaue späterhin auch lesen zu können. Er hielt inne: „Habe ich noch was vergessen?" Seine Augen wanderten zum Oberkommissar.

Trotz seiner angeschlagenen Gesundheit war er voll bei der Sache: „Das Opium bei der Frau Rauscher."

„... kommt aus Laos", vollendete Jürgen.

„Und? Was wolltet ihr damit in Sachsenhausen?" fragte Herr Schweitzer.

Lola und Jürgen warfen sich erstaunte Blicke zu. Es war wieder der Travestit, der das Wort führte: „Wie habt ihr denn das herausbekommen?"

Das bißchen Eigenlob tat Herrn Schweitzer gut: „Ich habe euch dabei beobachtet, wie ihr die Kassette hinter der Frau Rauscher vergraben habt. Außerdem haben wir bei der Hausdurchsuchung noch einen chinesischen Glücksstein im Sicherungskasten gefunden." Und an Jürgen Sikora gewandt: „Sag bloß, du warst so dreist, und hast die Glückssteine erst von Laos nach Thailand und dann von Bangkok nach Frankfurt geschmuggelt?"

„Das war überhaupt kein Problem", erklärte er. „Ich habe Sabine gesagt, chinesische Glückssteine ließen sich in Frankfurt prima verkaufen, und die Gewinnspanne sei enorm. Außerdem haben wir auf dem Nachtmarkt in Chiang Mai sowieso viel Silber- und Goldschmuck für unser Geschäft eingekauft. Und wenn Sabine irgendwo Geld riecht, ist sie nicht mehr aufzuhalten. Der Zoll auf dem Frankfurter Flughafen hat auch nichts gemerkt."

„Und der Absatzmarkt? Mir ist nicht bekannt, daß es in Frankfurt Bedarf für Opium gibt."

„Bedarf läßt sich wecken", sagte Lola. „Wir dachten, der Darkroom in der schwulen Frau Rauscher ließe sich gut als Opiumhöhle herrichten. Stefan wollte noch ein paar Pritschen besorgen ..."

„Wer ist Stefan?" unterbrach Herr Schweitzer.

„Stefan Kalter", warf Schmidt-Schmitt ein. „Dem gehört die Kneipe und das Haus im Bischofsweg, wo die vorgetäuschte Bluttat geschah."

„Ja", ergänzte der Juwelier. „Er war es auch, der alles vorfinanziert hat."

Aha, dachte Herr Schweitzer, da gibt's ja in Frankfurt noch einiges zu tun. „Und dieser ... wie heißt er noch? Ach ja, Horst Keller. Wir wissen, daß du früher mit ihm krumme Dinger gedreht hast."

„Horst Keller, der ...", setzte Lola an, wurde jedoch umgehend von Jürgen unterbrochen.

„Du sagst jetzt nichts mehr." Die pure Angst stand ihm ins Gesicht geschrieben. „Hast du verstanden? Nichts mehr sagst du." Seine Hände fingen an zu zittern.

Herr Schweitzer lehnte sich zurück. „Auch gut. Darum werden sich sowieso die Thais kümmern. Haben wir noch etwas vergessen?"

Schmidt-Schmitt: „Nicht wir haben etwas vergessen – du hast etwas vergessen."

„Ich?"

„Natürlich du. Hatschi. Was habe ich denn mit der versprochenen Belohnung zu tun?"

Herr Schweitzer bewunderte den Polizisten. Seinem jämmerlichen Allgemeinzustand zum Trotz funktionierte sein Denkapparat wie geschmiert. „Genau, das hätte ich jetzt tatsächlich vergessen. Also, Jürgen, das Geld aus dem Tresor ..."

Der Juwelier blickte zu Lola, dann zu Schmidt-Schmitt, dann zu Herrn Schweitzer. „Welches Geld aus welchem Tresor?"

„Sabine behauptet, jemand habe fünfzigtausend Euro aus dem Tresor des Schmuckgeschäfts gestohlen. Jemand, der einen Schlüssel gehabt haben mußte."

„Hunderttausend", verbesserte der Oberkommissar.

„Oder so. Nun, Jürgen, wo ist das Geld? Nur du oder Lola kommen dafür in Frage."

„Äh, wie ...", stotterte Jürgen Sikora. Er schien ernsthaft nachzudenken. Es dauerte eine Weile, bis er das soeben Gehörte verdaut hatte. Dann lächelte er. „Simon, Simon. Du glaubst doch nicht etwa, Sabine würde mir die Tresorschlüssel anvertrauen. Sie, die mich jede Woche mit einem Taschengeld abgespeist hat ... Simon, ehrlich, wie kannst du nur so was denken ..."

Herr Schweitzer besaß genügend Menschenkenntnis, um zu wissen, daß Jürgen die Wahrheit gesprochen hatte. „Also wollte sie in ihrer Naivität die Versicherung reinlegen. Versuchter Betrug.“

„Der sogar zu beweisen ist“, fuhr Jürgen fort. „Ihr braucht nur nach den zwei Schlüsseln zu suchen, die die Firma nach dem Einbau Sabine ausgehändigt hat. Sie trägt sie immer bei sich.“

„Das werden wir tun, sobald wir zurück sind.“ Herr Schweitzer fühlte sich wie der Chefermittler höchstselbst. „Und was euch angeht, werden wir das Auswärtige Amt informieren. Mal sehen, was die für euch tun können.“

Er faltete seine Notizen zusammen und steckte sie in die Hosentasche. Dann bedankten sie sich artig bei Rungroj und dem Koloß für die eingeräumte Gelegenheit der Befragung. Mit dem extra für sie abkommandierten Chauffeur fuhren sie zurück ins Wang Come Hotel, Koffer packen. Wie versprochen, brauchten sie nichts zu bezahlen.

Der Flughafen lag nur eine Viertelstunde außerhalb von Chiang Rai. Sofort nach Einnahme der Sitzplätze fielen die Ruhm- und Glorreichen in den Schlaf.

Ende einer Dienstfahrt. Ankunft auf dem Rhein-Main-Airport. Den langen Direktflug von Bangkok hatten sie komatös auf ihren komfortablen Sitzen in der Businessklasse verbracht, was anderes war nicht mehr frei. Dafür sollte der Oberkommissar zu einem späteren Zeitpunkt noch einen gewaltigen Anschiß von der Sedlurak erhalten. Vergeudung von Steuergeldern und so.

Der Anruf kam im Taxi. Genervt nahm Schmidt-Schmidt das Gespräch entgegen. Noch genervter wurde er, als er die Stimme seiner Ex und jetzigen Vorgesetzten Sedlurak erkannte. „Ja, gerade gelandet.“ Am liebsten hätte er sein Handy auf die Autobahn geworfen. „Scheiß neumodische Kommunikationsmittel“, flüsterte er Herrn Schweitzer zu. „Nie hat man seine Ruhe.“

Der Detektiv konnte ihm nachfühlen. Immer noch ausgelaugt von der langen Reise nickte er müde.

„Das ist ja allerhand“, sprach Schmidt-Schmitt ins Telefon. Und später noch, als die Sedlurak ihren Monolog offenbar beendet hatte: „Du kannst mich mal.“ Damit drückte er die Aus-Taste.

„Wieso kann die dich mal?“

„Diese eingebildete Schnecke verlangt von mir, daß ich ihr noch heute den Bericht schreibe. Der kann bis morgen warten.“

„Und was war allerhand?“

„Jürgen Sikora hat sich im Central Prison von Chiang Rai erhängt.“ Das sagte der Oberkommissar in einem Tonfall, als habe er gerade Tomatensoße auf sein Hemd gekleckert. „Das kam vor einer Stunde per Fax im Präsidium an. Von mir aus kann sich ab sofort erhängen, wer will.“

Herr Schweitzer stellte Gleichgültigkeit zur Schau: „Soso, erhängt sich der Knabe also. Wer hätte das gedacht?“ Doch in seinem Inneren löste diese Nachricht Erstaunen und Irritation hervor. „Wie hat er sich denn erhängt?“

„Was weiß ich? Vielleicht mit seinem Gürtel, vielleicht mit einem Seil. Ist doch vollkommen egal.“

Egal ist ein Handkäs, dachte Herr Schweitzer wie ein Frankfurter.

Als das Taxi im Mittleren Hasenpfad vor seiner Haustür hielt, rief ihm der Oberkommissar zu: „Wir treffen uns heute nachmittag, ich hol dich ab. Mal sehen, wie wir der Sabine noch den Abend versauen können.“

Herr Schweitzer tat einen Schnaufer. „Okay, bis nachher.“

Nach all den Strapazen der letzten Tage verwunderte es kaum, daß er das enervierende Geräusch seines Weckers, das Schellen an der Tür und den Klingelton des Mobiltelefons mühelos in seinen Traum integrierte. Mehrere Feuerwehrautos eilten herbei, um Herrn Schweitzer vom lichterloh brennenden Henninger-Turm zu erretten. Erst der allerletzte Versuch Schmidt-Schmitts fruchtete. Tranig schlurfte ein neben sich stehender Detektiv zur Tür. „Was is‘n los?“ fragte er verdrossen in die Gegensprechanlage.

„Was los ist, du Schnarchnase? Ich bin‘s, der Mischa. Wir sind verabredet, ehrwürdiger Meister.“

Des Oberkommissars blumige Ausdrucksweise brachte Herrn Schweitzer wieder in die Realität zurück. „Oh, bin gleich soweit.“

Wenn Frauen sagen, sie seien gleich soweit, dauerte es mitunter noch Stunden. Lediglich in Notsituationen wie real brennenden Henninger-Türmen und anderen Gebäuden konnten sie auf‘s Schminken und Herrichten verzichten, sie begnügten sich dann mit dem Suchen der Handtasche und dem Hineinstopfen einiger tausend unabdingbarer Utensilien für den Lebenserhalt. Manchmal hatte Herr Schweitzer ähnliche Charakterzüge. Zugute halten mußte man ihm heute allerdings, daß er nach der langen Reise stank wie eine Kläranlage in den Tropen. Er würde mindestens noch eine Viertelstunde benötigen, bis er sich wieder unter Menschen wagen konnte. „Kannst du noch mal hochkommen? Ich muß erst duschen.“

Ohne eine Antwort abzuwarten, drückte er den Knopf und öffnete die Wohnungstür. Als er Schmidt-Schmitts Kopf über dem Treppengeländer auftauchen sah, sagte er in den Hausflur: „Setz dich so lange in die Küche, bis ich fertig bin.“

Des Bullen „Der Streifenwagen wartet unten“ hörte er nicht mehr. Oder vielmehr: wollte es nicht hören.

Zeit seines Lebens war Herr Schweitzer ein regelrechter Warmduscher gewesen. Doch außergewöhnliche Situationen erforderten außergewöhnliche Maßnahmen. Heute war so ein Tag. Bei warmem Wasser wäre er selbst im Stehen sofort wieder eingeschlafen. Als der erste polarkalte Strahl seinen Körper erreichte, mußte er die Luft anhalten, ansonsten er von einem Herzstillstand heimgesucht worden wäre. Auch so setzte seine Pumpe ein paar Schläge lang aus.

Dank dieser seiner Radikalkur war er wieder einsatzfähig. Obschon es zum Fönen und Kämmen nicht mehr gereicht hatte, war er wieder Mensch und konnte die Lage peilen. „Hallo Mischa. Kaffee?"

Schmidt-Schmitt wiederholte: „Unten wartet ein Streifenwagen auf uns."

Weil Herr Schweitzer gerade den Führerschein machte, kannte er sich damit aus: „Im Halteverbot?"

„Äh, nein."

„Na also. Mit Zucker und Milch?" In aller Seelenruhe bediente er die Kaffeemaschine. Um Kleinigkeiten würde er sich später kümmern, jetzt galt sein alleiniges Begehr dem Koffein.

„Schwarz, bitte." Der Oberkommissar war lange genug auf der Welt, um zu wissen, wann es Sinn machte, jemanden zu drängen, und wann nicht. Wie jedermann brüstete er sich stets mit Menschenkenntnis. „Und wenn's geht, stark."

„Mein Kaffee ist immer stark", empörte sich der Detektiv. „Sonst kann man's ja auch gleich seinlassen. Äh, was wollten wir heute noch tun?"

„Wir verhaften die Sikora."

„Da wird aber ihr Anwalt noch ein Wörtchen mitreden wollen. Weiß sie schon, daß Jürgen tot ist?"

„Von mir nicht, aber das werden wir ja gleich sehen. Aber ich glaube nicht, daß sie diese Nachricht umwirft, schließlich hat sie ihn unlängst selbst schon abzuknallen versucht. An Jürgens Tode dürfte sie folglich gewöhnt sein. Für Sabine die reinste Routine, sozusagen."

„Aber jetzt ist es wohl unwiderruflich."

„Der Tod ist immer endgültig."

„Nicht immer, für Extrem-Islamiten geht's danach erst richtig los", schulmeisterte Herr Schweitzer.

„Das hast du schön gesagt."

„Ich kenne mich halt aus."

„Mit Jungfrauen?"

„Nein, mit Extrem-Islamiten und ihren Keuschheitsgürteln."

„Du meinst wohl Sprengstoffgürtel."

„Stimmt. Gut, wenn wenigstens einer aufpaßt."

„Komm, laß es uns hinter uns bringen.“ Schmidt-Schmitt erhob sich.

Wenn am Ende auch einige Fragen auf ewig ungelöst blieben, so klärte sich zumindest des toten Jürgens späte Schwulwerdung und seine Befreiung vom Ehejoch, als ihnen nämlich von Sabine die Wohnungstür geöffnet wurde. Ihnen – das waren Herr Schweitzer, Michael Schmidt-Schmitt und ihr beider Zechgenosse Frederik Funkal, den der Oberkommissar auf dem Weg zum Frühzecher zur Verstärkung abgefangen hatte. Jedenfalls sah Sabine Sikora in ihren rosafarbenen Leggings völlig daneben aus.

Doch sei‘s drum, seine existentiell-philosophischen Gedankenspiele wurden von Schmidt-Schmitts Stimme unterbrochen: „Sabine Sikora, Sie sind verhaftet. Sie werden des versuchten Mordes, des Versicherungsbetrugs und Drogenschmuggels verdächtigt.“

„Des Drogenschmuggels?“ Die Juwelierin war echt erstaunt. Herr Schweitzer kaufte es ihr ab.

„Aha“, sagte Schmidt-Schmitt mit einer Portion Süffisance, „die zwei anderen Tatbestände geben sie also zu.“

Was macht der da, überlegte der Detektiv, der Mordversuch ist doch allgemein bekannt und dokumentiert. Und ihr Anwalt hat sie trotzdem freibekommen. Dagegen ist doch der Versicherungsbetrug, so es denn überhaupt einer ist, die reinste Kinderei.

„Was geht hier vor?“ ertönte eine tiefe männliche Stimme aus dem Hintergrund. Der Sprecher hatte ein Handtuch um die Hüften geschwungen, war braungebrannt, trug ein Goldkettchen um den Hals und hatte triefende Brillantine ins Haar geschmiert.

Aha, dachte Herr Schweitzer nun erstaunt, gibt es also doch ein Äquivalent zu Leggings. Wer hätte das gedacht? Schade, daß ich keinen Fotoapparat dabei habe. Falls sich Maria mal wieder über meine angeblich unmöglichen Klamotten beschwerte, so könnte ich ihr dann diesen Kerl hier zeigen. Der sieht ja schon nackt wie die Karikatur eines Mannes aus.

„Und wer sind Sie, wenn ich fragen darf?“ wollte der Oberkommissar wissen.

„Das ist Stefan Kalter, Mischa“, beantwortete Herr Schweitzer die Frage. „Dem gehört die schwule Frau Rauscher und der Bungalow im Bischofsweg.“

Erstaunt drehte er sich um. „Woher weißt du das?“

„Weibliche Institution“, kam es recht überzeugt vom Detektiv. Er strahlte.

Schmidt-Schmitt wußte nicht recht, ob er dem Glauben schenken sollte. „Stimmt das? Sind Sie Herr Kalter?“

„Was geht Sie das an?“ erwiderte der Schönling arrogant und trocknete sich mit dem Handtuch das Gemächt. Selbstgefällig war sein Grinsen.

Doch Schmidt-Schmitts Miene strahlte absoluten Hochgenuß aus. „Dann ziehen Sie sich jetzt schön mal an. Und die Rolex können Sie hierlassen. Den Platz brauchen wir für die Handschellen. Auch Sie sind verhaftet. Laut Waldemar Hanuchs Aussage sind Sie der Chef eines Drogenhändlerrings."

Selbst ungeübte Beobachter hätten erkennen können, daß Denken sein Schwachpunkt war. Die Gesichtsmuskeln Stefan Kalters machten, was sie wollten.

Da wirklich unabsehbar war, was dabei herauskommen könnte, zogen sowohl Schmidt-Schmitt als auch Frederik Funkal fast gleichzeitig vorsichtshalber ihre Dienstwaffen. Man wollte auf alles vorbereitet sein. Herr Schweitzer trat einen Schritt zur Seite, mit nur einem Auge lugte er um den Türrahmen. Er wäre nicht der erste in der Feuerwaffengeschichte gewesen, den ein Querschläger erwischte. Sein Detektivherz beschleunigte den Rhythmus.

Auf Sabine jedoch war niemand vorbereitet.

Nach Schmidt-Schmitts „Ach übrigens, ihr Mann hat sich umgebracht" benebelten die Mächte der Finsternis ihr Hirn. Sie senkte den Kopf und fing zu schreien an. Während sich die beiden Polizisten verstört anguckten, scharrte sie mit den Füßen.

„Du, Mischa, wir brauchen einen Arzt", sagte Funkal mit fester Stimme.

Sabine Sikoras Crescendo erreichte seinen Höhepunkt. Schon öffneten sich weitere Türen im Haus. „Ruhe da unten, sonst hole ich die Polizei. Hat dich mal wieder der Hafer gestochen, oder was?"

Vielleicht war es diese Bemerkung, die sie nun vollends ausflippen ließ, vielleicht hätte sie es aber auch so getan. Herr Schweitzer jedenfalls rechnete mit dem Schlimmsten. Dergleichen hatte er ja bereits erlebt. Damals im Juwelierladen, als sie ihn flennend bat, ihr den Jürgen wiederzubeschaffen. Er brachte sich in Sicherheit, schließlich waren es die beiden Staatsdiener, denen hier die Verantwortung oblag. Und daß Sabine keine halben Sachen machte, bewahrheitete sich verdammt schnell. Mit geballten Fäusten stürmte sie, den Kopf voran wie ein Pamplona-Stier, auf Funkal und Schmidt-Schmitt zu. Der Streifenpolizist, der aufgrund seines Außendienstes näher an den Menschen und ihren Schrullen dran war, reagierte clever, indem er sich ebenso wie Herr Schweitzer an die Wand des Hausflurs preßte. Die Figur, die der Oberkommissar abgab, war allerdings etwas weltfremd. Die Pistole im Anschlag ging er breitbeinig in die Hocke und erwartete dergestalt die kratzbürstige und zwangsneurotische Sikora, die aber ihre eigene Einstellung zu entsicherten Waffen hatte - sie ignorierte sie einfach.

Der Vorgang dauerte nur wenige Sekunden. Mit einer für ein solch zierliches Persönchen bemerkenswerten Kraft überrumpelte sie Schmidt-Schmitt, der die Pistole natürlich nur zur Abschreckung auf sie gerichtet hatte. Gemeinsam kamen sie ins Straucheln, als man ineinanderkrachte. Der Oberkommissar knallte gegen die Treppenbrüstung, wobei er laut aufschrie. Sabine Sikora verfehlte sie um ein paar Zentimeter und stürzte ins Leere, die Treppe runter. Mit etwas gutem Willen konnte man es als Salto mortale betrachten. Eine solide Leistung, wenn auch das Mortale weit davon entfernt war, letal zu sein. Schmidt-Schmitts Dienstwaffe segelte hinterher und landete vor Sabines Füßen.

Entscheidend für Herrn Schweitzers beherztes Eingreifen war der Umstand, daß die Juwelierin noch immer Zeter und Mordio schrie. Zwei Stufen auf einmal nehmend rannte er die frischgebohnerten Treppenabsätze herunter. Zwar hatte Sabine die Waffe als solche wahrgenommen, ja, sie war sogar schon im Begriff, nach ihr zu greifen, doch die umstürzende Blumenetagere hinter ihr verhinderte ein mögliches Gemetzel. Ein japanischer Blutahorn, besser bekannt unter Acer atropurpureum, samt einigen Erdbrocken legte sich über ihr Gesicht. Dies waren genau die Zehntelsekunden, die der Detektiv brauchte. Mit einem gezielten Tritt kickte er die Waffe fort, ehe er dem Bohnerwachs Tribut zollen mußte. Zum Glück landete er weich auf Sabine, die endlich einen Grund für ihr Gekreische hatte. Es erübrigt sich die Erwähnung, daß Herr Schweitzer bei dieser sanften Landung unverletzt blieb.

Dieser etwas unglücklich verlaufenen Polizeiaktion fügte sich eine weitere hinzu. Das allgemeine Durcheinander nutzte Stefan Kalter, der fürderhin verschollen bleiben sollte, für eigene Interessen und entfloh. Schmidt-Schmitts Dienstwaffe nahm er auf dem Weg gleich mit. Auch die tauchte nie mehr auf.

Das eintreffende Ärzteteam war im Gegensatz zu den Polizisten nicht mit ihrer Aufgabe überfordert. Sabine Sikora, deren Sturz am spektakulärsten war, trug lediglich ein paar Schürfwunden davon und war schnell verarztet. Schmidt-Schmitt aber hatte sich die Schulter ausgerenkt.

„Die kann man doch wieder einrenken", erklärte Frederik Funkal verschmitzt.

„Stimmt", pflichtete ihm Herr Schweitzer bei, „tut halt ein bißchen weh." Er hatte leicht reden, es war ja nicht seine Schulter.

Der folgende Schrei des Oberkommissars rief abermals den Nachbarn von oben auf den Plan: „Mir reicht's jetzt. Ich hol die Bullen."

Sabine Sikora war eingelocht. Wenigstens für die Nacht. Schon sehr früh am nächsten Morgen würde sie Hubertus Mauer wieder rausgehauen haben.

Darüber hinaus war es spät geworden, das Sandmännchen hatte die Kinder bereits ins Bett geschickt. Im Polizeirevier auf der Mörfelder Landstraße, zwischen der Mercedes-Vertretung und der Pizzeria, ging es hoch her. Erst als Schmidt-Schmitt erklärt hatte, er übernehme die volle Verantwortung für die nächtliche Verwahrung der Sikora, hatte der Revierleiter eingewilligt. Und wieder war Herr Schweitzer mittendrin statt nur dabei. Für die nahe Zukunft wünscht er sich, eine etwas ruhigere Kugel zu schieben.

Doch nach Wunsch lief es noch lange nicht. Die beiden Polizisten unterhielten sich leise, während er überlegte, wie er am besten zu seiner Liebsten gelangte. Seit seiner Rückkehr hatten sie noch nicht einmal miteinander telefoniert, geschweige denn geschmust. 36er-Bus, Taxi oder doch zu Fuß, war die Frage, die ihn gerade beschäftigte.

Herr Schweitzer dachte sich nichts dabei, als die zwei Herren auf ihn zutraten.

„Du, sag mal, wie spät ist es eigentlich?“ wollte Frederik Funkal von ihm wissen.

Er streckte seinen Arm nach vorne, auf daß der Ärmel seines Mantels die Sicht auf die Uhr freigab. „Viertel nach acht.“ Noch immer war er arglos.

Mit der Schnelligkeit eines hauptamtlichen Taschenspielers schlossen sich Schmidt-Schmitts Handschellen um sein linkes Handgelenk. „Du bist verhaftet.“

Herr Schweitzer war sich keines Verbrechens bewußt. „Hey, was soll das?“

Ein gerade vorbeikommender Austräger von Reklamezetteln wich erschrocken zurück, als er durch das Klicken aus seinen Gedanken gerissen wurde. Den Bogen, den er nun beschrieb, war größer als nötig. Auf seinem indischen Antlitz spiegelte sich Erstaunen, gemischt mit Panik. Seine Aufenthaltsgenehmigung war abgelaufen.

„Tatortbesichtigung“, erklärte der Oberkommissar knapp, aber unzureichend.

„Jetzt?“

Statt einer Antwort legte sich Schmidt-Schmitt die andere Hälfte der Handschellen an. Den Schlüssel übergab er Funkal. „Erst öffnen, wenn wir da sind.“

„Zu Befehl, Chef.“

Das Gefühl des kalten Metalls an seiner Hand irritierte ihn. Es war Herrn Schweitzers Premiere. Nicht mal Maria mit ihrer schier unendlichen Phantasie war je auf die Idee gekommen, diese Dinger bei ihren Sexspielen zu benutzen. Er sah zu, daß er mit Schmidt-Schmitt Schritt hielt. Er war nicht der Typ, der auf Schmerzen stand. Ihm war klar, die Polizisten spielten gerade mit ihm, auch wenn er nicht wußte, was.

Als sie die Dreieichstraße erreichten, dachte er, sie wollten zum Taxistand an der Großen Rittergasse. Doch weit gefehlt, vorher bog man in die Klappergasse ein.

Aha, dachte der Detektiv nun, die möchten bestimmt zur Frau Rauscher, damit diese mich anspuckt. Mannohmann, die sind aber ganz schön kindisch. Doch was soll's, laß ihnen halt den Spaß, ich kann sowieso nichts dran ändern.

Wiederum lag Herr Schweitzer mit seiner Vermutung falsch. Ebenso schnell, wie er ihm vor kurzem die Handschellen angelegt hatte, öffnete Schmidt-Schmitt nun mit seiner Kreditkarte die Hintertür der Frau Rauscher. Der schwulen Frau Rauscher. Das Denkmal war eher geschlechtsneutral.

„Wie Luis Trenker einst so weise von sich gab: Der Apfelwein ruft", flachste der Oberkommissar, nachdem Funkal die Beleuchtung eingeschaltet hatte.

„War das nicht der Berg, der ruft?" erwiderte Herr Schweitzer.

„Richtig. Berge von Apfelwein. Und Bier. Und Schnaps." Während der Oberkommissar dies sagte, irrten seine Augen umher. „Hmm, Simon, siehst du hier irgendwo ein Rohr oder etwas ähnliches, wo ich dich festmachen kann?"

„Nur dumme Kälber wählen ihren Metzger selber."

Schmidt-Schmitt lachte und übergab ihm sein Handy. „Sei jetzt bitte so gut und bestelle alle Leute her, die du kennst."

„Wozu?"

„Abschiedsvorstellung von mir und der schwulen Frau Rauscher. Wir saufen jetzt den Laden leer. Frederik, wie sieht's aus?"

„Unten sind noch drei Fässer. Im Kühlschrank ist jede Menge Apfelwein. Schnaps steht hier im Regal. Und Cola, aber die können wir uns schenken, oder?"

„Vielleicht zum Mixen. Hütchen und so."

Herrn Schweitzers Blick glitt über die Flaschenbatterie des Regals. Er dachte, uiuiui, das ist aber viel. Im Prozentrechnen war er gut. Trotzdem tat er sich schwer. Die Aufgabe hätte als Frage im Abschlußtest für angehende Mathematikprofessoren auftauchen können. Wie viele Leute von durchschnittlich fünfundsiebzig Kilo Körpergewicht sind nötig, um bei gleichbleibender Trinkgeschwindigkeit soundsoviel Liter Alkohol in soundsoviel Stunden zu vernichten, auf daß ein jeder Proband unter der angenommenen tödlichen Dosis von 2,8 Promille bleibt? Aber bitte, meine Herrschaften, bedenken Sie, daß der menschliche Körper lediglich 0,1 Promille pro Stunde abbaut. Sie haben zehn Minuten Zeit. „Äh, die Fässer, die unten im Keller sind ... dreißig oder fünfzig Liter?"

Frederik Funkal: „Fünfzig."

Herr Schweitzer hatte es befürchtet. Er ließ sich das Handy geben. Zuerst rief er Maria an. „Ich erkläre es dir später. Bitte komm sofort in die schwule Frau Rauscher. Bring am besten Karin und Weizenwetter mit. Danke. Bis gleich."

Es folgten Anrufe in seinen Stammlokalen Zum Dautel, Weinfaß, Zum Eichkatzerl und Frühzecher.

Als das erledigt war, befreite ihn Frederik Funkal von den Handschellen. „Na also, geht doch."

„Danke." Herr Schweitzer rieb sich die Druckstellen seines Handgelenks. „Du weißt, daß du dir damit jede Menge Ärger einhandelst."

„Nicht damit. Lola sitzt im Central Prison of Chiang Rai. Mit ihr ist die nächsten Jahre also nicht zu rechnen. Und der Pächter Stefan Kalter ist uns durch die Lappen gegangen. Ich glaube nicht, daß der so schnell wieder auftaucht. Wenn er schlau ist, spielt er Doktor Richard Kimble auf der Flucht."

„Aber warum ist das auch deine Abschiedsvorstellung?"

„Ich kündige. Die Inhaftierung Sabines ist absolut rechtswidrig. Nun, da ihr Gatte tot und Lola in den Händen der thailändischen Justiz ist, bedarf es nicht einmal eines Rechtsanwalts Hubertus Mauer, um sie freizubekommen."

„Wie meinst du das?"

„Ziemlich simpel. Die behaupten einfach, alles sei Jürgens Idee gewesen. Sie, Sabine, habe ihre Nebenrolle nur gespielt, weil sie ihrem Ehemann hörig war. Beihilfe zum versuchten Versicherungsbetrug, das reicht allenfalls für eine Bewährungsstrafe. Oder ein kleiner Geldbetrag an eine karitative Organisation zur Einstellung des Verfahrens."

„Aber warum hast du sie denn überhaupt eingesperrt, wenn du es doch besser weißt?"

„Es war mir ein Bedürfnis, dieser blöden Kuh mal so richtig eins auszuwischen. Aber die Idee mit der Kündigung trage ich schon die ganze Zeit mit mir herum. Außerdem erspare ich mir auf diese Weise den Anschiß von der Sedlurak wegen unseres teuren Rückflugs und der abhandengekommenen Dienstwaffe. Und René vom Frühzecher hat mir angeboten, bei ihm als Bedienung zu arbeiten. Das paßt doch alles prima. Und falls ich tatsächlich mit dem Geld nicht auskomme, helfe ich dem Simon Schweitzer als Privatdetektiv. Ich an deiner Stelle würde das Angebot annehmen. Meine Kontakte reichen höher, als du ahnst."

Herr Schweitzer sagte: „Gute Idee", war sich dessen aber gar nicht mal so sicher. Er fand, seine erste Vorstellung als alleinverantwortlicher Detektiv sei eher lausig ausgefallen. Das Observationsobjekt tot, die Auftraggeberin im Kittchen und ganz allgemein kurz vor der Klapsmühle – nichts, womit sich Werbung für ein Detektivbüro betreiben ließe. Und außerdem verspürte er dringenden Rekonvaleszenzbedarf. Obendrein mußte er das Erlebte erst einmal aufarbeiten, zu schnell waren die letzten Tage an ihm vorbeigerauscht. Er wurde das Gefühl nicht los, mehr Abenteurer denn Ermittler gewesen zu sein.

Und alle, alle kamen sie. Maria als erste. Herr Schweitzer wurde mit tausend Küssen überschüttet. Bertha vom Weinfaß hatte ihren Laden kurzerhand komplett geschlossen und die Kundschaft der Einfachheit halber gleich mitgebracht. Sie hatte schon immer ein Näschen für geschichtsträchtige Orgien, bei denen die Wände wackelten.

Auch der Nackte Jörg steckte seine Nase herein. Er, der sonst immer früh schlafen ging, sprang in dieser Nacht der Nächte über seinen Schatten, der mit dem Zipfelchen sehr männlich wirkte (der Schatten), und blieb bis Sendeschluß.

Ein Knabe vom anderen Ufer, der von der vorübergehenden und nun endgültigen Schließung der schwulen Frau Rauscher nichts mitbekommen hatte und nur auf gut Glück vorbeikam, war ob des Freibiers hoch erfreut und telefonierte umgehend ein paar Kumpels von Hibbdebach herbei. Von denen erfuhr Herr Schweitzer späterhin auch Europas wichtigste Flüsse: Rhein Inn Main Po.

Einige Male machten auch Sachsenhäuser Streifenwagenbesatzungen in der schwulen Frau Rauscher Station, um mit dem ein oder anderen alkoholischen Getränk das Betriebsklima aufzulockern.

Als dann auch noch die Angestellten vom Dautel, Frühzecher und Eichkatzerl inklusive ihrer nimmermüden Stammkundschaft hereinschneiten, war die Kneipe gerammelt voll. Und voll gerammelt wurde auch. Von den Homos. Im Darkroom.

Es war noch nicht einmal vier Uhr, als René zusammen mit Earthquake-Werner des Nachschubbedarfs wegen zum Frühzecher zurückging und kurz darauf zwei weitere Fässer hereinrollten.

In der Früh spielte ein sternhagelvoller Herr Schweitzer noch den Oberlehrer, indem er einen ihm unbekannten Homosexuellen ansprach: „Du, dein T-Shirt, das mußt du auf links waschen. Hicks."

Der mit Wäschewaschen nichts am Hut habende Nackte Jörg, der zufällig in der Nähe stand, fragte daraufhin Schmidt-Schmitt: „Trinkt der immer so viel?"

Ende der fünften Sachsenhäuser Kriminalepisode

Stadtwappen von Chiang Rai

Signierte Bücher können porto- und versandkostenfrei direkt beim Autor bestellt werden unter:
www.simon-schweitzer.de

Röschen-Verlag

Frank Demant
Simon Schweitzer - immer horche, immer gugge
ISBN-13: 978-3-9809915-0-6
Preis: 9,30 Euro / SFr. 17.70

Eines Tages wird Simon Schweitzer, ohne daß er es merkt, mit einer Leiche konfrontiert. Und außerdem sind da noch die zwei bis dato ungeklärten Polizistenmorde an der Startbahn West und Maria von der Heide. Die mit der atemberaubenden Figur.

Frank Demant
Simon Schweitzer - Geiseldrama in Dribbebach
ISBN-13: 978-3-9809915-1-3
Preis 9,30 Euro / SFr. 17.70

Eines tristen Tages betritt Simon Schweitzer die Filiale der Teutonischen Staatsbank, um sich über deren widerlichen Gebührenpolitik zu beschweren. Doch dann gerät er unversehens in einen Überfall, der von Anfang an etwas seltsam anmutet und sich gar arg in die Länge zieht.

Frank Demant
Simon Schweitzer - Tod im Ebbelwei - Expreß
ISBN-13. 978-3-9809915-2-0
Preis 9,30 Euro / SFr. 17.70

Schurkische Kräfte aus Rußland und Italien versuchen, im Apfelweinland Sachsenhausen Fuß zu fassen. Doch haben sie nicht mit dem Widerstand der einheimischen Bevölkerung und dem Ebbelwei-Expreß gerechnet.

Röschen-Verlag

Frank Demant
Simon Schweitzer - die Leiche am Eisernen Steg
ISBN-13: 978-3-9809915-4-4
Preis 9,30 Euro / SFr. 17.70

Alles fängt ganz harmlos mit einer Leiche am Eisernen Steg an. Dann bekommt Laura Roth, seine Untermieterin, Besuch aus Berlin, und Herr Schweitzer wird in einen Fall verwickelt, dessen Wurzeln im Dritten Reich liegen.

Frank Demant
+++Tagesgeschäfte+++
ISBN-13: 978-3-9809915-3-7
Preis 10,00 Euro / SFr. 18,50

Das vorliegende Buch beruht auf einer wahren Begebenheit, die sich im Umfeld des Autors zugetragen hat. Das couragierte Verhalten eines unbedeutenden Sachbearbeiters entwickelte sich zum wohl teuersten Mobbing-Fall in der Geschichte der Bundesrepublik Deutschland.

Es ist eine Hommage an all diejenigen, die trotz größter Repressalien den Blick für Recht und Unrecht nie aus den Augen verlieren.

Anke Behrend
Fake Off!
ISBN-13: 978-3-9809915-5-1
Preis 9,40 Euro / SFr. 17,30
190 Seiten

Alex, vorzeigbare Single Anfang vierzig, träumt wie so viele von einem Leben zu zweit. Via Internet macht sie sich auf die Suche nach einem passenden Partner. Das Angebot scheint groß und verlockend. Doch halten die Kandidaten auch das, was sie virtuell versprechen? Die ersten Treffen sind ernüchternd, bis Listen2Me auftaucht. Und Alex wunderbar witzige Geschichten erlebt, die das Leben nicht besser schreiben könnte.

»Großstadtfilm im Gallus, Roadmovie auf der A661.«
Frankfurter Rundschau

Victors und Pauls Vorhaben, ihr Leben zu ändern, gerät in Turbulenzen, als Kisten-Rudi verschwindet, die sozial-ökologisch engagierte Ulrike schwanger wird und ein dubioses Paket befördert werden muß. Auf der Flucht vom Frankfurter Gallusviertel ins Gelobte Land Italien müssen sich unsere Helden neben diversen Verfolgern auch der Erkenntnis stellen, daß man irgendwann wegfahren muß, um ganz anders zu leben.

»Genial. Ein chaotisches ›Roadmovie‹ zwischen Suff und Slapstick, Kulturkritik und Katerfrühstück. Fröhlich und selbstironisch. Dieser mordsmäßige Spaß sei allen Frankfurtern empfohlen.« *Frankfurter Rundschau*

Martin Beer & Christoph Jenisch:
Ganz anders
Ein Roadmovie
199 Seiten, broschiert
14,– Euro
ISBN 978-3-930333-55-4

„Die verlorene Vergangenheit“
Ein spannender Kriminalroman von Stefan Bouxsein.
ISBN: 978-3-939362-01-2
Preis: 12,00 Euro

Die verlorene Vergangenheit verbirgt ein unsichtbares Netz, das in den 70er Jahren zwischen dem Ministerium für Staatssicherheit und dem Verfassungsschutz geknüpft worden ist.

Eine entführte Frau – für sie beginnt die Suche nach der Freiheit.
Ein ehemaliger Legionär – für ihn endet die Suche nach der Wahrheit.

Deutschland, Frankreich, Zaire: Ein Mann hinterlässt seine Spuren.

Siebels und Till nehmen die Spur auf und stoßen dabei auf einen ungeklärten Mordfall aus dem Jahr 1975. Je deutlicher die Spuren aus der Vergangenheit zum Vorschein kommen, desto verwirrender wird der Fall.

....

„Der Fluch des Andvari“
Ein Mystikkrimi von Thomas W. Krüger
ISBN-13: 978-3-9811467-0-7
Preis 10,95 Euro / SFr. 17,50

Folgen Sie Hannah Jenning auf der gefährlichen Suche nach dem legendären Goldschatz der Nibelungen und ihrer abenteuerlichen Fehde mit einem geheimnisvollen Orden rund um Worms und Mainz.

Erhältlich im Buchhandel oder direkt über www.ganthuarim.de